THE PHYSICIST'S

ART

MARNIE

JN240262

物理学者の心

物理学者の心　マーニー

物理学者の心

The Physicist's Heart
by Marnie
Copyright © 2025
by Marnie
First published 2025 in Japan by
Shodensha Co., LTD.
This book is published in Japan by
direct arrangement with
Boiled Eggs Ltd.

モノポールの父であるスティーブ・ハイリッグ博士と、
私を作家にしてくださった素晴らしいエージェント、
村上達朗さんに捧げます。

To Dr. Steve Heilig, Father of the Monopole,
and to my wonderful agent Mr. Tatsuro Murakami,
who made me into an author.

監修　須藤　靖（高知工科大学特任教授）

装画　長崎訓子

装幀　岡本歌織（next door design）

目次

物みなの底にひとつの法ありと日にけに深く思ひ入りつつ

湯川秀樹

第一部♪カノン　危険な物理学者

1　計算尺

そもそもの始まりは、計算尺だった。

二〇二三年十月二十六日の木曜日のこと。

鈴木尚美(すずきなおみ)は二年前から、兵庫県西宮(にしのみや)市にある阪急(はんきゅう)西宮ガーデンズというショッピングモールで、ピアノを弾くアルバイトをしていた。このモールには三階吹き抜けの広場があり、観葉植物に囲まれたガラス張りのエレベーターの近くに、ベビーグランドピアノが置かれている。週末は客で溢(あふ)れているが、尚美がピアノを弾く木曜日の午後三時から四時半までの間はいつも空(す)いていた。

鍵盤の上で指先を器用に舞わせながら、尚美は、まだ叶(かな)わぬ夢のことを考える。十年前、宝塚(たからづか)市にある楢山(ならやま)音楽大学のピアノ科を卒業した。専門はバロックやクラシックで、とくにバッハに力を入れていた。尚美の演奏はいつも正確で、テクニックも完璧だ。オーケストラでピアノを弾いたこともあるし、リサイタルの伴奏者としても引く手あまた。駅や会社の大規模なイベントにもしょっちゅう呼ばれている。しかし、尚美がなりたいのは、ソロで舞台に立つコンサート・ピアニストなのだ。

三十一歳になったのにまだそこに立てていないのは、当時の音大の教授によると、表現力が足りないからだという。

『鈴木さんは難易度の高い複雑なリズムにすぐに対応できるし、演奏も非常に正確。だけど、ドラマがないから、コンサート・ピアニストには向かない』

買い物客が行き来する広場の隅っこにあるグランドピアノは、きちんと調律され、漆器のようにつやつやと黒光りしている。

ここで弾くピアノ曲は難しくない。だから、鍵盤を軽やかに叩きながら、尚美は買い物客を見渡したり、想像を巡らせたりする余裕があった。

また来ている。

広場の一角にあるコーヒーショップは、店外にもテーブルを並べていた。いつからかは覚えていないが、一番端のテーブル席に三十代後半と思しき男性が座るようになっていた。彼はいつも難しい顔をして、猛烈にノートに何かを書き付けていた。ときどき思い出したようにコーヒーを飲み、好物らしいロールケーキを頬張る。ぽっちゃりした体格で、丸顔ににんにく鼻、背丈は百六十七センチの尚美とさほど変わらないだろう。そして一番の特徴は、建物の中にいるというのに、いつも耳あてのある茶色い鳥打帽を深々と被っていることだった。

尚美は運動神経がよくて背の高いかっこいい人がタイプだから、見事に正反対だった。それでも毎週来ているのを知るうち、尚美は彼の姿を探すようになっていた。鳥打帽のほかにはいつもアナログの計算尺を持ち歩いている。

そんなに一生懸命になって、ノートに何を書いているのだろう。

朝から晩まで小難しい顔をぶらさげて暮らしているのか。尚美はその男性に「難しい顔」という愛称を付けた。

あるとき、買い物袋を提げた二人の婦人が難しい顔の隣のテーブル席に座った。彼はぎょっとした様子で慌てて荷物をかき集め、婦人たちの怪訝そうな顔を横目に離れた席に移った。

ところが元いた席には、計算尺とレザーケースが置かれたままだ。急いで立ち上がったからだろう。気がついてくれるといいなと思いながら、尚美は演奏を続けた。

演奏が終わり後片づけをしていると、難しい顔も荷物をまとめ、エントランスの方へ去って行ってしまった。

計算尺は置きっぱなしだ。

モールの総合案内所に届けるより今ならすぐ手渡せると思い、尚美は急いで計算尺を取り上げ、難しい顔を追いかけた。ちょうど難しい顔も忘れ物に気づいたらしく、広場に戻ってきたところだった。

目と目が合った。

自然と尚美は計算尺をかざしてみせた。だが難しい顔はさっと目を逸らし、回れ右して駆け足で来た道を戻っていく。

「いまの何？」

気がつけば声が出ていた。難しい顔に、随分嫌われているらしい。

翌週、尚美は今日こそ計算尺を返そうと思っていたが、いつものテーブルに難しい顔の姿はなかった。ピアノを弾きながら彼が現れるのを待った。その次の週も期待してコーヒーショップのテーブルを見張ったが、来ない。目が合った日を最後に、来るのをやめたようだった。

広場では「青森の味覚　りんごフェア」が開催中で、りんごを使った食品を物色する客で賑わっていた。尚美はスクリャービンのソナタ＃5を弾きながら、難しい顔のことを考えていた。計算尺を失くして、困っていないだろうか。

マンションへ帰宅すると、計算尺を取り出して眺めた。なめらかなレザーケースの内側には「松崎仁」という文字が刻印されていた。ウェブで検索すると、阪急西宮ガーデンズの近くにある西宮遠山大学の物理学科の助教らしい。遠大は阪急今津線の甲東園が最寄り駅だ。

尚美も同じ今津線だった。終点である宝塚駅の近くの、グロリア・ヒルズという十階建てのマンションに住んでいる。

尚美はレザーケースをテーブルにおいた。そして、モーツァルトが「初心者のための小さなソナタ」と名付けたピアノソナタハ長調を膝の上で弾き始めた。モーツァルトの基本のソナタは、頭を整理したいときに最初の十二小節だけ奏でるようにしている。ト長調の主和音できれいに纏まると、思考をゼロにリセットできるのだ。

六階の部屋のバルコニーに出て、秋日和の下に広がる宝塚の華やかな町を眺めた。北東には武庫川越しに宝塚劇場の空へとそびえる赤い瓦屋根とクリーム色の壁が見える。阪急の小豆色の電車がちょうど武庫川の橋を渡っている。優雅なカーブを描きながら、電車は劇場の後ろにしばらく隠れ、また現れ、阪急宝塚駅に向かう。

母方の河野家は代々宝塚で暮らしてきた。一九一〇年から一九二〇年にかけて阪急電鉄の宝塚線や今津線が開業して土地の値段が飛躍的に上昇したとき、曾祖父母は農業をやめ、この地に移り住んで旅館を開業した。事業はうまくいったようだが、三人の息子が太平洋戦争で戦死し、曾祖父母も一九七〇年代に相次いで亡くなると、四人の子のうち唯一生き残った祖母八重子が、土地と旅館を継ぐことになった。ビジネスセンスに富んだ八重子は旅館を壊し、そこにグロリア・ヒルズを建てると、それからはマンションの家賃収入で暮らすようになった。

尚美は北大阪の一軒家で生まれ育ったが、十二歳のときに父が脳卒中で亡くなると、八重子は経済的苦境に陥った娘の奈々子にグロリア・ヒルズの部屋を貸し、管理人としての仕事を与えた。しかし、奈々子はすぐに銀行に職を得て、結局八重子がまた管理の大部分を担うこととなった。

忙しい八重子と奈々子の代わりに三人の弟妹の面倒を見たのが長女である尚美だった。まだ小学校六年生だというのに、鈴木家の優秀なマネージャーだった。三人の弟妹は毎日眠い目をこすりながら、尚美に身支度を手伝ってもらって登校した。

パワフルに家事と学業を両立する尚美の背中を見て育った弟妹たちは、学校でいい成績を取ったり部長に選ばれて大会で優勝したりして、みな充実した学校生活を送った。

一人一人をしっかりサポートして自立を促す鈴木尚美の教育法は素晴らしいと評判になり、いつしかマンションの住人たちから「スズキ・メソッド」と呼ばれるようになっていた。

八重子が認知症になってからは、尚美はピアノの練習をしながら、管理人としての仕事も手伝った。入居者たちの声にしっかりと耳を傾け、時には愛想よく、時には毅然(きぜん)とした態度で、次から次へと押し寄せる大小の問題を解決していったのだ。今もピアノとオフィスワークのかたわら、マンションの管理を手伝っている。

次の月曜日、尚美は早めに退勤し、難しい顔が勤めているらしい大学のキャンパスに行ってみることにした。

今津駅近くにある貿易会社で尚美は、コンテナ船の発着を管理するスケジューラーとして働いている。音大の短期留学で身につけた英語力はもちろんのこと調整力や交渉力を求められる仕事だが、時間の融通は利(き)く。

今津線に乗って西宮北口駅で乗り換え、甲東園で降りた。

気持ちのいい天気だった。大学に続く坂を上る途中で午後五時になり、近くにある関西(かんせい)学院大学の時計台のチャイムが讃美歌のメロディーを奏でた。

西宮遠山大学のキャンパスに入ると、紅葉が美しかった。

歩道の端に、しめった紅葉が張り付いている構内図があった。キャンパスの北側に位置する物理学科のある六号館に向かってみると、そこは四階建ての陰気な建物だった。事務室で訊(き)くと、松崎仁の研究室は三階だというので、階段を上がる。

研究室のドアをノックしてみたが、返事はない。ドアの横の細長い窓から中を覗（のぞ）いてみると、机の上は書類の海で、分厚い参考書が船のように浮かんでいる。波に呑（の）まれそうなコンピューターモニターもあった。本棚の前の床にも本が溢（あふ）れ出ていた。

計算尺を事務室で預かってもらおうと引き返して廊下の角を曲がったとき、背の高い男性にぶつかった。顕微鏡とファイルを持っていた彼は、その拍子にファイルを床に落としてしまった。

尚美は慌てて散らばった紙を拾い始めた。

「ああ、すみませんね。ありがとうございます」

背の高い男性は顕微鏡を抱えたまま、気さくな笑みを浮かべて尚美が拾うのをただ見ている。

「あの、物理学科になにかご用ですか」

「ええ。さっき松崎先生の研究室にうかがったのですが、いらっしゃらなくて……」

「……松崎先生？」

科学では説明できない奇妙な現象について聞かされたかのように、男性は顎（あご）を後ろに引いた。

「松崎のお知り合いでしたか。それは失礼しました。僕は内城喜朗（ないじょうよしろう）と言います。松崎と同じ物理学科の助教です」

「鈴木尚美です」

「ナオは『直す』のナオですか」と、どうでもいい質問をしてくる。

「いいえ、尚更（なおさら）の尚に、美しいと書きます」

「なるほど。なお美しい、とはお似合いの名前ですね。あのね、松崎には会えないと思いますよ。今年はサバティカルでここには来ませんから」

「そうでしたか……実は、松崎先生がお忘れになった計算尺を返しに来たんです」

尚美は躊躇したものの、訪ねたわけを口にした。事務室に計算尺を預ければ用事は済むのだが、内城の反応を見て、難しい顔をした物理学者に好奇心が湧いたのだ。

「困りましたね」

どうするか決めかねて、呟いた。

「……いや、待ってください」

内城は思い出したように言った。

「どうしてもお会いになりたければ、松崎行きつけのバーがあるので、そこで会えるかもしれません。松崎はいつも火曜日の夜に飲みにくるので、行ってみますか？」

2　三メートル

次の日の夜、尚美は阪急西宮ガーデンズの近くにある「青壺」というバーで、内城とレモンスカッシュを飲んでいた。広々とした店内は、客もまばらだ。バーカウンターの後ろに青いステンドグラスが嵌められ、壁のあちこちのくぼみに青いランプに照らされた壺が置いてある。信楽焼のようだ。青いステンドグラスとランプの他には照明がないので、ずいぶんと暗い。カウンター席の他にはソファやテーブル席もあった。二人はテーブル席についていた。

「……私を騙したんですね」

「いや、騙したなんてそんな」

内城は手をひらひら振って、否定した。

「今夜来なくても、近いうちに必ず来ますから」

「そのときまで、私たちは毎週ここに来て、一緒に待つわけですね」

尚美は内城を睨んだ。ここに来てしまったのは、松崎仁という人に関心があるからだが、この男がしつこいのも大きな要因だ。尚美はナンパ男にからまれることがしょっちゅうあり、いつもなら上手にかわしているのに、内城は絶妙に相手の発言を遮るくせがあり、断るタイミングが摑めなかったのだ。

尚美は内城喜朗を見限りつつあった。背が高くて顔はそれほど悪くないが、眉が変なところで途切れているのが気になった。ゴルフや面白くもない趣味の話ばかりしてくるのも疲れる。下心が透けて見えるのも気に食わない。尚美は、事務室に計算尺を預けてくればよかったと後悔し始めていた。

「待てば必ず来ます。ここは広いし空いているから、隣に誰もいなくていいと気に入ってました。それに、ここのバーテンダーが作るカクテルが好きみたいです。なんでもバーテンダーの作り方が『効率がいい』と言うんですよ」

「……ずいぶん松崎先生のことに詳しいんですね」

「昔からの知り合いなんで。あいつが火曜日を狙うのは平日でも特に空いているからなんですよ」

と言って内城は、ジンフィズをひと口飲んだ。「彼は人と一緒にいるのが苦手で、その相手だって彼と一緒にいるのが苦手なんです」

内城が尚美をちらちら見てくる。

「鈴木さんのタイプじゃないと思いますよ」

「じゃ、もう帰ります」

「え、あと少し待って……」

内城が慌てて制してきた。「いつもこの時間に現れるんです」

尚美は内心ため息をついた。レモンスカッシュがなくなったので、炭酸水を頼んだ。今日車で来たのは、飲まない言い訳になるからだった。

炭酸水のグラスが唇に触れたとき、内城が耳元で囁いた。

「ほら、やっぱり来ましたよ。カウンターの一番端の席です。声をかけましょうか」

「いや、待って」

難しい顔こと松崎は、いつもの鳥打帽を深く被り、今日はひときわ渋面を作っていた。カウンターの一番端に腰かけ、バーテンダーに何か合図をした。バーテンダーは頷き、ドリンクを作り始めた。松崎は俯いたまま鞄から文庫本を取り出し、大事そうにカウンターに置いた。遠くてタイトルは読めなかったが、ちらっと見えた表紙には、空へと続く階段を上る登山服を着た男が描かれている。

　本を開く前に、松崎は眉をひそめてバーを見回した。内城と尚美に気が付くと、目を見開いた。慌てて視線をそらしたが、尚美のことを認めたのは確かだった。彼はすぐさま本を開き、熱心に読むふりをはじめた。

　バーテンダーはイチゴとミントを添えたカクテルを、松崎からかなり離れたところに置いた。松崎は近くに誰もいないことを確認してから、席を立ってカクテルを取りに行った。

「ひどい甘党なんですよ。あれは特別に甘くしてもらったストロベリー・マティーニです」

　席に戻った松崎は警戒した様子で尚美と内城をちらりと見て、すぐに視線を本に戻した。

　尚美は計算尺を持ってきてはいたが、明らかに一人でいたがっている松崎に話しかけるのは失礼な気がした。

　グラスを空(から)にした内城は饒舌(じょうぜつ)にしゃべり続けていた。尚美が松崎をちらちら見ているのに気づくと、おおげさに肩をすくめてみせた。

「ほっといた方がいいですよ。いつもあんな感じなんです。それにしても、鈴木さんのような美人がわざわざ訪ねて来たのに無視を決め込むなんて、失礼にもほどがありますね」

　内城は酒の匂(にお)いがする口先を尚美の耳に近づけて言った。「僕なら同じ間違いをおかしませんよ」

　尚美はにっこりと微笑(ほほえ)み、内城の話に相槌(あいづち)を打ちながら松崎を観察し続けた。むっつりと黙ったまま、同じカクテルを三杯も飲み干し、読書にふけっていた。誰の作品なのだろうか。

「今月は十一月でしょ？」

唐突に内城が尚美に訊いてきた。「一九七四年の十一月に何が起こったか、わかりますか」

「いえ、わかりません」

内城は、酔うと大声でしゃべりだす人のようだ。

「十一月革命ですよ。素粒子物理学の世界を覆す、大発見のあった月です」

「そうなんですか」

「かの有名な湯川秀樹が予言したパイ中間子が、一九七四年十一月に見つかったんです」

バーカウンターの端で突然、激しく咳きこむ音がした。マティーニが松崎の気管にでも入ったのか。

「パイ中間子は強い相互作用を媒介する粒子なんです。これがなければ、原子核がバラバラになり、鈴木さんの美しい身体も星屑のように崩れてしまいます」

内城は自分こそ尚美という混合物をくっつけた神様であるかのように得意げに笑った。

「湯川秀樹なら、聞いたことがあります。日本で初めてノーベル物理学賞を受賞した天才ですよね」

内城は勢いよく頷いた。

「素粒子物理学の先駆者でした。一九三五年にパイ中間子の存在を予言していたのに、質量が思いがけず大きくて、当時の加速器では作れなかったんです。のちにある学者は、宇宙から降ってくるパイ中間子を取ろうとしてエベレストに登って……」

カウンターの端で、松崎が文庫本を閉じて、内城を睨（にら）みつけていた。

「この宇宙を構成する要素には、四つの力があります。電磁気力、弱い力、強い力、それと重力です」

と内城は続けた。「パイ中間子という、原子核を安定化する強い力を媒介する粒子が発見されました。湯川はその発見を受けてすぐに、重力以外の三つの力を統一する理論モデルが提唱されて……」

尚美は松崎を盗み見た。彼は水を振り落とす犬みたいに激しく首を横に振ると、鞄からイヤホンを取り出し、鳥打帽の耳あての下に押し込んだ。そしてノートに何かを書き込むとページを破り取って立ち上がり、バーのカウンターに叩きつけた。

バーテンダーはメモを読むと、五本のショットグラスを盆に載せ、ウイスキーで満たしてから、松崎の方へ滑り寄せた。バーテンダーが下がるのを見届けてから、松崎は立ち上がり、グラスを取りに行った。

「松崎先生はお酒が強いんですね」

尚美は小声で言った。

「いいえ」

内城は笑った。

「めちゃめちゃ弱いですよ。あいつ、今晩はどうしちゃったんだろう」

ショットを次々に空（あ）ける松崎を見て、尚美は来たのを後悔し始めていた。難しい顔の邪魔になっているようだ。

「そろそろ帰ります」

そう内城に言うと、ハンドバッグを手にした。内城はがっかりした様子だったが、尚美がかまわずレジに向かうと慌てて先回りして勘定を払った。次の「デート」の約束を取り付けようとする内城を丁寧（ていねい）に断り、尚美は車を停めている阪急西宮ガーデンズの駐車場に向かった。

計算尺は事務室へ郵送して、もう松崎のことは忘れよう。

愛車のヤリスクロスに乗り込み、しばらくスマホのカレンダーをチェックしていた。スケジュールが詰まっている。近くピアノのオーディションがあるので、このあと練習をする必要がある。その前に、グロリア・ヒルズの八階に住む妹の美悠（みゆ）の部屋に寄らなければならない。

美悠がうつ病を発症して三年が経っていた。母は妹と相性が良くなく、上の弟の佑一（ゆういち）は家族とニューヨークで暮らしていた。下の弟の佑史（ゆうじ）はソフトウェア・エンジニアになったばかりで忙しかったから、尚美は美悠と二人だけで病と闘ってきた。最近になって、少しずつ良くなりはじめてきたが、毎日何回か連絡を取り、一日おきに様子を見に行くことにしていた。

尚美はようやくスマホをしまい、エンジンをかけた。駐車場の出口に向かってゆっくり走り始めたが、そこで急ブレーキを踏んだ。

千鳥足で駐車場に現れた難しい顔を、轢（ひ）きそうになったのだ。

彼は真っ赤な顔をして、肩を左右に揺らしていた。

松崎は尚美のヤリスクロスの前を通り過ぎ、その先に駐めてある真っ赤なマツダロードスターの方へ歩み寄った。レトロな二代目NB系ロードスターは、ぴかぴか光っている。

「まさか、飲酒運転？」

尚美は、ヤリスクロスを近くのスペースに停めて、車を降りた。

松崎はロードスターを眺めながらじっと立っていた。尚美が歩み寄って「大丈夫ですか」と声をかけると、松崎は飛び上がり、眉を寄せて振りむいた。

「放って、おいて、ください。飲む、つもりなんて、なかったんだ……」

「それはできません。飲酒運転は犯罪ですよ」

「……では、三メートル下がってください」

松崎は掠(かす)れた声で呟いた。

「えっ？」

「ですから、三メートル下がってください」

尚美が躊躇していると、松崎の方が距離を取ろうと下がったが、躓(つまず)いて尻餅(しりもち)をついてしまった。これはいけない。

「松崎先生、車で帰るのはやめましょう。駅はすぐそこですから、お連れします。ね、電車に乗って帰りましょう」

尚美が近づこうとすると、松崎は慌てたように這(は)って下がり、かろうじて立ち上がった。

「近づいてはいけません！　離れてください！」

尚美は仕方なく数歩下がった。

松崎はポケットから車のキーを取り出し、キーホールに差し込もうとした。目の前にあるのが助手席側のドアだとは気づいていないらしい。

キーは滑って、磨きあげられた赤い車体を傷つけた。

尚美は見ていられなくなった。

「松崎先生、車の運転は絶対にだめです。電車かバスで帰りましょう」

「放っておいてください」

「110にかけますよ」

「110番!? だめ、絶対!」

尚美は駐車場を見まわした。手を貸してくれそうな人は誰もいない。

「仕方がないですね。キーを貸してください」

尚美は松崎からキーを奪い取ると、ロードスターのドアを開けて、抵抗する松崎を助手席へと押し込んだ。地面に落ちていた鞄も拾って、松崎の足元に置く。そして、自分のヤリスクロスのドアをロックしてから、マツダロードスターの運転席に滑り込んだ。

「私が連れて帰ります」

尚美はアクセルを踏み込んだ。

3 足の拡大図

松崎はもう何もわからなくなっているようで、シートベルトは尚美が締めた。住所を訊いても答えなかったが、カーナビに登録されていた。彼のアパートはここから三駅離れた仁川にあるようだ。宝塚市に帰る途中なので、お安い御用だ。ついでにアパートに計算尺も置いてこよう。ヤリスクロスは明日仕事の帰りに取りにいけばいい。

「よし」

尚美はキーをイグニッションに差し込んだ。

松崎がスローモーションのような動きでドライビング・グローブを嵌めようとしているのを横に見ながら、エンジンをかけた。

ナビに従って松崎のアパートに向かう。

隣の松崎はすぐにイビキをかき始めた。グローブは右だけ嵌められ、左は床に落ちている。

マツダロードスターはマニュアル車だが、ランボルギーニに乗っていた元カレに運転させてもらったことがあったので、勝手は知っていた。それにしても、ギアの入れ替えのなんとスムーズなことか。価格はランボルギーニの十分の一くらいなのに、走り心地は抜群だ。

尚美は隣で眠る松崎の存在を忘れ、ロードスターがアスファルトに吸いつくように走る感覚を楽しんだ。この辺りは交差点が多くて、ロードスターのハンドリングを試せないのが惜しい。それにしても野暮(やぼ)ったい松崎がこんな車に乗っているのは意外だ。

あっという間に松崎が住んでいる仁川に着いた。アパートは山裾(やますそ)が迫る奥まった住宅街にあった。ずいぶん古くて粗末なアパートで、漆喰(しっくい)は染みだらけだ。常夜灯以外に灯(あか)りはなく、あたりは暗かった。

名残(なごり)惜しさを感じながら、尚美はロードスターを道端に停めた。目を開けた松崎はあたりを見回し、尚美に気づくと、はね起きた。

「お宅に着きましたよ」

尚美は松崎の鞄を拾ってから車を降りて、三メートル下がった。車のキーは持ったままだ。

松崎は車からなんとか出てくると、ボンネットに寄りかかって手を差し出した。

「キー」

「まだだめです。お部屋までお送りします。こんなに酔っていては途中で転ぶ恐れがありますので」

松崎は口を開きかけたが、閉じてしまった。そして、少しの沈黙の後に言った。

「内城は物理学の歴史を知りません。一九七四年に発見されたのは、チャーム・クオークです。パイ中間子は、一九四七年に荷電パイ中間子が、一九五〇年に中性パイ中間子が、発見されました」

正確を期すためか、松崎はゆっくりと言葉を発した。

「そうでしたか」

「しかもパイ中間子を見つけるために学者が登ったのは、エベレストではありません。ピレネー山脈と、アンデス山脈の山でした」

一息入れて、さらに松崎は続ける。「ところで、エベレストの初登頂は、一九五三年だったんですよ」

松崎は長い発言にくたびれたと見え、黙って俯いていたが、少ししてから最後の力を振り絞るように告げた。

「僕は実験物理学者です」

「よくわかりました。とりあえず、中へ入りましょう」

松崎は車を離れると、ふらふらと枯れた芝生を突っ切ってアパートの外階段に足をかけた。尚美ははらはらしながら後ろからついて行った。

松崎は何度も躓きながら三階まで上がると、奥の301号室の前で立ち止まった。ポケットから取り出したアパートの鍵を握っていたが、鍵穴に入れようとしない。

尚美は辛抱強く待ったが動く気配がないので、律儀に守っていた三メートル線を越えて鍵を奪い取った。そのままドアを開け、部屋の中へ松崎を押し入れた。松崎はよたよたとソファの方へ倒れ込んだ。

尚美が彼の鞄をソファの前にあるコーヒーテーブルに置いたとき、松崎が突然、テーブルと鞄の上に嘔吐した。吐いた後も身体を震わせ、空嘔吐が続く。

ひどい酔い方だ。救急車を呼んだ方がよさそうだ。スマホを取り出して、三つの数字を打った。

するとした松崎が突然身体を起こし、懇願した。

「119はだめです。やめて、ください。お願いです。やめて……」

「……わかりました」

そこで尚美はスマホで急性アルコール中毒の症状を調べはじめた。混乱、嘔吐、痙攣、不規則な呼吸、低体温などがあるという。

部屋が暗いままなのに気が付き、壁際の机の上にあるランプのスイッチを入れた。部屋はひどく散らかっていた。

「忘れないうちに」

と尚美は計算尺をバッグから取り出し、机に置いた。

そして、隣の寝室から掛布団を運び出し、ソファでぐったり伸びている松崎の上にかけてやった。松崎は必死に手を振って抵抗したが、尚美は額に触れて体温を確認した。汗は掻いているが、熱はなさそうだ。呼吸も規則正しく、肩を揺さぶるとかすかに唸った。スマホのストップウォッチ機能で脈も計ってみた。正常だ。

もう帰ってもいいのだが、汚れたままのコーヒーテーブルが気になってしまう。朝まで放ったらかしにしたら、嘔吐物は松崎の鞄やノートにこびり付き、取れにくくなるだろう。衛生的にも良くない。

頭に湧いてきたいやなイメージを消すために目を瞑り、深いため息を吐いた。マンションの管理人としての自分は、こういう事態を放っておけない。もう少しだけ残って、彼の様子を見守りながらテーブルだけ片付けることにした。

レザーの鞄と二冊の科学雑誌は相当やられていた。できるだけ触れないようにしながら、キッチンに移しておいた。一人暮らしとは思えない大量のスナック菓子やチョコレート菓子の袋も散らばっていた。親指と薬指だけでつまんで、ゴミ箱に捨てた。

キッチンもひどい有り様だ。流しは皿や割り箸で溢れていた。ラベルのない薬瓶があり、隣にいくつかのカプセルの載った小皿があった。ずさんな性格なのか、薬の管理もできていないようだ。

キッチンにあった雑巾やティッシュを借りて、コーヒーテーブルの上の嘔吐物を拭き取った。汚物を片付けると、次に鞄を拭いた。内側も汚れていたから、中身を一つ一つ取り出して、汚れをチェックした。

松崎がバーで熱心に読んでいた本は、湯川秀樹の『旅人』だった。こちらは無事だったのだが、一緒に入っていた群青色の大学ノートは裏表紙と最後のページに嘔吐物がついていた。松崎がコーヒーショップで使っていたノートだ。

最後のページをティッシュで拭こうとして、尚美は突然動きを止め、あんぐりと口を開けた。

翌日の水曜日、尚美は仕事帰りにヤリスクロスを取りに行き、宝塚駅の近くのカフェに寄った。おしゃれな人気店で、タカラジェンヌの洗練された姿を見かけることもある。ビンテージの椅子や内装も気に入っている。

アールグレイを飲みながら、昨晩こっそり持ち帰った松崎のノートを開いた。

最初の方のページには、丁寧な筆跡でたくさんの数式が書かれていた。数式の下には線が引かれ、ピアノ曲の名前がリストアップされている。

①バッハ　ゴルドベルク変奏曲BWV.988
②ハイドン　ソナタ変ホ長調Hob.XVI/52,L.62
③……

それらは尚美が阪急西宮ガーデンスの広場で弾いた曲だった。

記憶が確かなら、この三か月間にあの広場で弾いた曲が全部、松崎が最後に来た十月二十六日まで、順番に書き込まれている。

リストの左には、コスモスの花が描かれていた。ピアノを弾くとき、尚美は人の目を楽しませようと、季節の花を髪に飾ることにしている。八月の中旬、尚美はコスモスを髪飾りにしていた。

松崎は作曲者と曲名、それに調号をその場で書き込み、あとから作品番号を調べて記入したらしい。ピアノを聴いただけで作曲家と調号がわかるとすれば、クラシックに相当詳しいはずだ。

尚美はお茶を一口含み、下唇を軽く噛(か)んだ。

「まさか、ストーカーなの？」

さらにページを繰ると、曲のリストに短い感想が加えられた箇所も見つけた。

①ベートーヴェン　ピアノ・ソナタ第23番へ短調＃57　＊疎らな感じです。
②バッハ　パルティータ第2番　ハ短調BWV826　＊今日は調子が乱れています！
③バッハ　前奏曲とフーガ変ホ長調BWV552　＊調子を取り戻しました。落ち着いています。

尚美は薬指を唇に当ててその日の演奏を思い出そうとした。ひょっとすると、あの日の午前は同僚の金山さんの大きなミスで、ヨーロッパに向かうべきコンテナが東南アジアに行ってしまった日だったかもしれない。高級品が入った特別輸送のカーゴだから相当慌ててしまって、練習がおろそかになったのだった。

尚美は松崎のコメントを何回も読み返した。コンサート・ピアニストになろうとしている自分にとって、こういうコメントは貴重だ。もっと読みたいと思って、ノートの他のページも探してみたが、その一回のみだった。

尚美は手を止めて深呼吸する。これから見るのは、昨夜自分を唖然とさせたページだ。

アールグレイを一口飲んで、意を決して最後のページを開いた。松崎はページいっぱいに、グランドピアノの絵を描いていた。ピアノ椅子にはブレザーを着て髪をシニヨン風に結っている女性が座っている。顔の輪郭は、自分だ。

細いシャーペンで描かれたそれは、絵というよりは設計図のようだった。ページの左下には、ペダルを踏む自分のハイヒールの拡大図があり、靴とペダルの長さや角度について綿密に書き込まれていた。ヒールの高さを低くすればもっと安定するのではないかというメモはぐるぐると大きな丸で囲まれていた。

尚美は非常に正確に書かれたハイヒールの図から、目が離せなくなった。

ペダルを踏むという単純な動作を、こんなに細かく考えているのが不思議でならなかった。今朝ネットで調べたところによると、「実験物理学者」というのは、実験を行うためのアルゴリズムや機械を作ることを専門とする物理学者らしい。こうも細かいのは、そのせいなのだろうか。

それとも、足フェチなのか？　いや、やはりストーカー？

尚美は支払いを済ませて店を出た。

実験物理学者は、ノートを失くして、さぞ困っていることだろう。

4　「サポート」が要らない物理学者

翌日は阪急西宮ガーデンズで演奏する日だった。午後はマンションでリモートワークをしているので、仕事を早く片付けてバイトに行く途中、ノートを返すために松崎のアパートに立ち寄った。

空は曇っていて、冷たい風が吹いていた。曇天の下で、アパートの湿った壁は夜よりもみすぼらしくみえた。外階段のレールは錆だらけで、少しガタついている。物理学者がこのアパートを気に入っているのは、誰もこない路地裏にあるからだろう。

階段を上る途中で、足を止めた。松崎に何と言えばいいのだろうか。三メートル以内には立ち入られたくないようだし、迷惑がられてもいるようだ。それに、ストーカーかもしれない人物と繋がりを持とうとするのは、賢明ではない。

ノートを返して、もう聴きに来られては困ると伝えよう。アパートにいなければ、ノートを郵便受けに入れておこう。

ノートにあったピアノの図が、まだ頭から離れなかった。ピアノは計算尺を使って描いたのだろうが、それにしても、ノートの走り書きというのに、尚美の身体の輪郭やグランドピアノの微妙なカーブをあれほど正確に描けるのはなかなかの腕だ。

尚美は鏡の前で化粧をするとき以外は、あまり自分の姿を見ない。関心はいつも外へ向けられてきた。特にこの三年間はコロナ禍で物流が混乱しスケジューラーの仕事も忙しく、美悠のサポートもあって、コンサート・ピアニストになる夢を全力で追うことができなくなっていた。そんな自分を尚美は不満に思っている。

一方、松崎がシャーペンで描いたピアノの図は以前の自分の姿を思い出させた。図の中の尚美は洗練されたピアニストで、この世界のどんな問題も自分の能力で解決できそうな溌剌とした女性にみえる。優雅な指を鍵盤の上にかざして、素晴らしい曲を奏でようとしている。

この図にはピアニストとしての尚美の理想的な姿が丁寧に描かれていた。

尚美はもう一度ノートを開けて、図を詳細に見入った。会って間もない男の人になぜこれが描けたのだろう。ピアノの批評をもっと詳しく聞いてみたい……。

301号室に辿り着いてみると、ドアノブのところに『セールス禁止』という札がぶら下がり、新しい手書きのメモも添えてあった。

『只今危険な実験中につき、応対はできません。郵便物は階段下の郵便受けに入れてください』

尚美はメモを繰り返し読んだ。実験というのは嘘だろう。何の道具もない狭い部屋で、「危険な実験」なんてできるはずがない。

尚美は階段を下りて、ノートを郵便受けに入れようとしたが、大きすぎて入らなかった。

そのことに少しほっとしたのが不思議だった。

踵を返し、また階段を上った。半径三メートル以内に近づかせてはくれず、明らかに自分を敬遠している松崎は、なぜピアノを弾く自分の姿をあれほど緻密に描いたのだろうか。理由を知りたい。ドアを開けてくれそうにないので、インターホンを押した。反応がないので押し続ける。

「……はい」

「…………」

「阪急西宮ガーデンズでピアノを弾いている鈴木尚美です。先日のバーでは失礼しました」

「ノートを返しに来ました」

尚美は淡々と続けた。「勝手に持ち出してすみませんでした。でもお返しする前に、どうして私のことが書いてあるのか説明していただけませんか」

「……そのノートはもう要りません」

「要るか要らないか、そういう問題じゃありません。どうして私をストーキングしているんですか」

「僕が、ストーキング？　車を乗っ取られた上にアパートに侵入され、大切な書類まで水浸しにされた僕が？」

「書類を洗わなければならなかったのは、松崎先生がその上に嘔吐したからです」

しばらくの沈黙の後、松崎は低く呟いた。

「掃除するかどうかは僕が決めます……それよりも、ロードスターは朝までカバーなしで道に放置されていましたし、キーホールには傷もできていました」

「あの晩のこと、何も覚えていらっしゃらないんですね。車体に傷をつけたのは松崎先生ですよ」

「はあ？」

「ひどく酔っていたので、キーホールに差し込めなかったんです」

「……とにかく、ノートは諦めます。もうモールには行きません。これで」

「ちょっと待って！　それで済むと思わないでください。どうして私のことを、私の靴を、ノートに描いてたんですか。それに、あの酔い方は尋常ではなかったです。急性アルコール中毒になるところでしたよ」

長い沈黙が続いた。
「あの日僕は、自殺する予定だったんです」
と松崎は低い声で言った。「鈴木さんに邪魔されるまでは」

尚美と松崎はアパート前のすっかり枯れた芝生の上に、三メートル離れて立っていた。会話を終了したつもりの松崎をアパートから出て来させるのには、スズキ・メソッドをフル活用する必要があった。相手の機嫌をうかがいながらも、激怒させないぎりぎりまで踏み込む。三度のインターホンを無視された後、何回もノックをして名前を呼んだら、しぶしぶ松崎は不機嫌そうに顔を出した。

松崎はいつもの鳥打帽に格子柄のマフラーを巻き、パーカーを羽織っていた。足元は靴下にビルケンシュトック。靴下は右が薄茶色で、左が褐色と合っていない。右足の靴下は擦り切れていて、親指がのぞいていた。

柴犬の散歩でそばを通り過ぎた老人が、首を捻って二人を見ていた。

無理もない。ディオールのバッグを肩にかけ、上質なカシミアのセットアップを着ている女性が、縞模様の染みに彩られたぼろアパートを背景に、鳥打帽を被っただらしない姿の男性と対峙していたのだから。

木枯らしが吹き、尚美は両手で腕を強く擦った。ハイヒールの踵が少しずつ湿っぽい土にめり込んでいく。

「僕を放っておいていただけると、非常に助かるのですが」

松崎は群青色のノートを手にして言った。尚美がさっき階段の一番下の段に置いたのを、三メートルの距離を保って拾ったのだ。

「自殺未遂をした人を放っておくわけにはいかないでしょう……話を聞いてくれる家族や、サポートしてくれる人はいないんですか」

尚美は三メートル離れたところからでも聞こえるように声を張り上げた。

「僕は家族の支えも鈴木さんの助けも要りません」

松崎はパーカーのポケットからたばこを取り出し、風と戦いながら火をつけた。

尚美は眉間(みけん)に皺(しわ)を寄せた。お菓子の食べ過ぎにお酒の呑(の)みすぎ、そのうえたばこも吸うのか。

少しずつ自殺しているようなものだ。

松崎は一服してから、言った。

「僕がどうしようと、鈴木さんには関係ないことです。僕が死ねば、鈴木さんが訴えているストーカー行為はできなくなりますから、かえって助かるのではありませんか」

「私のことではなく、助けが必要なのは松崎先生の方でしょう。自分の命を粗末にすべきではありません。それに、ドアに貼ってある『危険な実験』を成功させたくはないんですか」

松崎は灰色の空を見上げ、たばこをもう一度吸い込んで、煙を吐いた。

「自殺はやめてください」

「そうはいきません。自殺しなければならない理由があるので、今夜やり直します」

『自殺しなければならない』なんて、酷い言い方です。理由を教えていただけませんか」

松崎は憂鬱そうに尚美を見た。

「僕は周りの人間にとって、物理的に危険なのですよ。それを直そうと思っていくつもの実験を行いましたが、結局だめだったんです。解決できない問題であることがはっきりしただけでした。ですから、もう自殺するしか手段がないんです」

冷たい風がコートをすり抜け、胸に浸透して来た。早く車に戻って温まりたいが、この話は長引きそうだ。

「……有毒ガスでも放っているんですか」

尚美は初めて三メートルの距離をありがたいと思い、一昨日近づきすぎたことを後悔した。

「詳しい事情は門外漢には説明してもわからないでしょうから、そう考えてもらってけっこうです」

尚美はしばらく黙り込み、松崎の不思議な状況について考えた。淡い陽光が二人の上に射し、すぐに雲に隠れてしまう。

一瞬の柔らかな光の中で、尚美はふとピアノの図を思い出した。尚美が理想とする、ピアニストとしての自分。その図を描いてくれた人が、今夜も死ぬつもりなのだ。

「私のピアノには、癒されませんか」

とようやく口にした。

松崎はあさっての方向を向いて、またたばこを吸った。

「鈴木さんが弾くピアノは好きです。正確で一切の無駄がありませんので」

「ありがとうございます」

唯一のファンの言葉に、尚美はつい顔をほころばせた。

ノートに書いてあるコメントがふと頭に浮かぶ。

《③バッハ　前奏曲とフーガ変ホ長調BWV552　＊調子を取り戻しました。落ち着いています。》

「軽率なことを言って、すみませんでした。あの、またピアノを聴きに来てください」

ストーカー疑惑もまだ晴れていないのに、気が付けば、たったいま獲得した唯一のファンのためにサービスをしていた。

「……それと、人生を諦めてはいけませんよ。どんな問題にも解決策はありますから。松崎先生は自分が危険だとおっしゃいますが、周りの人が病気になったり、怪我したりでもしたんですか」

松崎はたばこを地面に落とし、ビルケンシュトックで入念に踏み消した。そこから視線を動かさない。

「……かつて、ひどく悲しいことがありました」

長い沈黙の後、低い声で呟いた。「それからは、必ず人と距離を置いていますが、それでも非常に僕は危ないんです」

尚美は物理について学んだことを思い出そうとした。高校以来ご無沙汰だが、常識で考えて、存在するだけで人間の身体が周りの人に危険を及ぼすことなどないはずだった。

冷え切った耳がじんじんする。ピアスの金属の部分が氷の棘のように耳たぶを貫いていた。松崎も肩をすぼめているのを見ると、きっと寒いのだろう。その証拠に、靴下の穴から見える親指はすっかり青くなっていた。

彼はさっさと尚美を追い返してもよかったのに、わざわざアパートから出て来て、今は尚美の質問に答えてくれている。本当は自殺などしたくないのではないだろうか。

尚美はうつ病の妹美悠の世話を、三年にわたり継続している。その経験から、松崎が心に重荷を抱えていることは気配でわかった。尚美が生活をサポートするようになって、美悠のうつは少しずつ良くなってきている。スズキ・メソッドで正しい方向へ導いてあげれば、松崎の症状も改善するかもしれない。

「再来週の土曜日に椙山音楽大学でクリスマス・コンサートを開きます」

松崎は警戒する表情になった。

「阪急西宮ガーデンズで弾いているものより高度なテクニックを要する曲です。聴きにいらっしゃいませんか？」

松崎は拍子抜けした顔で尚美を見つめた。

「プログラムはまだ全部は決めていません。リクエストがあれば、弾いて差し上げましょう。入場券は四千円ですが、松崎先生の感想を伺いたいのでご招待します」

また、とんでもないファン・サービス。

風はやみ、あたりが急に静かになった。松崎はさらにもう一本たばこに火をつけ、長い間何も言わずに空を見上げていた。たばこの煙と彼の手以外に、周辺で動くものはなかった。尚美が放った言葉が時間の進行を止めてしまったようだ。

松崎はようやく尚美と目を合わせた。

「お言葉に甘えましょう」

尚美はにっこりと微笑んだ。松崎は尚美をじっと見ているだけで、それ以上はなにも言わない。

突然、冷たい風が立ち、世界がまた動き出した。

「それまでは、自殺しないと約束してください」

沈黙ののち、

「……はあ」

と松崎は曖昧に頷く。

「では、なにを弾きましょうか」

ファンに好きな曲を聴かせれば、細かく批評してくれて、そして……またピアノの図を描いてくれるかもしれない。松崎も、尚美のピアノを聴いて言葉や図を描くことが、今の苦境の突破口になる可能性もある。

「二つの曲をリクエストします。一つ目はコントラプンクトゥスVで、もう一つは、平均律クラヴィーア曲集のプレリュードからフーガハ長調BWV846を弾いてもらえたら嬉しいです」

「アート・オブ・フーガと、アヴェ・マリア……ですね」

「ええ。アヴェ・マリアは最後に、僕への挽歌(ばんか)として」

呆気(あっけ)にとられた尚美は何か言い返そうとしたが、さらに言葉を重ねても何の意味もないと、松崎の顔を見て思い直した。

一番得意なゲームをしていたはずなのに、初心者に負けた気がした。

5　スズキ・メソッド

松崎にノートを返してから一週間経った、十一月の第四木曜日。尚美は阪急西宮ガーデンズ近くのアフェール・ダムールというカフェにいて、陽光が照り返すオークのカウンターで内城喜朗と並んで座っていた。二人は手挽(てび)きのコスタリカ産コーヒーを飲んでいた。内城が選んだカフェだが、この店名はフランス語で「情事」という意味だと、どこかで聞いたことがある。

また内城と一緒になってしまったのは、近くまで来ているのを発見されてしまって、捕まったからだ。誘いに乗ったのは、松崎の自殺未遂を内城に伝えて、大学にカウンセリングサービスがあるかどうかを訊ね、彼についての情報をもっと集めるためだ。

「松崎が、自殺未遂をしたというんですか」

「ええ、そうなんです。今も死ぬつもりでいるみたいです。一週間前に会ったときには、『僕への挽歌に』と、バッハのアヴェ・マリアを弾いてくれと言われました。ご存じかもしれませんが、アヴェ・マリアは二重奏ですから、チェロも必要です。松崎先生はチェロも手配するとおっしゃっていて、どうやら本気のようです」

「だけどどうして松崎が自殺するんですか」

情報源になってくれると思っていたのに、内城はこの話題にはあまり興味がなさそうで、コーヒーカップに浮いた気泡をスプーンで突っついていた。

「よくわかりませんが、自分はいるだけで人を危険に曝(さら)してしまうと言っていました。だから、死ぬしかないそうです。いるだけで危険だなんて、本当でしょうか。物理的な現象によって身体が危険になるなんてことはあり得るんですか。実験して解決法を探ろうとしていたと言っていたんですが」

「ああ、あのことか。ただの被害妄想ですよ。僕たちも三メートル以内に近づくなと言われていますし」

内城はコーヒーを見つめながら続けた。「悔しいけど、松崎は天才に近い物理学者ですよ。帰国する前はジュネーブのCERN(セルン)で働いていたんです。知っていますか、世界一大きな粒子加速器『ラージ・ハドロン・コライダー(LHC)』があるところです。世界中から高名な物理学者が研究のためにこぞって集まり、素粒子をぶつけあう。この宇宙の成り立ちを知るためにね」

天才に近い物理学者なら、どうして今は「受かったのは東大じゃなくて、遠大ですよ、ははは」で有名な西宮遠山大学に在籍しているのだろうか。疑問が湧いてきたが、尚美は何も尋ねなかった。

「素粒子物理学のことですね」

代わりに尚美は言った。「でも、原子より小さい粒子を研究することで宇宙の成り立ちがわかるというのは不思議ですね」

「ええ、不思議でしょう？　とにかく、あんなに頭の切れる研究者が精神的に病んでいるのは、かなりもったいないことです。彼はもともと引っ込み思案な性格で、悩みや不安を同僚に打ち合けることをなかなかしません。彼ね、東大のＩＣＥＰＰでも大変な業績を上げていたんですよ、ＣＥＲＮに行く前は。でも、ジュネーブから帰国したら前よりも人嫌いになってて、誰にも話しかけないんです。僕だって努力はしたんですよ。でも、近づこうとすると怒られるんです。三メートル後退とか命じられて」

尚美は苦笑した。

「面白い人ですね」

「ちなみに僕なら、いくら近づかれても平気ですよ」

内城はコーヒーの気泡をすべて潰し終えると、今度は角砂糖を叩き始めた。

「内城さんは優しくて、いい人みたいですね」

内城は顔をあげた。

「でも、夏に恋人と別れたばかりなので、当分誰かと付き合うつもりはありません」

「それでも僕は諦めませんよ。『松崎仁説明会』でもいいので、また会いましょう」

「……考えさせてください」

落ち込む内城を残して、尚美はカフェを出た。ヤリスクロスに乗り込んでスマホのカレンダーアプリを立ち上げる。これから年末まで忙しくなる。スケジューラーの仕事に音楽関係のアルバイト、クリスマス・コンサートの他に、美悠のこともあるから。

尚美は口紅を取り出し、カフェで落ちてしまったリップを直した。

妹はクリスマスになるとひどく落ち込む。二年前のクリスマスイブに恋人と別れたからだ。新型コロナウイルスの緊急事態宣言下のことだった。

美悠は恋人と別れる前から、うつ病になっていた。コロナ以前は大阪大学でフランス語を学びながらペット霊園の受付のバイトをしていて、元気に過ごしていた。尚美にはよくLINEを送ってきて、霊園で起こった出来事やペットのオーナーの逸話をいろいろ話してくれたものだ。しかし、パンデミックが始まってからは、ペットの死が堪えがたいほどの悲しみになったようで、バイトも大学もやめてしまった。そのころの支えは当時の恋人だったが、「君といるのが鬱陶しくなった」と告げたきり、連絡を絶たれてしまった。

それからの二年、美悠の症状は深刻になり、尚美は美悠の看病に徹した。一時的にスケジューラーの仕事の時間を減らし、ピアノの練習は美悠が寝た後にした。パンデミックが一旦落ち着いてコロナが5類感染症に移行された今でも、美悠は気が滅入りがちで、ほとんど部屋から出てこない。母の奈々子は美悠のうつ病はもう治ったから、介入しない方が彼女のためだと言う。しかし母は、美悠の看病をしなかったからそんなことが言えるのだ。

尚美は口紅をバッグに戻し、美悠に励ましのLINEを送ってから、ヤリスクロスのエンジンをかけた。

帰りに寄ったスーパーでビルケンシュトックを履いた中年男性を見かけて、松崎のことを思い出した。クリスマス・コンサートで「僕への挽歌」を聴いた後、すぐに自殺してしまうかもしれない。ひとまず、思いとどまらせる理由を考えなければ。セラピーも必要だろう。最低な生活習慣も直さなければならないと、中年男性がウイスキーをカートに入れるのを見ながら考えた。アパートはひどく散らかっていたから、片付けが急務……いや、それより、そんなケアをしてくれるパートナーを探してあげなくては。結婚させてしまえば、パートナーは松崎に生きる意義を与え、生活も管理してくれるはずだ。そしてそれをきっかけに、自分は松崎から手を引けばいい。

しっかりサポートしてできるだけ早く人を自立させるのが、スズキ・メソッドなのだ。

尚美はスーパーの駐車場を出て、宝塚に戻る道中、松崎にはどんな結婚相手が理想かを考えた。尚美の友人や知り合いには、気難しくて小太りの松崎とデートしたがるような人はいなさそうだ。もっと範囲を広げなければ。同年代のパートナーが無理なら、年上の女性も（好みなら、男性でも）悪くないかもしれない。ただ、三メートルの距離を保った結婚を承諾する人などいるのだろうか。

6　アヴェ・マリア

尚美は楢山音楽大学を卒業してから、毎年十二月に、大学のホールでクリスマス・コンサートを開催している。OGには比較的安くホールを借し出してくれるし、コンサートのあとレセプションを開くと毎回かなりの人数が集まる。難しい曲を完璧に弾きこなすので、評判もまずまずだ。

クリスマス・コンサートを一週間後に控え、尚美はマンションのキッチンテーブルでパソコンを睨み、演奏するプログラムの最終調整をしていた。キッチンは日当たりがよく、冬でも明るくて暖かい。外は快晴で、赤い瓦と白い壁の宝塚劇場はドイツの城のように町に君臨している。誇り高い劇場が中心にある宝塚市は、現代の城下町だと言えるかもしれない。

窓ガラスに強い日差しが当たって、少し暑いくらいだ。尚美は鮮やかに輝く真っ白なレースカーテンを閉じた。もともとは祖母八重子の部屋にあったカーテンだ。大好きな祖母は尚美が十九歳のときに他界してしまった。八重子はいつも尚美の将来を考えて、ピアノの夢を応援してくれていた。今リビングにあるベビーグランドピアノは十五歳の誕生日に祖母がくれたものだ。子沢山で経済的に余裕のなかった母奈々子の代わりに、音大の学費も負担してくれた。

晴れた日にカーテンが優しく光ると祖母が恋しくなり、尚美はコンサート・ピアニストになる決意を新たにする。

プログラムに目を戻した。松崎がリクエストしたバッハのコントラプンクトゥスVをどこに入れればいいかしら。コントラプンクトゥスVはバッハの通が好む難しい曲で、バッハの対位法の頂点と言える。尚美の正確さを楽しむ松崎にとっては最高なのだろうが、クリスマス・コンサートには向いていない。他のどの曲とも相性が悪いが、仕方がない、悩んだあげくプログラムの後半に入れた。

アヴェ・マリアは最後の曲にした。松崎が手配したチェリストの名前を打ち込んだ。数日前のリハーサルに来てくれたチェリストは楢山音楽大学の学生で、抜群に上手く、ピアノとよく調和した。人と共演するのは数か月ぶりで、張り合いがあった。いい演奏ができそうだ。

レセプションはどうしようか。松崎は演奏を聴きにくるとは言っていたが、レセプションには参加してくれないだろう。そうなると幕が降りるや帰宅し、自殺してしまう恐れがある。

尚美はスマホを手にした。

《感想をうかがいたいので、コンサートが終わったあと舞台裏にお越しくださいませんか》と先日聞き出した松崎の連絡先にショートメールを打った。《すばらしいチェリストを手配くださったお礼も申し上げたいので、少しだけお話しさせていただけませんか。もちろん、三メートル離れますので》

しばらくすると、返信が来た。

《では、感想だけ述べさせていただきます》

尚美は眉を引き上げた。残ってもらうのにもっと苦労するだろうと思っていたのに。

《約束ですよ》

と念押しのメールを送る。

《わかりました》

これで少しだけ自殺を先延ばしにできそうだが、根本的に思いとどまらせるにはどうすればいいのだろう。松崎が死にたいのは、自分が生きているだけで人を危険に曝していると信じ込んでいるからだ。ならば、そうではないと思わせないといけない。危険の理由は教えてもらっていないし、口を割らせるのも難しそうだが、スズキ・メソッドに不可能はない。原因がわかれば、対策はできるはずだ。

やはり、会ったときに事情を詳しく聞き出して、その場で何らかの解決策を提案するしかないだろう。レセプションには遅れるかもしれないが、少しだったらなんとかなる。

尚美はプログラムのファイルを保存して、コンサートの衣装の準備に取りかかった。衣装はバーガンディのストラップレスのドレスに決めていた。優雅でありながらきちんとしているので、デキる女性を演出できる。髪は少し凝ったシニヨンに結い上げ、真珠とアセビの飾りを着けよう。

仕事の合間を縫ってコンサートの準備をしていると時間はあっという間に過ぎた。しかし、ピアノの練習をしていても、パソコンの画面で貿易流通のエクセル表を見ていても、いつの間にか松崎のことを考えてしまっている。

なぜ彼の生死をこんなにも気にしてしまうのだろうか。ピアノの図を描いてくれたからだろうか。それとも……。

……美悠のことがあったから？

あの日空に飛んでいこうとした美悠の姿が、突然目の前に現れた。

尚美は気持ちを落ち着かせようと、目を閉じてモーツァルトの「初心者のための小さなソナタ」の最初の十二小節を弾いた。


クリスマス・コンサートの当日は寒く、空は鉛色だった。重たそうな雲から雪が降ってくればクリスマスらしくなると期待したが、雪というよりは冷たい雨が降りそうだった。

コンサートホールの控え室でコートを脱いでいると、美悠からＬＩＮＥがあった。

《悪いけどあんまり調子がよくない。今日は行けないと思う》

思わず尚美は舌打ちをした。すぐにグロリア・ヒルズに駆けつけたかったが、それではコンサートに遅れてしまう。こういうタイミングをうまく見計らった美悠が憎らしかった。

数秒考えてから、グロリア・ヒルズの二階に住んでいる母に電話して様子を見に行くよう頼んだ。母は尚美ほどうつについての理解はなく、美悠の精神状態を和らげるのも下手なのだが、何を言われても任務を遂行するのがいいところだ。きっと会場に美悠を連れてきてくれるだろう。

コートをハンガーに掛けて、すぐに準備を始めた。アルバイトで雇った大学生も手伝ってくれた。着替えを済ませ、舞台袖からホールを見回した。普段より寒く感じられるのは、ストラップレスのドレスを着ているせいかもしれない。生姜湯(しょうが)でも飲んで身体を温めたいところだが、化粧をしたあとでは無理だ。手を擦り合わせて血行を良くする。

開始五分前に、またこっそり客席を覗(のぞ)いた。最前列に母と美悠が座っている。よかった。来てくれた。客席は埋まっていて、音大の先生も何人か来ていた。二列目に舎川雄平(とねかわゆうへい)がいるのを見て、目を細めた。昔付き合っていた男性だ。今も親しい友人で、恋人だったころの気持ちはいまだに少しくすぶっていた。

松崎が来ているとすれば、一番奥の隅の席かホール後方の壁際で立ち見をするだろう。そう予想して探したが、いなかった。

そのとき、チェリストに肩を突つかれ、白い紙箱を渡された。開けてみるとクリスマス・ローズとカスミソウのコサージュが入っていた。丁寧な筆跡のメッセージカードも添えてある。

《コンサートを拝聴するのを楽しみにしております。松崎》

尚美はほっと胸をなでおろした。ちゃんと来てくれたのだ。

バイトの学生に頼んでコサージュを胸に着けてもらった。ドレスを傷つけたくなかったからコサージュを着けるつもりはなかったが、せっかくの気持ちを大事にしたかった。クリスマス・ローズはシンプルで美しく、カスミソウは風に吹かれた雪の結晶のようにくるくると回っていた。

口元が緩み、冷たかった手が少しだけ暖かくなった気がした。

きっと上手に弾ける。

楢山で教えている友人による短い紹介のあとで、尚美は背筋をまっすぐに伸ばし、舞台に出た。照明がまぶしく、客席はほとんど見えなかった。松崎が座りそうな奥の席は黒い影になっている。

ピアノ椅子に腰かけ、一呼吸おいてから最初の曲を弾き始めた。プログラムはバッハとモーツァルトとリストで構成し、いくつかのクリスマス・ソングも混ぜた。松崎の批評を楽しみに、コントラプンクトゥスVに力を入れた。

今日の締めくくりは松崎に「僕への挽歌」と言われたアヴェ・マリアだ。

練習している間、どういうふうに弾けばいいか尚美は悩んでいた。確かに、挽歌のような悲しい要素もあるが、何回も弾いているうちに、信念と希望の歌でもあることに気づいた。それを強調するために、松崎が好む正確で軽い手つきで、余計な感情を込めずに弾くことに決めた。チェリストにも標準より少しアップテンポに弾くよう頼んであった。

ドラマチックな沈黙の後、尚美は指先で鍵盤にそっと触れ、美しいアルペジオを弾き始めた。

ピアノの伴奏は小川のように静かに流れ出し、少ししてからチェロが小舟のようにその上に乗り出してきた。小舟はピアノの音に撫でられ、支えられながら、優雅に下流へと流れてゆく。川が曲がるとチェロのメロディーがいなくなることはあったが、しばらくするとまた岩影から現れた。

あっさり弾くつもりだったのに、チェロの気まぐれで悲しそうなメロディーに乗せられてしまった。練習のときには起こらなかったことだ。

希望へ向けたはずの小舟はおのずと悲しさの海へと流れ、指もついそちらの方へ連れていかれる。

ふいに涙をたたえる美悠の瞳(ひとみ)が、頭の中に現れた。

あの日の美悠は……。それに、今の松崎も……。

尚美はまれに感じる無力感に襲われ、一瞬瞼(まぶた)を閉じた。

その刹那(せつな)、この曲の本当の力が指に宿り、指先は落ちていく雨だれのように自然に動き出した。

弾き終えて立ち上がると、指が微(かす)かに震えていた。

いつにない情熱が観衆に伝わったに違いないと思い、嵐のような拍手を期待したが、送られたのはいつもどおりの控えめな拍手だった。

7　ちくっとするコサージュ

尚美は花束を受け取り、舞台袖へ引っ込んだ。コンサートホールが明るくなると、赤いビロードの客席が見渡せた。観衆は数人ずつレセプションホールへ流れて行く。尚美はチェリストにお礼を言い、舞台裏に松崎が現れるのを待った。

松崎は、十分経っても来なかった。

そろそろレセプションに出ないといけない。コサージュまでくれたのだから、来ていないことはないはずだ。舞台裏への行き方がわからなくて、迷っているのだろうか。

花束を受け取った拍子に少し傾いたコサージュを直していると、胸のところがちくっとした。ピンが刺さったようだ。外して着け直そうとしたとき、カスミソウの中に小さな硬い物体があることに気づいた。

見つけたのは、ごく小さなマイクロフォンだった。

尚美はコサージュを外し、手のひらに載せた。

松崎が届けさせたコサージュの中に、マイクロフォンが隠されていた。松崎は約束の時刻を過ぎても現れない。

これはいったい、どういうことなのだろう。

尚美は首を傾げ、ふいに謎(なぞ)の答えを理解した。松崎はコンサートには最初から来るつもりなどなかった。これは盗聴器で、本人は離れた場所で聴いていたのだ。

ということは、今もどこかに一人でいて、それから……。

血の気が引いた。松崎は今、「僕への挽歌」の盗聴を終え、死のうとしているに違いない。

尚美はレセプションのことも着替えることも忘れてバッグを摑(つか)み、駐車場へ走った。ヤリスクロスに飛び乗り、松崎のアパートへ向かう。

楢山音楽大学のあたりは信号機が多く、松崎のアパートへ飛んで行きたくてものろのろ運転を強(し)いられた。

赤信号で止まったとき、尚美はすばやくスマホを取り出して、《自殺はやめなさい！》とショートメールを打った。

次の赤信号では、《死んじゃだめ！　だめよ！　待ちなさい！》と送信し、その次の赤信号でも、《絶対に死んではだめ！》と連打した。

悪い妄想がとまらない。天井にロープを掛けて……あるいは、剃刀（かみそり）を手首に当てて……いや、松崎はアパートにいるとは限らない。ロードスターに乗って、どこかの山奥へ行ったかもしれない。ドアを締め切り、ホースで排気ガスを導入し……。次の交差点には車がなかったから、赤信号を無視して加速した。コンサートのために履いたハイヒールはアクセルが踏みにくいので蹴って脱いだ。物理学者が書いていたとおり、効率の悪い靴だ。

やっとの思いでアパートの前に着くと、駐車場にカバーで覆われたロードスターが見えた。車から飛び降り、ドレスの裾に躓きながら裸足（はだし）で階段を駆け上がった。

古い金属製のドアを前にして、尚美の身体は震えていた。閉じられたドアが恐ろしかった。

深呼吸をしてから、ドアを拳（こぶし）で叩いた。

「松崎先生！」

大声で呼んだが、返事はない。ドアを叩きながら、さらに声を張り上げ、呼び続けた。

あの日、何も知らずに部屋のドアを開けると、パジャマ姿の美悠がベランダの手すりの上に立ち、笑っていた。

まるで空へ飛び立つ天女のように。

でも、本当は、飛び降りて八階下の地面に身体を叩きつけるつもりだったのだ。

尚美は悲鳴をあげそうになるのを必死に我慢した。ドレスが鉛のように重い……。

「松崎先生！」

松崎も今ごろベランダの縁(ふち)に立ち、笑顔で飛び降りようとしているのではないか。

「いるなら返事してください！　鈴木尚美です！　開けてください！」

震える手でスマホを取り出し、「110」と打ったが、そのとき、部屋の中からドスンという音が聞こえた。コールボタンは押さなかった。

「松崎先生！　いるんでしょう？　大丈夫ですか!?」

やはり返事がない。

尚美は階段を駆け下りると、車のトランクにあったスキーブーツを取り出し、また三階へと駆け上がった。外廊下沿いの風呂場の窓には鉄格子が付いていたが、長年の錆で傷(いた)んでいた。スキーブーツで力任せに叩き続けると、格子が外れて廊下に落ちた。

窓も破壊し、スキーブーツで開口部を広げる。

アパートの中からどたばたと走ってくる足音がした。ドアが乱暴に開けられ、白いTシャツに灰色のスウェットパンツ姿の松崎が、バーベキュー用の鉄串をかざして立っていた。

裸足のまま襲いかからんばかりだったが、松崎は尚美だと気づくと三メートル飛び退(の)いて、ゆっくりと鉄串を下ろした。そして、鳥打帽の耳あての下に入れていたイヤホンを外し、尚美を睨んだ。

「何なんですか！　僕がコンサートに行かなかっただけで、風呂場の窓を壊してアパートに侵入するつもりなんですか！」

「だってあなた！　自殺するつもりだったんでしょう？」

「僕はポテトチップスを食べながら鈴木さんのアヴェ・マリアについてのコメントを書いていただけですよ。あとで送ろうと思って」

松崎が下がったことでできた空間に、尚美はさっと入りこんだ。

松崎は「待って！」と制したが、尚美は部屋の中へとどんどん進み、ソファに座り込む。

松崎はゾッとしたような顔で、隣の寝室に引っ込んだ。ベッドに腰かけ、開け放たれた襖の奥から尚美の様子を窺っている。

ポテトチップスとドーナツの食べ滓が散らかっているコーヒーテーブルに、うつ伏せに開かれた『旅人』もあった。

ソファに置かれたクッションからはみ出した綿が、ベルヴェットのドレスの腿のあたりにくっついている。スキーブーツを鉄格子に振り下ろした拍子にドレスの脇腹の継ぎ目が裂け、尚美は綿がはみ出たぬいぐるみに見えなくもなかった。

「今日の演奏はとてもよかったです」

松崎は少し黙ってから、いつになく優しい口調で言った。「アヴェ・マリアを弾いてくれて、ありがとうございました」

「いいえ、どういたしまして。コサージュをあり……ちょっと待って！　話が違うじゃないですか。聴きに来て、そのあとでお会いする約束をしましたよね？　それなのに、どうして盗聴器なんか使って……」

『『行く』とは言っていません。『感想だけ述べさせていただきます』と言ったんです。ですから、今もう一度聴きながら感想を書いていたところです」

「…………」

「風呂場の窓ですが、弁償していただかなくてもけっこうです。僕のことを、どうしてかわかりませんが、気にかけてくれて、ありがとうございます。でも、もうこれっきりにしてください。……ドレスも、きれいです」

尚美にじっと見つめられて、松崎はぎこちなく呟いた。「感想はあとで送ります。今日はごらんのとおり、来客を迎える準備をしていませんので、もう帰っていただけないでしょうか」

尚美はだめになったドレスと錆の屑がついている両腕を見下ろした。どうしてよく知りもしない物理学者と、こんな変な状況に置かれてしまったのだろうか。松崎が正常で、むしろ必死に駆けつけてきた自分の方がどうかしているのだろうか。

「わかりました。勘違いしてすみませんでした。改めてご連絡します」

尚美はゆっくりと立ち上がり、襖の向こうに見える松崎に軽く頭を下げた。

コーヒーテーブルに置かれたスキーブーツを持ち上げたとき、『旅人』の下に小皿が隠れているのを見つけた。酔った松崎を送った夜に、カウンターにあったものと同じ小皿だ。スキーブーツで本をどかすと、見覚えのある、何の印もないカプセルが一錠現れた。カプセルの中には白い粉が入っている。むらがあり、手で詰めたように見える。

尚美はカプセルをスキーブーツで指した。

「これは何ですか」

「大きなお世話です。あとで必ず感想を送りますので、もうお帰りになってください」

「この薬は、見たことがありませんね。何の薬ですか」

「なんでもいいでしょう」

さっきまでの丁寧な口調を捨てて、松崎はとがった声で答えた。

「もうお引き取りください」

「めずらしい薬ですよね。見てもいいですか」

尚美は前かがみになってカプセルに手を伸ばした。尚美がつまもうとするやいなや松崎は「だめだ！　触るな！」と怒鳴(どな)り声を上げ、厳正なる三メートル・ルールを破って、寝室から突進してきた。松崎は左腕で尚美を押しのけ、カプセルを引っ攫(さら)って、スウェットのポケットにねじこんだ。すぐに踵を返して寝室に戻り、ベッドの縁にどすんと座った。

「実験で忙しいので、どうか帰ってください」

松崎の打ちひしがれたような声に、尚美はかえって動けなくなった。ソファに座り直し、松崎を睨む。

松崎も尚美を睨み返していたが、やがて根負けしたように口を開いた。

8　ファン

「シアン化カリウム!?」

松崎の言葉に、尚美は眉を吊り上げた。

「ラボで調合したものです。コンサートの感想を送信し、最後のおやつを食べてから、飲むつもりでした。ところが鈴木さんが乱入してきて、楽しみにしていた最後のおやつの時間を邪魔されました」

尚美は寝室の襖に半分隠れていた松崎とまともに対話するために、リビングの隅にある勉強机の椅子に移った。

「どういう悩みなのか詳しくはわかりませんけど、自殺よりもっといい解決策があるのではありませんか。三メートル以内が危ないというなら、山奥なり海辺なり、もっと広いところで暮らすとか、方法はあるでしょう」

「生きる方法があれば、自殺なんかしませんよ」

「だから、その方法があるかもしれないって言ってるんです。問題を詳しくお話しくだされば、一緒になって考えます」

松崎は答えず、頭を垂れて手を額に当てた。

短い冬の日は終わりかけ、暗くなり始めていた。壊れた風呂場の窓から冷気が流れ込み、尚美の裸の肩を撫でた。

松崎がようやく顔を上げると、目尻が涙で光っていた。

「どうして僕を救おうとするのですか」

驚く尚美に松崎は抑揚のない声で訊いた。「目的は何ですか」

「目的？　人の命を救うのに目的がいるんですか」

「絶対に必要です。目的も考えずに、人の命に関わる行動に出てはいけません」

松崎はTシャツの裾を持ち上げて目を擦った。ぽっちゃりしたお腹は無防備だ。しばらくして立ち上がると、できるだけ尚美から距離を取りつつ風呂場へ向かった。

「窓に段ボールを当ててきます。その間、どうして僕を救おうとしているのか、その目的をよく考えてください。どうして、他の人間ではなく、松崎仁を救おうとしているのか、考えていただきたいのです」

風呂場の電気がついたと思うと、廊下からグレーのパーカーが投げ入れられた。

「お茶を淹(い)れるので、しばらく待っていてください」

芯(しん)から冷えきっていた尚美はドレスの上にパーカーを着込み、肩を抱くようにして擦った。パーカーのポケットに入っていた四角い箱から小さなドライバーが出てきた。別のポケットにはペン型の検電器があった。父方の祖母の古い家の回路を検電したときに、似たようなものを弟の佑史が使っていた。

はっとして尚美はレセプションのことを思い出し、コンサートを手伝ってくれた友人や家族に慌ててＬＩＮＥで謝った。だが気づけば、どうしてこの人を救おうとしているのだろうかと、この二週間の自分の行動を振り返っていた。

五分ほどして風呂場から戻った松崎は、尚美を警戒しながらキッチンでお茶を淹れ始めた。彼も似たような茶色いパーカーを羽織っていた。

「鈴木さんのお茶はキッチンのカウンターに置いておきます。自分で取りに来てください」

松崎は尚美を避けるように遠回りしてベッドに戻り、ひとくちお茶を啜った。

尚美がキッチンで受け取ったマグカップには、英語で「地獄に落ちろ、呪われた素粒子め」という文句が印刷されていた。物理学界で通じる冗談なのかもしれない。

「いいですか、鈴木さんがここにいるだけで、僕が安全のために厳守しているルールがすでにいくつも破られているんです。僕を送ってくれた夜も、今も、鈴木さんは自分の身体を危険に曝しているんですよ。無茶してまで僕を救いに来た理由を、そろそろ教えていただかないと」

「それは……たぶん、私の大切なファンだからです」

尚美はピアノの図を思い出しながら言った。

「僕が、ファン……ですか。ストーカーではなくて？」

松崎は面食らったようだった。

「私には家族もいますし、友達もたくさんいます。しかし、私のピアノを真剣に聴いてくれる人は一人もいませんでした。私のピアノの曲目や感想を、丁寧にノートに書いてくれる人は、松崎先生しかいません。だから、ずっと私のファンでいてほしいんです」

松崎がまた見えにくい位置に移ってしまったので、尚美も位置を変え、テレビの前の座布団に座った。

「私はコンサート・ピアニストを目指していますが、私の弾くピアノは表現力に欠けているとよく言われます。諦めるつもりはないけど、自信をなくすときもあります。松崎先生が私のピアノが好きなのは、たぶん、一本調子で表現力に欠けていても、楽譜のとおりに正確に、純粋に弾くからじゃないかと思います。私の音楽の……良さがわかる人は、松崎先生しかいません」

松崎はしばらく黙ったままマグカップを見つめていたが、ようやく呟いた。

「答えられないと思っていました。まったく取り柄のない、いやな男ですから」

「私にとっては、大切なファンなんです」

「ありがとうございます」

だが、それに続く松崎の言葉は悲痛だった。

「光栄です。それに、残念です。あの事故の前に鈴木さんに出会っていれば、ファンであり続けることができましたが、もう手遅れです」

「やはり自殺するおつもりですか」

「僕の身体が危ないのは変わりませんよ。鈴木さんがスキーブーツで風呂場の窓を壊しても」

「あの、私は松崎先生を救いたい理由をお話ししました。今度は、松崎先生の身体がどうして危険なのか、説明する番ではありませんか」

松崎はマグカップをナイトテーブルに置いてから腕を組み、俯いたまま長い間膝を見つめていた。そして、いきなり立ち上がった。

「ドライブに行きませんか」

9 物理学者の告白

尚美は大阪の東にある信貴生駒スカイラインをアクセル全開で走っていた。

松崎のいう「ドライブ」は、彼がロードスターを運転し、尚美がヤリスクロスでそのあとをついていくことらしかった。松崎はロードスターに乗ると別人のようにスピードを出し、凄まじい速さで急カーブを縫うように走り続けた。しかも冬なのにオープンカーにしている。

ロードスターは道路にぴたっと吸いついて見事にカーブを曲がるが、ヤリスクロスはそうはいかない。追いかけるのに必死だった。

ヘッドライトの外は暗闇で、どんどん先を行くロードスターのテールランプが唯一の目印だった。反射神経がいい尚美でも何回かセンターラインを越えそうになり、アドレナリンがほとばしった。これも自殺行為の一種で、自分が道連れにされるのではないかと尚美は本気で疑い始めた。

「鐘の鳴る展望台」という人気のデートスポットに行くのかと思っていたらさっさと通り過ぎ、十三峠というところにさしかかった。ロードスターのウインカーがいきなり点滅したので、尚美は急ブレーキを踏み、慌てて右折した。

大阪の夜景を見渡せる駐車場に入り、ヤリスクロスをロードスターの隣に停めると、松崎はすぐにバックして、駐車場の反対側へ逃げた。

二人は、駐車場の両端から大阪の夜景を眺めた。尚美はすっかりだめになったドレスの上に松崎のパーカーを羽織り、さらに松崎が貸してくれたダウンコートまで着込んでいた。山の風は冷たく、フードも被った。かなり古いコートのようで、紐がなくなっていた。

「絶景ですね！」

尚美が声を張り上げて叫ぶと、スマホが鳴った。

「いい眺めでしょう？」

松崎は尚美ではなくて、スマホに向かって言った。「『鐘の鳴る展望台』が有名ですが、混んでいるし、こっちの方が断然いいと思います」

「冬なのにオープンカーにして、寒くありませんか」

「いいえ。シート・ヒーターのあるレザーパッケージにしてあるので、寒くはありませんよ」

二人はしばらく夜景を見下ろしていた。

「あの、スピードを出すのは、特に夜は危なくありませんか。カーブを切るとき、対向車にぶつかる危険を感じませんか」

「感じませんね。ちゃんとレーダーを装備していますから。僕が作った特殊なレーダーです。それに、きれいにカーブを切るにはセンターラインを越える必要があるんです。コーナーを曲がるときには、できるだけ早くアクセルを戻さなければいけないので、ターンの半径が最大になるルートを選択する必要があります。これをレーシングラインといいます。F1ドライバーはそれを達成するために何度も練習を重ねますが、実はかなり単純な方程式で……こんな説明、退屈でしょう?」

「いいえ。面白いですけど、やっぱりはらはらしますね」

大阪の夜景はきらきら光る絨毯(じゅうたん)のように足元に広がり、上空にはいくつかの星が見えた。

「僕は……」

松崎はようやく切り出した。「五年前、ジュネーブのCERNで働いていました」

「LHCという巨大な粒子加速器のあるところですね」

尚美はこの二週間、物理学についていろいろ調べていた。

「そうです。高いエネルギーに加速した粒子を衝突させて、検出器を通すことで単離し、未知の物理学を研究する施設です。僕は二十八歳のとき、東京大学のポスドクとして研究をしていたのですが、ICEPPのグループでジュネーブに行くことになりました。僕のチームはATLAS(アトラス)という検出器のアップグレードを行っていましてね。素粒子実験では粒子を膨大な回数衝突させて、それが期待している反応と思(おぼ)しき振る舞いをしている結果を、イベントとして選び出すんです。その際の詳細な衝突反応データを記録する三次元カメラの役割をするのが、ATLASです。で、CERNの加速器は、ビッグバン直後のほんの一瞬しか存在しなかった素粒子を創り出して、この宇宙を構成する物質世界の基本要素を突きとめることをめざしているのですが……」

山風がうなり、スマホから伝わる松崎の声が雑音で濁った。

「これから話すことについては」松崎は低い声で言った。「絶対に他言しないでください。よろしいですか」

「誰にも話しません。約束します」

「僕が死んでも、ですよ」

「遠い将来の話でしょうけど、約束します」

「……僕が」

松崎は長い間を置いてから、風でかき消されそうな低い声で言った。

「この世で一番きらいなのは、人間が言葉と行動を一致させないことです」

「……つまり、嘘をつくという意味ですか」

「それも含まれます。人間は粒子とは違って、非論理的な行動に出ます。その行動は、場合によっては、非常に危険です。もちろんすべての危険を未然に防ぐのは無理ですが、言葉と行動が一致していれば、危険を減らすことができます」

「二回もお宅に乱入した私も、危険な人間ということなんでしょうね」

「違います。危ないのは動きが予知できない人間です。人間は粒子よりずっと『不気味（スプーキー）』なんですよ。鈴木さんは人間にしては動きがわかりやすいです。さっきは僕を驚かせましたが、それは行動エネルギーが予測を上回ったからで、言葉と行動を一致させていないからではありません」

松崎は続けた。「彼らの行動がわからないのは、複雑で不可解なルールに従うからです。ミクロな世界にある素粒子の場合は、その位置と速度を同時に無限の精度で測定することはできません。これは、ハイゼンベルグの不確定性原理として広く知られており、現在では完全に確立しています。とはいえ直感的には納得できないのももっともで、あのアインシュタインでさえ受け入れていませんでした。一方、人間を含むマクロな世界の物体に対しては、その不確定性は実質的には無視できるので、わかりやすいはずです。なのになぜか僕には人間の振る舞いが全く理解できないのです。鈴木さんは例外で、少なくとも位置を、おおよそではあるんですが、測定できるんです。実験を重ねてもっとデータを集めれば、速度の推定もより正確にできるようになるかもしれません。今日はいいデータをくれました」

風が和(やわ)らいだ。松崎がスマホを耳と肩の間に挟み、手でライターを庇(かば)いながらたばこに火をつけるのが黒い輪郭として見えた。大阪の夜景の上空に、小さな粒子が灯(とも)る。

「鈴木さんは知りたいようなので、僕がどうして危険なのか教えます。僕はＣＥＲＮで大変なミスを犯しました」

松崎はおもむろに話し出した。「鈴木さんはＬＨＣについてどのくらいのことを知っていますか」

「スイスとフランスの国境の地下に埋められたドーナツ形の管が、加速器ですね」

最近ネットで調べたばかりだ。「二十七キロメートルもの長さで、粒子を時計回りと反時計回りに加速させて衝突させ、飛び出してきたより小さい粒子を研究するための施設ですよね？」

「まあ、おおざっぱに言えばそうです。ＬＨＣは巨大なマグネットを使って、素粒子を光速近くにまで加速させます。衝突によって出来るのは、ビッグバンが起こってからナノ秒よりも短い時間にしか自然に存在しなかった、現在知られていない新たな素粒子です。これを分析すれば、物質の基本構成要素と宇宙そのものの歴史の秘密を知ることができます」

それまで抑揚のなかった松崎の声は話しているうちに熱を帯びてきたが、急に恥ずかしくなったようで、いきなり黙った。

「……とにかく」

松崎はふたたび続ける。「ある日、僕は地下トンネルで、『ビームパイプ』という粒子が走る管の部品を取り換えていました。ビームパイプはLHCの心臓部です。CERNの巨大な機械やマグネットや冷却装置は全部、そのビームパイプに粒子を通すためにあります。僕はピクセル光輝度検出器(PLT)のZ+側の高電圧(HV)を止めるように……」

松崎は説明が専門的すぎると気づいたのか急に黙り込んだが、また話し出した。「その日……ある事故のせいで、僕は、ビームパイプの生きた回路に触れて、感電しました。二十ミリアンペアの電流を受けて、失神してコンクリートの床に倒れたんです。運が悪いことに、頭がビームパイプにぶつかって、パイプを曲げてしまいました」

「よく助かりましたね」

「病院へ運ばれて、三日間意識が戻りませんでした。本当なら、CERNほどの施設ではあり得ない事故です。安全装置が幾重にも設置され、安全トレーニングも徹底していて、ミスを犯す余地はゼロに近い。それなのに、僕は……ミスを犯してしまったんです」

松崎の指先に挟まれた赤い点が少し揺れる。

「僕のミスのせいで、千人の研究者が関わるアップグレードが停止し、とんでもない迷惑をかけてしまいました。チームの誰とも目を合わせることはできませんでした。退院してすぐ、チームに相談することなく、飛行機に飛び乗って帰国しました。臆病者の夜逃げですよ」

「…………」

「冷えてきました。車に戻りましょう」

赤い点は流れ星のように弧を描いて暗闇を横切り、空中で消えた。松崎がビルケンシュトックで地面を擦るのがおぼろげに見えた。

「お話を最後まで聞きたいんですけど」

と尚美は言ったが、松崎はもうロードスターに向かって歩き出していた。スマホの通話はつながったままだ。

尚美もヤリスクロスに戻り、ヒーターを入れた。身体は芯まで冷え切っていた。ぼろぼろのドレスの裾とハイヒールを見て、レセプションに行かなかったことをまた思い出した。家族や友人はどう思っているだろうか。鈴木尚美のイメージが傷ついていなければいいのだが。こんなヘンテコな物理学者のせいで……。

松崎は自分の車に戻ってからもしばらく黙っていたが、ようやくまた話し出した。

「僕が死ななければならないのは、三年前に筑波(つくば)大学の学会に行った帰り、飛行機の機内で取り返しのつかない事態が起きたからなんです。通路の向かい側に小さな男の子が座っていましてね、大輔くんという名前でした。大輔くんはトレイの上でレゴを組み立てていましたが、ブロックを次々床に落としてしまうので、肝心なところでブロックが足りなくなってしまいました。……僕は基本的には人に干渉しないことを鉄則としています。でも、愚かな僕はその効率の悪さに我慢できず、ブロックを拾って、組み立ててあげました。大輔くんのお母さんは赤ん坊のお世話で忙しかったようで、結局僕はずっとレゴの相手をさせられました。そして、飛行機を降りるとき、大輔くんは……」

松崎は少し黙ってから、小さい声で続けた。「レゴのお礼を言いたかったようで、『おじさん、ありがとう』と、僕の首に抱きついてきました。僕がびっくりして固まっていると、彼は、『楽しかった』と……言い終わらないうちに突然、僕の胸元に倒れ込んできたんです」

電話口で松崎が深呼吸をする音がした。

「即死でした」

尚美は息を呑んだ。

「何回も言っていますが、僕は危ないのです。これで自殺する理由がわかったでしょう。では」

松崎は突然ロードスターのエンジンをかけて、バックして駐車場を出て行ってしまった。そしてスカイラインに出ると、和歌山の方へと走り去った。

尚美は電話を車のスピーカーにつなぎ、ヤリスクロスで追った。

「松崎先生！　松崎先生！　返事してください！」

返事はなかった。しかしスマホの画面は、会話の秒数を刻み続けていた。それに松崎は大阪方面でなく、和歌山へ行く道を選んでいた。
まだ話したがっているのだ。

10　市街地からは見えない星

信貴生駒スカイラインを和歌山方面へ走りながら、尚美がスピーカーフォンでしつこく呼びかけた結果、松崎はようやく応答した。松崎は、自分がどうして危険なのかについて、にわかには信じられない説明をした。大輔くんの死因は、彼の胸に埋め込まれたペースメーカーの誤作動によるものだった。完全房室ブロックという持病を抱えていた大輔くんはペースメーカーが頼りだったが、松崎の頭にある磁場によってペースメーカーが誤作動し、死んでしまったという。

そんなことはあり得ないと尚美が言うと、松崎は険しい口調になった。

「この話は、聞きたいと言われたから、あえて話したのです。物理学者ではない鈴木さんのような人に、あり得るとかあり得ないとか、言われたくないですね」

尚美はどきっとし、ダッシュボードのスピーカーに向かって慌てて謝った。

「最初は僕もペースメーカーの故障だと思っていましたが、故障は見つからなかったんです。それに、大輔くんのお母さんの話では心臓は安定していたそうです。機内なので携帯はもちろん切っていたし、そのときは僕含め誰も死因が僕だとは考えもしませんでした。しかし、それから一か月ほどして、スマホのコンパス機能が故障し、僕の携帯は位置を認識しなくなりました」

松崎によると、スマホのコンパスがだめになったのは彼の脳によって磁化されたからだそうだ。

「僕は仮説を検証するため、いくつかの実験を行い、自身の脳に強い磁場が出来ているのを確認しました。脳に金属を入れるような手術は受けたことがないし、信じがたい結果だとはわかっています。でも、実験が立証しているので、これはゆるがぬ事実なんです」

松崎は怒りを押し殺したような口調で言った。「僕が自分を危険だと言って、人と一定の距離を保つことを、同僚も、おそらく鈴木さんも、僕のただの思い込みに過ぎず、科学的根拠がないと思っているでしょう。しかしそれは、安全のためにどうしても必要な距離なんです。鈴木さんは、ロードスターで送ったときも今日も僕に近づいてしまったので、すでに身体がダメージを受けているかもしれません」

尚美はロードスターのテールランプを追いながら、どう答えればいいか考えた。反論したいところだが、今の目的は物理学を論ずることではなくて、物理学者を救うことだ。

和歌山方面へ走り続けていると、スカイラインは珍しく直線になり、尚美はハンドルを握っていた指から力を抜いた。夜空を見上げてびっくりした。市内ではほとんど見えない星が見えたのだ。

「松崎先生は星を見上げると何を考えますか」

急に星に話題が変わって松崎は戸惑っていたようだったが、

「宇宙の始まりについて考えます」

　とようやく答えた。いやな話題から解放されたからか機嫌を直し、宇宙の加速膨張について専門用語だらけの説明を始めた。暗黒物質（ダークマター）や暗黒（ダーク）エネルギー、ジェイムズ・ウェッブ宇宙望遠鏡についての最新情報が、スピーカーから尚美の耳に一気になだれ込んできた。

　松崎が話す速度を上げると、ロードスターが減速するという半比例の関係があるようで、尚美はほっとしてアクセルを踏む足の力を緩（ゆる）めた。

　話に聞き入っていると、中世ヨーロッパの物理学者というテーマに展開した。尚美が地動説を思いついたガリレオはすごいと言うと、カースピーカーを通して松崎が喉を鳴らすのが聞こえた。

「鈴木さんは間違っています。地動説を考え付いたのはガリレオ・ガリレイではありませんよ。ガリレオは、木星の周りを公転する四つの衛星を発見して、同じように太陽の周りを惑星が公転していても問題ないと確信し、コペルニクスの地動説が正しいことを裏付けたんです」

　松崎は尚美の発言を待っているようだったので、

「勉強が足りなくてすみません」

　と言った。

「まあ、いいです。とにかく、ガリレオは実験物理学者で、優れた技術者でした。テクノロジーはすでにありましたが、レンズを何回も削っては磨いたり、位置を変えたりと繊細なプロセスを経て改良していったんです。今で言えば、ガリレオが使ったのは双眼鏡と同じぐらいの低解像度の望遠鏡にすぎなかったのですが……人間の宇宙観を逆転させるには十分でした」

「えっ、双眼鏡でも地動説を証明できるんですか？」

「ええ。双眼鏡で木星の衛星が見られます。物をより精密に観測することができるようになると、新しい発見が生まれます。最新の物理学もその本質は、結局ガリレオのやったことの精度を上げただけ、という言い方もできるかもしれません」

松崎と尚美は十一時ごろにようやく自宅方面へ戻ってきた。天気は一変して、交差点で止まったロードスターの優雅な赤い車体に大粒の雨が降り注いでいた。

「鈴木さんは饒舌(じょうぜつ)ですね」と松崎は言った。「今は張り切っているようですが、明日になれば冷静になって考え直すでしょう。僕はそれで結構です。アヴェ・マリアを聴けましたし、思い残すことはありません。もう僕にかまわないでください」

ロードスターとヤリスクロスは青信号の下でゆっくりと走り出した。

「あの、カプセルのことですけど、私に預けてくれませんか」

「とんでもない。あれは一粒舐(な)めるだけで死ねるんですよ」

「だったらなおさらです。またすぐ松崎先生の気が変わって、飲んでしまうかもしれないじゃないですか。少なくとも月曜日までは生きてください」

「月曜日ですか」

「明日は妹のところに行く約束をしているんですが、月曜は空いているので、アパートに伺います。私の話を聞いてほしいんです」

言葉と行動を一致させていない。月曜日は少しも「空いて」いないのだ。

すぐにまた赤信号の下に来た。

「窓を開けてください」

突然、松崎が言った。

「え?」

「窓を開けてください。預かってほしいものがあります。月曜日にお会いするにしても、これだけは先にお願いしたいのです」

尚美が左側の窓を開けると、薄茶色の封筒がたくさんの雨つぶと一緒に投げ込まれた。見ると、宛先はCERN CH-1211 Genève 23 Switzerlandとなっていて、「松崎仁　身体の磁場についての小論文と遺体処理の際の注意点」という文字が、ノートと同じくきちんとした筆跡で書かれていた。

11　ウシを愛する人

翌日の日曜日に、尚美は美悠の様子を見に行った。同じグロリア・ヒルズに住んでいるので、自分の六階の部屋を出てエレベーターに乗り、八階まで上がるだけで着いてしまう。

美悠は今二十二歳だ。うつ病になって大阪大学を中退してからは、グロリア・ヒルズの八階で暮らしてきた。家賃は払えないので、うつが治るまでは尚美と母の奈々子が折半して負担している。スズキ・メソッドでは許されないが、回復のための妥協策だ。

　尚美は部屋のドアの前でしばらく立ちつくした。美悠が空に飛び立とうとした日以来、このドアを前にすると顔が強張り、鼓動が速くなる。昨日のことがあったからか、今日は普段よりも反応が激しい。

　開けられずに立っていると、さっきのＬＩＮＥで姉の訪問を知っている美悠がドアを開けた。毎回掃除させてもすぐ散らかる玄関で、美悠は尚美が一番見たくない、あの日のパジャマを着て立っていた。

「おはよう。入って」と美悠はくぐもった声で呟いた。

「もう十一時なのに眠そうね」

　尚美は朗らかな声で応え、部屋に上がると買い物袋をキッチンカウンターに置いた。美悠は髪の毛をポニーテールに束ねながら袋を漁り、おやつに買ったクッキーの袋を開け一枚口に放り込んだ。尚美はそのついでに美悠の手首を確認した。数か月前までは、剃刀による切り傷がいくつか手首に並んでいたが、最近は治ってきている。

「つまみ食いはだめよ」

　尚美はほっとして笑い、美悠の手の甲を軽くたたいた。

　美悠は鼻を鳴らして、ソファに身を投げた。尚美は昼ご飯を作り始めた。妹はここ数年まったく料理をせず、栄養を摂らせるために尚美が食事を作ることがよくあった。今日は寒いので、野菜たっぷりの鍋だ。

これで元気が出るといいのだが。

尚美は鍋の具材を切りながら、先日レセプションに出られなかった詫びを入れた。自殺の話をするのはよくないかもしれないが、美悠の反応を見たかった。

「窓を壊したの？　いくらお姉ちゃんでもやりすぎなんじゃない？」

美悠はほんの少し笑った。

「自殺を止めるにしても、警察に通報するぐらいでよくない？　人を死なせないのは難しいと思うよ。二十四時間監視することはできないんだし」

「美悠に言われたくないわ」

「そうだよね……」

美悠は顔をソファのクッションに埋めた。

「私って、酷い人だよね。生きててもしょうがない人」

尚美はため息をつき、松崎の昨晩言ったセリフを思い出して顔をしかめた。

『前にも言いましたが』

彼は別れ際、こう言ったのだ。『無責任に人の命を救ってはだめなんです。鈴木さんは、僕がCERNで失った評判を取り戻して、なおかつ頭脳にある磁場をなくしてくれるとでも言うんですか。そうでなければ、僕を救う意味はありません……そろそろ帰りましょう』

尚美は鍋の底に豆腐とキャベツを敷いて上に豚バラ肉を盛り、水に酒と鶏がらスープの素を入れ、塩コショウをふった。鍋をカセットコンロに載せて火にかける。

「アパートに駆け込むなんて、お姉ちゃん干渉しすぎだよ」

美悠はクッションに埋めている顔を横向きにして、怒ったように言った。「お姉ちゃんはいつも人のことに首を突っ込んじゃう。彼の家族に任せたら？」

「家族ねえ。出身は福井らしいけど、家族については何も言わなかったから」

『僕は福井県生まれです』と松崎は言っていた。『東尋坊のあるところです。自殺の名所ですが、行ってみると大した崖じゃないんです。本気で飛び降りたければ、もっと高くて観光客も行かない、確実に一人で死ねる崖を選ぶべきです』

尚美は引き出しから箸を取り出しながら、美悠に言った。

「昨日はレセプションを欠席しちゃってごめんね。せっかくお母さんと一緒に来てくれたのに」

天才物理学者の話が終わってしまったからか、美悠はいつもの眠そうな表情に戻っていた。気だるそうにソファにもたれる。

「コンサートは、すごくよかったよ」

美悠は力なく言った。「最後のアヴェ・マリアが特によかった。あのチェリスト、上手だったね」

「そうだね」

相槌を打ちながら尚美は眉をひそめた。

ピアノの通である松崎がアヴェ・マリアを依頼してきたこと自体、おかしいと気づくべきだった。

　なぜならアヴェ・マリアはチェロがメインでピアノが弾くパートはただの伴奏に過ぎないからだ。最初から松崎は、盗聴器を仕込んだコサージュをチェリストに託し、尚美につけさせる算段であの曲を選んだのかもしれない。

　アパート前で尚美がコンサートに誘った瞬間から、それを思いついていたのだろう。いやらしいほどにすばやく頭を回転させられる人だ。

　鍋を煮込んでいる間、流しに溜まっていた食器の山を洗った。ガスコンロの上のレンジフードは汚れで黒くなっていた。フードの隅に美悠が指で「停滞」と書いたらしい。尚美は洗剤を湯に溶かし、埃（ほこり）と漢字を拭き取った。

　出汁（だし）のいいにおいが漂い始めた。鍋の蓋（ふた）を取ると湯気が立った。

「出来上がり！」

　尚美はつとめて明るい口調で言った。

　美悠はソファにすわったまま動かないので、キッチンへ手招きした。

「起きたくない。ソファまで持ってきてくれる？」

「ちゃんとテーブルまで来なきゃだめよ」

　美悠に近づいてそっと引っ張っただけなのに、

「触らないで！」

　と美悠は尚美の手をふりほどいてソファにうずくまり、頭をクッションで覆って震え始めた。

尚美は目を閉じて、十まで数えた。美悠はうつになってから、触れられるとパニックを起こすことがある。まるで木の人形のように身体を硬直させて動かなくなるので、根気よく一歩、また一歩と歩かせる必要があり、幼いころから美悠に自立心を備えてほしいと世話してきた尚美は当惑してしまう。理解することもできなければ、やめさせることもできず、無力感に襲われる。

それでも、このところ調子のいい日もあった美悠がフリーズするのは数か月ぶりだった。原因はきっと昨日のコンサートだろう。母に無理やり連れ出されたのに、尚美がレセプションに来なかったことに怒っているのだ。予想できていたから、今日は仲直りのためにプレゼントを持って来ていた。

「昨日は本当にごめんね。ほら、ウシを持って来たよ」

美悠はクッションの下から少しだけ顔を覗かせた。

ソファで丸くなっている美悠は、いろいろな大きさのウシのぬいぐるみに囲まれていた。小学三年生のときに北海道の牧場の土産物店で買ってもらって以来、ウシのぬいぐるみを集めているのだ。ウシは一時クローゼットの奥に押し込まれていたのだが、うつ病になってから美悠はふたたびコレクションを引っ張り出し、全部ソファに並べている。「目が優しいから」らしい。美悠はコロナ禍の途中から、マスクをつけている人の目を怖がるようになった。『みんなが陰気な感じで、視線も厳しいの。私に飛び掛かってきそうで怖い。でも、ウシの目は優しくて、癒される。ウシに囲まれて、何が悪いの？』

それからはウシたちに囲まれてじっと座り、物思いにふけるようになった。

今日持って来たのはファミリーレストランのショーケースにあった黒毛和牛のぬいぐるみで、背中の布に「私牛」と書いてあり、「マイ・カウ」とふりがなが振られている。

「かわいい。ありがとう」

「どういたしまして。さあ、食べよう」

「……うん」

妹の前に箸とお椀(わん)を置いて、鍋をテーブルに移した。具を取り分けてやりながら、尚美は唇を嚙んだ。今日の美悠は調子がよくない。うつ病を発症して以来、自己嫌悪から来る絶望で美悠はよく尚美に八つ当たりした。あるときは会話の途中で態度が一変し、

『お姉ちゃん、私のこと、きらいでしょ? 私が死んじゃったら、お姉ちゃん嬉しいでしょ? 大事な時間を私なんかに使わなくてもよくなるからね』

そう叫んで暴れ、尚美が押さえようとすると顔をつねってきたり、爪で腕を引っかいてきたりした。発作が終わると尚美に抱きつき、張り裂けそうに泣いていた。

どれだけ言葉を尽くしても、妹が暗黒に沈んで行くのを止めることはできなかった。

なによりあの日、あのとき、バルコニーの手すりに立っていた美悠の笑顔が忘れられない。思い出すだけで、胸から息がすっと抜け、悪寒が走る。

松崎のアパートの窓を壊していたときも、まったく同じ感覚に襲われていた。大事な人が死の淵(ふち)に立ち、今にも転落するのをただ見ていることしかできない、無力感。

松崎はそんな無力な尚美のピアノを聴いてくれて、図面を引いたりイラストや批評を書いてく

れる人だ。尚美の音を、聴いてくれる人。

その音に全身全霊で耳を澄ませている人は、この世界にたった一人しかいないのだ。

12 ボロアパートの持ち腐れ

週明け月曜日、出社時間が少し遅くなると会社に連絡をしてから、尚美は通勤途中に松崎のアパートに立ち寄った。前の晩、彼はショートメールでの長い交渉の末に、この日の午前八時ちょうどまでは生きると約束したからだ。それでも、ドアの前に立つと心臓がド、ド、ド、と早鐘のように鳴っていた。美悠のドアも怖いし、この人のドアも怖い。

この人は八時まで自殺しないと約束したと、尚美は自分に言い聞かせた。今は七時三十分。約束は物理学者にとっては絶対に破れないルールだそうだ。

ノックすると、十秒ぐらいしてスマホが鳴った。

「もしもし。来てくださったんですね。驚きました」

「もちろん、伺いました。ご健在でよかったです」

電話の向こうで少し大げさなため息が聞こえた。

「おかげさまで」

「ご丁寧な評もいただきました。ありがとうございます」

今朝スマホをチェックすると、クリスマス・コンサートで弾いた曲についてとても長い批評が送られてきていた。アヴェ・マリアが《途中から乱れ始めました》とあって、笑ってしまった。一方、コントラプンクトゥスVは《非常に正確で、素晴らしかった》そうだ。こちらについてのコメントは二ページに亘り、尚美は音大時代の音楽理論の授業を思い出した。

「入ってもいいですか。コーヒーを持ってきました。ブラックですけど、砂糖とミルクもあります」

「……そうですか。では、ドアの前に置いてください。あとで受け取りますから」

「あの、寒いんですけど」

「中に入ってもいいですが……ここは別の部屋になります」

「別の……部屋ですか。いったい誰の」

「もちろん僕のですよ。他人の部屋に上がらせるわけにはいきませんから。ここは家賃が安いので、安全のために周りの空間も全て確保しているんです。ここ301号室と隣の302号室、それに下の201と202号室です。ふだん住んでいない部屋は僕のラボでもあります」

「はあ?」

「鈴木さんは、僕から一番離れた202号室に入ってください。鍵は開けてあります」

尚美は持ってきたコーヒーをドアのそばに置いて、砂糖とミルクを添えた。そして狭い階段を二階まで降りた。202号室のドアに鍵はかかっていなかった。

「ごめんください」

念のためそう告げた。

部屋は松崎が暮らしている部屋と違ってきちんと整頓され、とても清潔な空間だった。分厚い参考書がずらりと並んだ本棚の他には、金属製の作業台がいくつかあり、周辺には物理の実験に使うと思われる計測器や電子機器が、きれいに束ねたコードでコンセントに繋(つな)がれていた。部屋は古いのに、コンセントは新しく付け替えたようだ。3Dプリンターもある。

作業台にはさまざまな金属の筒や針金が置いてあって、後ろの壁にはぱんだごてやペンチなどが整然と並べられていた。たくさん引き出しのある金属製のツール・キャビネットも何台かあった。キッチンに調理器具はなく、カウンターに二台のパソコンと三台のモニターが並べられ、グラフや数字のデータが動いている。

暮らしている部屋はめちゃくちゃなのに、このラボは汚れ一つない。空間の使い分けをきちんとしている人のようだ。それに、アナログの計算尺やレトロな二代目NB系ロードスターと違って、この部屋の設備は最新のように見えた。

部屋の中央に小さな机と椅子があり、上にドーナツチェーン店の紙箱があった。尚美は持参した自分のコーヒーをその隣に置いた。住んでいない部屋は配達人と顔を合わせずにドーナツやスナックを受けとるのに、便利なのだろう。

ドーナツの箱の横には、書き置きがあった。

「屑を散らかさないように気をつけてください」

尚美は松崎の散らかったコーヒーテーブルを思い出して、ぷっと噴き出した。松崎は尚美が来たことで「驚いた」と言っていたのに、ちゃんと迎える準備をしていたのだ。

箱を開けてマラサダを選び、ナプキンの中央に置いた。

スマホを取り出して松崎に電話した。

「すごいラボですね。いろいろな実験ができそうです」

「CERNや東大のラボと比べたら、ただのおもちゃ箱なので、実験も捗りません」

「大学にラボがあるのに、わざわざここで実験するのはどうしてですか」

「もちろん、脳に磁場があるからです」

松崎はイライラした口調で答えた。「大学のラボで安全に実験ができるのであれば、こんな寄せ集めのラボを使うと思いますか」

「それは失礼いたしました」

「では、聞かせてください。僕をどうやって救うのですか」

いきなり問われて、尚美は戸惑った。本来なら、当たり障りのない話から始めて、ゆっくり本題に入るつもりだったのだ。それでもちゃんと考えてきたので、さっそく説明し始めた。

「私は、松崎先生ご自身がドライブ中に話された問題を解決することで、先生の命を救おうと考えています。要求は二つありましたね。CERNで失われた評判を取り戻すことと、脳の磁場をなくすこと」

「失礼ですが、鈴木さんは物理学者でも医者でも、ましてや神様でもないので、できないはずです」

尚美は無視して続けた。「まず、CERNの同僚に連絡して……」

「僕がドライブで言ったことを聞いていなかったんですか。連絡しても、誰も対応しませんよ」

「私が連絡すればちがうかもしれません。人を説得するのはけっこう得意なんです。事実、今にも死のうとしていた松崎先生はまだ生きていて、私の話を聞こうとしているではありませんか」

「………」

「CERNの同僚の名前を教えていただけませんか」

「ですから……」

「松崎先生は、脳に磁場ができていることを信じて疑わないのでしょう？」

「実験で確認しているので、信じるしかありません」

「その実験結果を先方に見せれば、信じてもらえるのではありませんか」

長い間を置いてから、松崎は慎重に言った。

「鈴木さんは、おおよそ言葉と行動を一致させる比較的安全な人だと判断したので、CERNに連絡できない理由を打ち明けます。脳に磁場があることは立証できますが、次にその原因を説明しなければならなくなります。あり得ないと言われるに違いありません」

消極的だった松崎が早口でしゃべっている。「長い時間をかけてそのあり得ない原因を立証できたとしても、今度はさらなる問題が生じます。僕は質問攻めに遭うでしょう。物理学界の誰もが僕の研究に参加しようとして、方程式を見たがります。僕は笑いものにされるよりも、人の注目の的になるのが大嫌いなんです」

「物理学界を揺るがす大発見！　素晴らしいではありませんか」

尚美は意識して明るい口調でおだてたが、気が沈んだ。被害妄想に誇大妄想甚だしい。

「ところで、先生の言う原因とは何でしょうか。なぜあり得ないとお考えですか」

「それは言えません」

「では、同僚に連絡するのはさておき、CERNでの事故についてお聞かせください。先生は感電して倒れたのですよね？　後遺症はありませんか。体調は戻っても精神的なトラウマが残ったりしていませんか」

「………………」

「それに、大輔くんの死が身近で起きたショックもありますし……人に近づかれるのがこわいとか……」

「なるほど」

松崎は尚美の言葉をぴしゃりと中断した。「それが鈴木さんの本当のねらいでしたか。セラピストになったつもりで、僕の精神的な痛みを治すつもりですね。僕の脳に磁場があるということは、やはり全く信じていないのですね」

スマホの向こうから、とげとげしい空気が伝わってきた。

「僕が抱えているのは物理学的な問題です。鈴木さんがセラピーをやりたいなら、他でやってください」

「そんなつもりはありま……」

と言いかけて、尚美は自身の言葉とこれから予定している行動が一致していないことに気づいてしまった。次の言葉を慎重に選ぶ。

「磁場のことは、松崎先生の実験を見せてもらいさえすれば信じられると思います。『原因』については、おっしゃっていたとおり私は門外漢だし、判断できません」

「正直に答えてもらえると助かります。それでいいんです」

「では」

尚美は淡々と続けた。「物理学の話はやめて、生物学の話をします。脳はトラウマを負うと、海馬がダメージを受けます。海馬は恐怖反応や記憶を制御する器官なので、いろいろな後遺症が発生します。セラピーはいらないということでも、海馬のダメージは治す必要があります」

「海馬はダメージを受けていま……」

松崎は自分に言い聞かせるように呟いた。「しかし、海馬は脳幹の上に位置しています……ということは……」

一本取った、と尚美は思った。

「そのために私が考えたのは、大輔くんのお墓参りです」

「大輔くんの、お墓参り、ですか」

急展開に戸惑っているようだ。

「僕は大輔くんの家族じゃないし、無神論者です」

「それでも、人が亡くなれば、故人を偲(しの)んでお墓にお参りするのは人間社会のルールの一つです。行かないと、ルール違反になりますよ」

「ルール、ですか」

少し感動のにじむ声がした。「正確には、ルールではなくて、しきたりですが」

それからしばらく、しきたりや規則やルールの定義について説教されたが、松崎が興味を持ったのは確かだった。

「しかし……人に迷惑はかけたくありませんし、プライバシーの侵害でもあるでしょう」

「いいえ、違います。松崎先生がお墓参りをするのはなにもおかしくありません。私が前もって大輔くんの家族に連絡しておきます。きっとお喜びになると思いますよ。大輔くんの名字はご存じですよね」

松崎はしばらくしてから、小さい声で呟いた。

「大原（おおはら）です。確か、大阪に住んでいたと思いますが、お墓がどこにあるのかはわかりません」

「私が探します」

少しの逡巡（しゅんじゅん）のあと、松崎は、

「では……お願いします」

と静かな声で受け入れた。

「大輔くんのお墓の場所がわかったら、すぐに連絡します」

「はい」

「私はこれから松崎先生の将来のために力を尽くします。だから、これからも生きていくと約束

してください」

「そういう約束は無理です。僕にとって、約束は絶対に破ってはいけないルールなので」

「では、とりあえず、あと十日は生きる約束をしてください。一週間と三日です。今週の木曜日は会社のイベントがあるのでピアノのバイトは休みますが、十四日には弾きにいきます。もう一度だけ私のピアノを聴いてください。それまでにお墓参りを手配しましょう」

長い沈黙があった。

「演奏する曲のリクエストにお応えしますよ」と、尚美は必死になってファンサービスをした。

「コメントもいただきたいんですが、いかがでしょうか」

物理学者はまだ黙っていた。

「僕の寿命をじわじわ引き延ばす作戦ですね」

「生きるべきですので」

「あと十日生きたところであまり意味はないと思いますが、鈴木さんは、頼んでいないとしても命の恩人なので、もう一回だけピアノを聴きに行くと約束しましょう。では、スカルラッティのソナタ嬰(えい)ヘ短調をお願いします。それに、見返りもほしいです」

「見返り？」

尚美は眉を吊り上げた。

「他人のことに絶対に干渉しないという、僕の厳守するルールを破ることになるのでためらわれますが、どうせ死ぬのだからあえてお願いします。死ぬ前に一度でいいので、鈴木さんがいい靴を履いて、より正確にピアノを弾くのを聴きたいんです。ハイヒールでは演奏に悪影響をおよぼします……僕以外の人にはわからないかもしれませんが……とにかく、靴を替えてほしいんです」

「私の足が……それほど気になるのですか」

「効率が悪ければ、アヒルの足でも気になりますよ」

「でも、松崎先生はバロックやクラシックがお好みでしょう。特にバッハは、ペダルを最小限に抑えるべきなのに、どうしてペダリングにそんなにこだわるんですか」

「バッハが弾いたのはオルガンで、オルガンの音楽に欠かせないのが共鳴(レゾナンス)です。ペダルをやたらと踏んで音を濁す弾き方は大嫌いなのですが、バロックでも節度あるペダルは必要です。正確なペダリングは電荷が素粒子を動かすかのように、音楽にエネルギーと動きを加えます」

松崎はそれから共鳴や音響について物理学的な解析を述べはじめたが、途中で尚美の困惑に気づいて、言い淀(よど)んだ。

尚美は噴き出してしまった。

「わかりました。ずっと履くかどうかは約束できませんが、木曜日は履いてもいいでしょう」

「では、今週作ります」

「作る?」

「ええ。僕は実験物理学者で、モノづくりもします」

松崎が誇らしげに胸を張ったように聞こえた。「最後にあと一ついい物を作ることができれば、満足して死ねます」

「満足して、生きられます」

尚美は即座に言い換えた。

「とにかく、足の正確な計測が必要なので、追ってメールで指示事項を送ります。では、お願いします」

松崎はそう言って、スマホを切った。

尚美はドーナツを片づけ、ゴミを持ってアパートを出た。

アパート前の貧相な芝生を突っ切っていると、上のほうから少しバツが悪そうな声で呼びかけられた。

「鈴木さん。今日は、ありがとうございました」

振り返ると松崎が外廊下に出てきて、不器用な笑みを見せていた。

13 無神論者の墓参り

靴が届いたのは十二月八日だった。尚美は靴を箱から取り出すと、足を滑り込ませた。そして、松崎から送られてきた長い説明書を熟読した。松崎によると、尚美のハイヒールには欠点がいくつもあるらしい。床に触れるヒールの点も、ペダルを踏む足先の面積も、小さくて不安定だから、滑りやすい。ゆえに、踏んだ感覚がはっきりピアノに伝わらないという。その理論を立証する細かな計算式なども添えてあった。

松崎の作った、いや、3Dプリントした靴はローヒールだった。材料はプラスティックとゴム、それにレザーだろうか。店で買ったのかと見紛うほどの技術で、つなぎ目はスムーズで素晴らしい仕上がりだった。説明書によると、ヒールは爪先の方へ「重心移動」してあり、少し変わった形をしていた。靴底は薄く、いささかざらざらしていて、ストラップもついている。

この靴を履けば、より正確にペダリングができるらしい。

尚美は立ち上がると、その場で足踏みをして履き心地を試した。象が地面に踏ん張って立っているかのように、足に絶対的な安定感がある。

なるほど、これを履けばペダルの踏み方が改善されるに違いない。しかし……ファッションとしては最低だ。物理学者が作っただけあって、尚美の形のよい足を引き立たせるどころか、無様に見せている。それに、グレーと黒の間のような色も微妙だ。これに服を合わせるなら、地味なブラウスと黒いスカートを選ぶしかない。クローゼットを覗き込み、合う服がないか探したが、何もなかった。松崎がこれからも生きているとなると、ずっとこの靴を履くことになってしまうかもしれない。

尚美は紅茶を淹れて、キッチンテーブルに座った。今日は曇っていて、白いレースのカーテンはくすんでみえる。

この靴は、ドレスも選びにくいし、イヤリングも難しい。松崎が先日電話で言っていた言葉を思い出した。

『僕を生かしてしまえば、鈴木さんに相当な迷惑がかかります。僕は死にますので、この関係が続くことはないと思います。でも、万が一続くとなれば、いくつか改めてもらわなければならない点が出てくるでしょう』

『たとえば？』

『たとえば、安全対策です。金属製のイヤリングはやめてもらいたいです。鈴木さんの脳を磁場の影響から守るためです。他にも、鈴木さんにとっては不可解な指示をすると思いますが、僕の世界はルールで動きますので、鈴木さんの安全と僕の安心のためには絶対に必要なことです。それがいやでしたら、不快にならないうちにこの関係を絶ちましょう』

尚美は松崎が外廊下から束の間見せた笑顔を思い出していた。唇の右端を捻った辛口の笑みは愛嬌がないわけではない。これからもその笑顔を見ていたい。ずっとファンでいてほしい。

しかし、この人のために生活習慣や服装を変えようとまでは思わない。短い期間ならイヤリングぐらいは外してあげてもいいけど……。

松崎に自殺を諦めさせて社会復帰させるのには、どれほどの労力がいるだろう。

手のひらをティーカップに当てて温め、甘い香りを鼻孔に吸い込んだ。脳に実際に磁場があって、それが何らかの物理学の大発見に繋がるなどとは到底信じられない。でも、松崎仁という人間を信じることはできる。

テーブルのメモ用紙を引き寄せた。お墓参りの段取りは整っていた。伊丹空港へ行って事情を説明し、大原大輔くんの家族に連絡を取ってもらった。普通は断られるはずだが、スズキ・メソッドが功を奏した。すぐに大輔くんの母親から連絡が入り、お墓参りを喜んでくれた。

いまのところスムーズに運んでいる。

しかし、お墓参りと木曜日のコンサートを終えたら、松崎はまた生きる目的を失ってしまう。そのあとは、どうやって生かし続ければいいのだろう。

まず、西宮遠山大学の同僚との関係を良好にしよう。CERNの研究者から連絡させるのに比べれば、ハードルが低そうだ。そうなると、内城とバーに行ったのはまずかったか。まさかとは思うけど、松崎がやきもちを焼いて、それが自殺未遂をダメ押ししたということはないだろうか。

尚美は噴き出した。

「それはないよね」

何が松崎の生きる理由になるのだろうか。

尚美のピアノを聴きたくて、松崎は二回自殺を延期した。しかし先延ばしにしただけで、生きるとは言っていない。彼が抱えている問題は、好きな音楽と車と物理学の研究を手放してもいいほどに深刻なようだ。

実験といえば、松崎はラボを「おもちゃ箱」に譬(たと)えていた。最新鋭の個人ラボを用意してあげれば、研究を続けるよう誘導できるだろうか。

しかしラボを探すのには時間がかかるし、資金もない。とりあえず、お墓参りで効果があるかどうか様子をみるしかなさそうだ。

お墓参り当日の十二月九日土曜日はよく晴れていて、一段と寒かった。尚美は多忙なスケジュールを調整して、ダウンジャケットを着込んで出かけた。

大輔くんの母親に教えてもらった霊園に着いてみると、敷地はそれほど広くはなく、半分はまだ墓がなく新しかった。尚美は大原家の墓石を探してから、駐車場に戻った。

ロードスターが駐車場に入ってきた。

尚美は菊やカーネーションの花束を用意していたのだが、車を降りた松崎は尚美のものよりも豪華な花束を抱え、スーツを着ていた。着古したラッセルチェックのジャケットはいかにも大学教授のクローゼットから蜘蛛の巣と一緒に出てきたような代物だったが、クリーニングには出したようで、しっかり折り目が付いていた。それに、ビルケンシュトックではなく、オックスフォードの靴を履いていた。冠婚葬祭のときはきちんとした服装をするのが、松崎のルールの一つなのかもしれない。まともな一面もあったのだ。

松崎は花束をぎこちなく右手に抱いて歩いてくると、三メートル離れた場所で立ち止まった。

尚美は励ますように手を振り、松崎を墓まで案内した。

大原家のお墓は大きく、立派だった。横に立っている現代風のお地蔵さんは優しく微笑み、死者の魂を見守っているようだった。花挿しには鮮やかな花が活けてあり、墓石の前にはおもちゃのロボットと鍵盤ハーモニカが供えられていた。尚美はお墓の前で合掌してから、松崎に場所を譲った。

松崎は花束を墓石の横に置くと、決まり悪そうに鳥打帽を脱ぎ、不慣れな仕草で手を合わせた。髪の毛はぼさぼさで、伸びすぎていた。

帽子をすぐに被りなおし、緊張した面持ちで立っている。唇を引き結び、感情を押し殺しているようだ。少しして、ショルダーバッグからレゴのおもちゃを取り出し、ロボットの横に置いた。宇宙船に見えた。モノづくりが上手な実験物理学者だけあって、凝ったデザインだ。

松崎は指先で鍵盤ハーモニカにそっと触れた。それを見た尚美は、ふいに胸が痛んだ。松崎と大輔くんが音楽で繋がったように感じたのだ。

大輔くんの音も、松崎には聞こえているのだろうか。

お墓参りは意味がないと言っていたはずなのに、松崎は尚美の足が寒さで痺れるほど長く無言でしゃがみ込んでいた。

やがて松崎は立ち上がり、駐車場へと歩き出した。ロードスターの横で尚美を待って、尚美が三メートルの距離まで来ると、頭を下げた。

「僕は無神論者ですし、お墓参りに来ようとは思っていませんでした。しかし、来てみると意義のあることだとわかりました。僕の不注意で、人生を歩み始めたばかりの男の子の命が絶たれた。その意味と僕の罪の重さが身に染みてわかりました。これで、木曜日に鈴木さんのより正確なピアノを聴くことができれば、僕は心置きなく死ねます」

「松崎先生、それは違います。お墓参りは死ぬための準備ではなく、生きるための準備なのですよ」

「…………」

松崎が車のドアに手をかけると、尚美は慌てて呼び止めた。

「明日もお会いできませんか。社会復帰のためのプランをご相談したいんです」

「プランですか？　そんなもの必要ありません。ピアノを聴きには行きますが、話し合うことは、もう何もないですから」

先日の笑顔の松崎は、どこに行ってしまったのだろう。なんと気まぐれな人か。

「松崎先生はさっき、お墓参りには意味があると言いましたよね？　他にも、やってみれば意味を見出せることがあるはずです」

松崎はロードスターの車体に残るキーホールの傷を不満そうに見つめた。

「たとえば、愛車のことです。その醜い傷を残したまま死ぬのですか」

松崎は不意を突かれたように尚美を見た。

「どうしても死ぬというのなら、次の車の持ち主をちゃんと決めておきたくありませんか。大事にしている車でしょう」

松崎はしばらく黙って、磨きあげた車体を眺める。

彼の心を動かせる話題を見つけた尚美は、一気に切り込んだ。

「ところで、マツダロードスターにしたのはどうしてなんですか。もっと高いスポーツカーも買えるのではありませんか」

「もっと高い車？」

松崎は軽蔑の鼻息を漏らした。「この車はデザインが秀逸で、一般人でも買える価格で売られています。つまり、費用対効果が高いんです。ハンドリングはメルセデスにもジャガーにも劣りません。感性工学の頂点なんですよ。『人馬一体』がコンセプトで、重量は約千キログラムに抑えられ、カモシカのように山道を縫って走ります。僕が持っている二代目NB系は、いっそう無駄なところが削ぎ落とされ、バッテリーやスペアタイヤの位置も改良されて重心がより低くなり、最高の乗り心地です。なによりも、質量バランスがちょうどよく……」

松崎は説明が長くなったことに気づき、突然口を閉じた。

「なるほど、秀逸な車なんですね。私も運転したとき、ハンドリングの素晴らしさに驚きました。自殺したら、この素晴らしい車を受け継ぐのは誰なんでしょうか」

「………」

「まさか、まだ決まっていないんですか。だったらほら、まだまだ話し合うことがあるじゃありませんか。私は松崎先生が安心できるような買い手を探すことだってしますよ。安心して死ぬには必要なんじゃありませんか？」

どこか矛盾した物言いをした気もするが、松崎は唇を固く結び、何かに耐えていた。

「どうしてそんなにしつこく僕の世話を焼くのですか。僕は木曜日に自殺しますから、ファンでいられるのは今週までですよ」

「死ぬ理由がなくなれば、ずっとファンでいてくれるからですよ」

「……とにかく、十四日の木曜日に新しい靴を履いて弾くのを見たいので、あと五日は生きています。それまでに僕が満足できるロードスターの買い手を探してください。僕は車体修理を頼んでおきます。それ以上の期待はしないでください」

松崎はふたたびドアに手を伸ばした。

そのとき、尚美のスマホが鳴った。画面を見ると、奈々子からのLINEだった。

《美悠がマンションを飛び出していなくなっちゃった。早く帰って来て》

14　道に迷った者同士

三十分後、ロードスターを引き連れた尚美はグロリア・ヒルズに到着した。

霊園で手短に状況を伝えると、意外にも松崎は自分も捜すと言ってくれた。たぶん、尚美がすっかり色を失ったのを見てびっくりしたのだろう。

尚美が車を降りると松崎は開けた窓から呼びかけてきた。

「ここで待機しています」

尚美は頷き、エントランスをくぐる。

美悠の部屋に入ると、奈々子の真っ黒いおかっぱに縁どられた顔があった。冷静な母を見て、尚美も落ち着きを取り戻した。

美悠がうつ病になってから、奈々子と尚美は交代で部屋の掃除と洗濯をしていた。美悠がいつもウシのぬいぐるみに囲まれているのが堪えがたいようで、奈々子は隙あらば箱にしまおうとする。美悠は奈々子にウシたちを奪われるのが心配で、母が来るとソファを離れなかった。その様子は奈々子をさらに苛立たせた。

昨夜もウシについて揉めたようだ。奈々子が染みだらけのソファのクッションをクリーニングに出すと言ってウシをどけようとしたとき、美悠がウシに触るなと叫び、母を押しのけたそうだ。奈々子は意地になって、今朝、美悠がシャワーを浴びている時間帯に予告なしで部屋に忍び込み（美悠の自殺未遂以後、奈々子も尚美もキーを持っている）、ウシたちを箱に投げ込んで掃除機をかけ始めた。第六感が働いたのか、美悠はシャワーをすばやく終えて戻ってくるや、怒り狂った。その勢いでウシを二匹箱から取り出し、抱きしめたままマンションを飛び出したという。

奈々子はすぐに帰ってくると思っていたらしい。だが何回電話しても繋がらず、捜しに出てもそのときにはもう見つけられなかったという。

「とにかく、捜してくる」

尚美はすぐにエレベーターに飛び乗り、グロリア・ヒルズを出た。ロードスターから三メートル離れたところで立ち止まり、松崎にスマホで事情を説明した。見つけても三メートル離れていてはコミュニケーションが取りにくいだろうから、美悠の携帯番号も教えておいた。

「私はまず近所を捜します。申し訳ないですが、それよりもっと遠くを捜してもらえませんか。

長い髪をポニーテールにして、猫がきゅうりを食べているTシャツを着て、灰色のスウェットパンツを穿いています。あと、ウシのぬいぐるみを二匹抱いています」

松崎は嫌がることもなく、「わかりました」と通話を切った。ロードスターはスポーツカーらしい威勢のいいエンジン音を立てた。テールランプがゆっくりと去って行くのを見るのは、なんだか頼もしかった。

尚美はそれから一時間近く近所を捜し回った。母とは十分ごとにLINEでやりとりしたが、松崎からの連絡はなかった。

さらに三十分経ったころ、母からLINEが入った。

《尚美の新しい彼氏が連れて来てくれたの。彼は部屋に上がらずに帰ってしまったけど》

美悠は奈々子と顔を合わせたくなさそうだったので、奈々子は二階の自分の部屋に戻り、美悠と尚美だけが残った。Tシャツ一枚でずっと外を歩き回っていたせいで美悠の顔は青白く、唇に血の気がなかった。

「松崎さんが連れて帰ってきてくれた」

「松崎さんじゃなくて、松崎先生ね」

尚美は訂正した。

美悠は武庫川を渡ったところのコンビニの駐車場にいたようだ。だらりと座っている美悠を、通りかかった松崎が見つけたという。彼はトランクにあった例のグレーのパーカーを投げてやったようで、美悠はそれを着込んでいた。松崎はさらにドライビング・グローブも嵌めさせ、青くなった素足を見て自分が履いている靴下をくれようとしたそうだ。

「グローブは帰る前に返したよ。さすがに靴下は断った。それでどうして違う色の靴下を履いているのか訊いたら、さっぱりわからない話を始めたの」

美悠は乱れたポニーテールを弄びながら言った。「彼の靴下はバートルマンとかいう物理学者の靴下みたいなんだって。もし一枚の靴下が褐色なら、もう一枚はオリーブじゃなくちゃいけないの。絡まってる電子みたいにね。エンタングルメントと言うらしいけど。たとえば靴下の一枚がブラジルにあって、もう一枚がシベリアにあって、まったく連絡のしようがなくても、どうにか絡み合っているっていうのを、ベルという人が実験して証明したらしいんだけど、そのあたりから物理学用語だらけになって、もうやめてくださいって言っちゃった」

美悠はくすっと笑った。

尚美は妹を唖然と見ていた。この三年間、こんなに長く発言をしたことなどなかったし、ペット霊園をやめて以来、こんなに素直に笑ったこともない。

「でも、やっぱり変な人。三メートル以内に近寄るなって言って、私に電話をかけてきたの」

「どうして一緒に帰る気になったの？」

「うーん、どうしてだろう」

「ロードスターには乗せてくれなかったでしょ？　どうやって帰ってきたの？」

「ゆっくり走ってくれたから、横を歩いてきた」

「松崎先生は他にも何か言ってた?」

美悠は目を白黒させ、「これは尋問なの? 疲れるよ」

怒った声で呟いた。

「……松崎さんはね」

少しして、頭をクッションに預けたまま美悠は呟いた。「ずっとそばを走ってくれて、スマホで話しかけてくれたの。私、鬱陶しくて死にたいときもあると告白したら、彼も最近落ち込むことが多くて、もう終わりにしようと思っていると教えてくれた。でも、お姉ちゃんと男の子のお墓参りをして命の大切さがわかったって言ってたよ」

美悠はウシを抱きしめ、撫でた。

「君にもやる意味のあることがまだ残っているはずだし、楽しみもきっとあるよって。だから死んじゃだめだ、僕も死なずにもう少し頑張ろうと思っている。だから君もそうしないかって誘ってきたの。優しい人なのね」

「はあ?」

思わず声を上げた尚美にかまわず、美悠は続ける。

「このおもちゃもくれたの。ホットウィールっていうんだって」

美悠はスウェットパンツのポケットから、おもちゃの赤い車を取り出した。美悠の手のひらよりも小さいおもちゃのマツダロードスターだ。

「子どものときからこの車を運転するのが夢だったそうよ。だから、このおもちゃをずっとグローブボックスに置いてたんだって。そんな大切にしている物をもらっちゃってよかったのかな」

美悠は腕を伸ばして、赤い車をソファのサイドテーブルに置いた。

尚美はすっかり混乱してしまった。美悠と話していた男はいったい誰だったのだろう。松崎のドッペルゲンガーがこの近所をさまよっていたのか。

「すてきな彼氏ね。ルックスはいまいちだけど、優しいし」

「彼氏じゃない。私が先生を手助けしているだけ」

「違うの？」

「全然違う。タイプじゃないことは一目瞭然でしょ？」

尚美はイライラしていた。自殺を決して諦めない人が、何の資格があって妹にアドバイスをしているのか。おまけに自分は尚美のアドバイスを無視しておきながら、それをオウムのようにそっくりそのまま美悠に伝えるなんて。

「松崎先生はずいぶんとご親切なのね」

「本当ね。あ、そういえば私に質問してきたの。近い将来楽しみにしていることはないかって。私、何も思いつかなかったから逆に訊いてみたら、彼には一つだけ、楽しみなことがあるんだってさ」

「……彼は何を楽しみにしているの？」

「音楽が好きで、もっと聴きたいからもう少しだけ生きることにしたって。今凝っているのはヘンデルの『水上の音楽』。お姉ちゃん知ってる？」

尚美はソファに寝転ぶ妹を睨んだ。松崎が楽しみにしているはずなのは尚美が弾くピアノであって、オーケストラが演奏する「水上の音楽」などではない。

ロードスターのエンジンを全開にして、「水上の音楽」の愉快なファンファーレを大音量で聴きながらカーブを切る松崎の様子を思い浮かべ、尚美はもう好きにすればいいと思った。

15 ナノグラムの値もない

普段土曜日の出勤はないのに、尚美は美悠の部屋を出たあと会社に向かった。急を要する仕事があるわけではなかったが、頭の中でばちばち弾ける火花の音を、キーボードを叩いてかき消したかった。

尚美の頭には「水上の音楽」のファンファーレがずっと流れ続けていたが、スエズ運河経由で機材や車を神戸から北アフリカまで輸送するスケジュールを調整しているうちに、少しずつ落ち着きを取り戻した。

にこにこ笑う美悠の顔が頭に浮かんだ。三年間も悲しみをたたえていた顔が、松崎仁という思いがけない日差しを受けて、にこりと笑ったのだ。

もしかしたら、松崎にとってもいいめぐり合わせだったのかもしれない。落ち込んでいた美悠を見つけ、助けられる側から助ける側に回ることができた。

午後八時、尚美は複数のコンテナ船を神戸港に入れる段取りをしてから会社を出た。帰宅して部屋でスマホを見ると、松崎からショートメールが入っていた。

《妹さんは元気になられましたか》

苛立ちが少し薄らいだ。よく考えてから返事を打つ。

《おかげさまで美悠は元気にしております。お礼を申し上げたいので、明日の午後一時に天王寺動物園で少しだけ会えませんか。そこなら距離を置いて話すことができますから。冬なので、空いていると思います》

松崎が自殺しないと約束した期限まであと五日しかないから、会うきっかけを作らなければ。仕事やピアノの練習のスケジュールはすでにめちゃくちゃだ。明日松崎と動物園で会ってもかまわない。尚美は振っ切れていた。

なかなか返事が来ないので、ピアノの練習を始めた。リストの曲の難しいくだりに集中していると、ようやくスマホが鳴った。

《チケットは券売機で買えますか。人に近づけませんので》

《買えます。午後一時に、正門のキリンの前で待っています》

尚美は返事を打って、練習に戻った。

十二月の動物園は冷たい風が吹き、がらんとしていた。尚美は分厚いコートとスキー帽で身を包み、スキーのときに使うレギンスも穿いていた。

二人は「ふれあい広場」にいた。近くにジャガーやライオンの檻があったが、動物たちの姿は見えない。

松崎は数メートル離れたテーブルで、買ったばかりの動物クッキーの袋を開け、ホットコーヒーのふたを開けた。今日はむっつりとしていて、クッキーを最後の晩餐みたいに沈痛な面持ちで齧っている。

「妹さんがご無事でよかったですが、彼女を連れ戻したことで僕は人のことに干渉しないルールを一週間に二度も破ってしまいました。鈴木さんの靴を作ることにしたことと、昨日です。大輔くんの一件を除き、何年も守った基本ルールなのに。僕は全部のルールを守り通して、論理的な死を遂げたかったんです。そうでなくては……優雅じゃないです」

スマホに向かって話しかけながら、松崎は眉をひそめて尚美をじっと見ている。

「エレガントでなくなってしまいすみません」

謝りつつも、尚美は続けた。

「でも松崎先生のおかげで美悠は元気にしていますよ。セラピーがお好きではないようですが、美悠にはセラピーをしてくださったんですね？　どうしてですか？」

松崎は険しい表情になり、額には離れていてもわかるほどくっきりと縦の線が現れた。「僕は妹さんを効率的に家に帰すために一番有効な科学的手段を選んだにすぎません」

「美悠は松崎先生のことを優しいと言っていましたよ」

「優しいも何も、僕は十四日のピアノだけを楽しみに生きているので、鈴木さんの心が妹さんのことで乱されるのを防ごうとしただけです。練習に悪影響が出ては困りますので」

「十四日のピアノより、『水上の音楽』の方が楽しみなのではありませんか」

なだめるべきなのに、かっとなって皮肉を言ってしまった。

「どちらかを楽しみにすれば、そうじゃない方を楽しんではいけないという論理なのですか」

松崎は腕組みしながら、相手がどう反論するかうかがっているようだった。尚美の発言を片っ端から論破するつもりなのだろう。

今日の不機嫌は予測していなかった。もうあと二週間くらいは自殺を引き延ばしたいが、この態度では難しいだろう。尚美は話題を変えた。

「もう年末ですね。せめて今年いっぱいは生きて、ご家族とお正月を迎えてから死ぬことにしませんか。最後に、もう一度ご両親に顔を見せてあげなくてもいいんですか」

「実家で正月を過ごす習慣はありません」

予想どおりの断りの返事だ。しかし、お正月の帰省はただのとっかかりだった。

「私たち家族は毎年、宝塚にある父方の祖母の家で過ごすことにしています」

尚美は淡々とした口調で伝えた。「明治に建てられた家で、素敵だけどいろいろ不便なところがありまして……アシダカグモが出るんですよ。冬は寒いし、電気配線も大正時代のものなんです。コンセントがすぐ熱くなったりして。ＣＥＲＮとは大きな違いですよね」

少し大げさに説明すると松崎の顔が曇った。

「誤配線は火事の元になりますから非常に危険です。僕は感電して死にかけたので、その怖さをよく知っています」

「そうなんですね」

尚美は何食わぬ顔で相槌を打った。「直そうとずっと思ってるんですけど、祖母の家まで来てくれる人がなかなか見つからなくて……」

松崎は食べかけのクッキーを片手に、尚美をじっと見つめていた。「いつ火事になるかわかりませんよ。お祖母様が危ないし、そんな家に家族が集まって正月を過ごすなんて、無防備にもほどがあります」

「そうなんですね。では、来年の春にでも……」

「それでは遅すぎますっ！」

松崎は自分が声を荒らげたことに気づいて一瞬黙ったが、「僕は効率が悪いことは我慢できません」と呟いた。「危ないなら、なおさらです。大阪なら修理できる人がいるでしょう。まだ間に合いますから、すぐに直してもらってください」

尚美は考え込むふりをした。「でも、もう年末ですし……松崎先生のように配線に詳しい人を知っていれば、なんとかなるかもしれませんけど。誰か知り合いはいらっしゃいませんか」

緊迫した空気が伝わり、尚美はちらりと松崎の顔色をうかがう。

「罠(わな)ですね」

「えっ？」

「鈴木さんは、僕が効率の悪いことを気にする性質(たち)だと知った上で、僕に餌(えさ)を撒(ま)いたのです」

尚美は目を丸くした。

「まさか、違い……」

「僕はですね」

松崎は射るような目で尚美を見た。「鈴木さんが僕のキャリアを軌道に戻し、研究が続けられるようにしてくれるとスカイラインのドライブで言っていたから、しばらく生きてみました。ところが、僕の要求をほったらかしにして、ピアノの誘惑や誤配線などでお茶を濁し僕をいつまでも生かそうとしていますね？　干渉しないという基本ルールを破らせておきながら！」

松崎は尚美の企みを正確に暴いた。

「何度も言いましたが、僕は、生きているだけで危ないのです。その肝心な問題に取り組んでくれないなら、僕を生かす意味はナノグラムもありません」

松崎は吐き捨てるように言った。「すでに教えたはずです。僕がこの世で一番きらいなのは、人が言葉と行動を一致させないことです。鈴木さんは言動の一致する数少ない人間の一人だと思っていたのに、非常に残念です」

松崎は一方的に通話を切った。尚美とは目を合わせずに、かけなおした着信も無視して、ゴミをまとめて立ち上がると、リサイクルと可燃ゴミに分別して捨て、門の方へ行ってしまった。

刺々しい言葉に気圧され、尚美は呆然と座っていた。

しばらくしてから、冷たくなった指で「ナノグラム」を検索した。ごく小さい量だとはわかっていたが、正確にはどのぐらい小さいのだろうか。

ナノグラムの値は「一グラムの十億分の一」だとわかった。

天王寺を後にして帰りの電車に乗っていると、スマホが振動した。

《さっきの失礼な発言、申し訳ありませんでした。僕は人の意見を論破しがちなんです。物理学に関しては、僕の意見が正しいことがほとんどだからかもしれません。僕が嫌われている理由の一つです》

少し考えてから、尚美は文字を打った。

《私もすみませんでした。これからは一緒にいるとき、できるだけ言葉と行動を一致させるように努めます》

打った文章をしばらく見つめたあと、《一緒にいるとき》を消して送信ボタンを押した。

三十分後、またショートメールの着信音が鳴った。

《木曜日には死にます。ですが、もしお祖母様が明日の月曜か明後日の火曜、どちらか家を空けてくれるなら、配線を直しましょう。非常に心配なので。干渉しないルールをまたしても破ることになりますが、すぐ死にますから、もういいんです。では》

16　物理学者の趣味

新しい靴に合うドレスを買うために、尚美は動物園の帰りに大阪髙島屋に寄った。長い裾のドレスで靴を隠そうと思ったが、松崎は靴が見えないと不満に思うだろう。結局買ったのは膝下までの紺色のワンピースだった。

金属製でないイヤリングは、金属アレルギーの人向けのものをネットで見つけて買った。シルクのバラの中心にコットンパールがあるデザインで、シンプルな紺色のドレスに似合うだろう。言いなりになるのはいやだが、細かいところまで気づく人だ。言葉と行動が一致していないと思われるとまた面倒だ。

その後、マンションの母の部屋に寄って、祖母の家の配線修理のことを話した。修理の間は家を空けておいてほしいとも母に伝えた。

奈々子は最初のうちは躊躇していたが、松崎がCERNで技師をしていたことを伝えると、にわかに関心を持った。奈々子は昔から機械や家電の仕組みに興味があり、何か買うと「へえ……ほう……」などと呟きながら説明書を隅々まで読んでいた。それでも、簡単に承諾する奈々子ではない。その場で尚美に松崎へ電話をかけさせ、スピーカーフォンで矢継ぎ早に質問を重ねた。

「ええ、がいし引き配線のようですね……そうです。壁を崩すことになりますね。はあ……いや、壁の修繕は他の方に頼むことができます……必要な材料……ああ、ちょっと待って、メモ用紙を取ってきます……相当な出費になりますね」

電話を終え、尚美は奈々子と話し合った。母からなぜ今週やらなくてはならないのか問われ、尚美は松崎に東京出張の予定が入っているからだと答えた。未来のことだから嘘になるとは限らない。言葉と行動の一致は問題ないことにする。

突然のことだし、業者に壁まで直してもらうのなら、祖母を少なくとも一週間は避難させなくてはならない。だが神経質な母は任せたいと思える技師をずっと見つけられずにいたので、結局承諾した。祖母には尚美の弟の佑史の家にしばらく滞在してもらうことになった。そのついでに、祖母がやりたがっていた風呂や台所のリフォームもしてしまおう。

松崎は鍵だけ預けて家を空けてほしいと言っていたが、母がそれを不安がったので、尚美はまたしてもリモートワークを申請することになり、部長に心配された。

「鈴木さん、ご家族のこと、大丈夫なのか？」

「ちょっといろいろあって……でも、すぐに収まると思います」

月曜日は松崎と祖母宅近くのコンビニで落ち合った。松崎は祖母の家へと続く細い砂利の坂道を一見し眉をひそめ、ロードスターをコンビニの駐車場に停めて歩いて上ることにしたからだ。彼は黄緑色の作業服の上に重そうなツールベルトを巻き、大きい道具箱も提げていたので、ようやく上り切ったときには大量に汗を掻き、息を切らしていた。

近くのホームセンターから届けてもらった資材が家の前に積み上げられ、松崎はまずそれらを細かく点検した。それから、彼が尚美と同じ家にいるためのルールについて長い説明があり、尚美は玄関近くの小さな洋間にとどまることになった。松崎が洋間に近づかなければならないときには、尚美が外を回って奥の和室に移ることも決まった。

松崎は家に入り、点検して回ると、外で待つ尚美のところまで戻ってきた。

「最悪の状態です」

松崎は責めるような口調で診断を下した。「ヒューズボックスなし。配電盤なし。ずぶの素人の仕事です。過電流が起きたら、いったいどうするつもりでしたか」

「祖母に余計な電気は使わないようにと注意していました。それに、雨の日にはお風呂やシャワーは禁止……」

松崎は「はあ?」と、口を大きく開けた。「それでも死んでいたかもしれませんよ」

彼はうんざりしたように尚美を見つめ、何回か首をゆっくりと振った。

そして、「作業を始めます」と告げて、電気を止めに家に入っていく。

家は真っ暗になり、すぐに冷え込んできたが、尚美は準備してきていた。ダウンジャケットとインナーと分厚い靴下はもちろん、毛布、パソコンの充電パックなども持ってきている。土間から取ってきた石油ストーブに火を点けて、フルに充電しておいたラップトップを立ち上げた。

これで祖母宅の電気の問題は解決しそう。でも、結局松崎の命は一日も引き延ばせなくて、物理学者の自殺まであと三日しかない。

スズキ・メソッドでここまで生かした物理学者を死なせるなんて、尚美のプライドが許さない。いいえ、それよりも……大事なファンを失うのが辛い。昨夜も、ファンは祖母の家にピアノがないか訊いてきた。尚美のピアノを聴きながら仕事をやりたかったのだろうが、この家にはアップライトすらない。

上の階から、コードが引っ張られて床を叩く音が聞こえてきた。

パソコンの前で考え込んだ。ファンは二つのことを要求している。CERNで失われた評判を取り戻すことと、脳の磁場をなくすこと。遠大やCERNの同僚に連絡するのを拒むので、一つ目はできそうにないから、まずは脳の磁場をどうにかするしかない。今思いつくのは、実験が捗らない「おもちゃ箱」だと言っていたアパートのラボの代わりにいいラボを与えて、より効率的な実験を可能にしてあげることくらいだろうか。それだけではとても足りなさそうだが、努力していることは伝わるだろう。尚美は三日間のうちにできることを考えた。

少し調べると、研究向けのレンタルスペースがいくつか見つかった。しかし、全部法人向けで、個人では借りられない。スポンサーが必要だろうが、目的不明な磁気関連の実験に出資してくれる会社や資産家はいなさそうだ。

どうすれば松崎とスポンサーを繋ぐことができるだろう？

指をキーボードの上でせわしく動かしていると、松崎が屋根裏に上がり、這(は)いまわっている気配がした。しばらくして音が突然止まり、沈黙が続いた。不思議に思って天井を見上げると、いきなり頭上から素(す)っ頓狂(とんきょう)な声が聞こえてきた。

「いったいどういうつもりなんだ!?」

古い配線に重大な問題があるらしい。しばらくするとまた這い出てきたようだが、唸り声や興奮した声がときどき漏れ聞こえてきた。

漆喰の埃の匂いがしてきた。何かが崩れる音もしたから、壁も壊しているのだろう。

「お昼ごはん食べませんか」

十二時を回ったころ、尚美は手作りの特製弁当を取り出し、階段の下から呼びかけた。集中していて聞こえていないようだ。さらに四回呼ぶと、二階の降り口から、松崎の顔が現れた。鼻が漆喰で白くなっている。

近づきすぎないように注意しつつ、尚美は数段上ったところの踏み板に弁当を置いた。その間松崎は二階に引っ込んでいたが、尚美が階段を降りると再び現れて弁当を手に取り、すぐまた二階へ戻ろうとした。

「一緒に食べませんか」

と尚美が慌てて声をかけると、階段のいちばん上の段に座ってくれた。尚美はいちばん下の段に腰を下ろした。

動物園のことがあってから、松崎は以前よりも警戒している様子だ。

尚美が業績や論文などについて尋ねても何も引き出せない。黙々と食べているからランチタイムはすぐに終わってしまいそうだ。ところが松崎が食後のチョコレートを取り出したところで、運はひょっこり舞い込んできた。

「僕は特許を取得するのが趣味です」

尚美があれこれ話しかけたおかげか、松崎が突然告げたのだ。

「……趣味？」

「ええ。面白いホビーですよ。エネルギー変換装置の特許もあるんで、ここでそれを使えば、電気代が少なくとも半分減り、配線もより安全になります」

「そうですか。すごいですね」

「ラボには出来上がった試作品がたくさんあります。死んでも要らなくなりますので、午後にはそれを取り付けます」

「まあ、ありがとうございます。特許を取得するのって、素敵な趣味ですね」

尚美が目を輝かせると、松崎も手にしていたチョコレートを忘れ、興奮した口調でしゃべり出した。

「最高の仕事は携帯ソナーです。高確率で魚の居場所をピンポイントで感知できます。高校時代に作ったものに、CERNの検出器からインスピレーションを得て改善したんです。斬新な技術を僕なりに最適化した装置で、真似(まね)しようとしても無理です」

「おもしろいですね！　もっと教えてください」

「居場所だけじゃなく、魚の大きさも感知できますよ。魚はね、水面に近いほど大きく見えて、深くなると小さく見えるので、サイズを測定するのは本来至難の業(わざ)だそうですが、僕はこの問題まで解決したんです」

「なぜそんなソナーを?」

松崎は少しのあいだ戸惑っていたが、おもむろにしゃべり出した。

「僕の父は漁師なのですが、僕は船酔いがひどいので船に乗るのがいやなんです。父は僕に漁師を継いでほしがっていましたから、研究職に進んだことに失望していました。僕は……なんとか父に喜んでもらいたかったから、ソナーを作って、漁の効率をあげることを試みました。父は僕にそんな物が作れるわけないと思っていたようですが、渡した完成品を実際に使ってみると、感心してくれました。それから父は大きな会社にソナーの使用許可を与えて、漁業組合にマーケットを広げていきました。もともと商才があったのかもしれません、それが今、全国に普及しつつあります。おかげで両親には安定した老後を用意できました。これで安心して、死ぬことができます」

彼がこんなに多くの言葉を並べたのは初めてだ。締めくくりの言葉は耳障り(みみざわ)りだが、尚美は嬉しかった。

「あの、特許の……設計図など、見せていただけないでしょうか。松崎先生を生かすプランは、まだ諦めていませんよ」

「あと三日しかないのに?」

興奮で生き生きしていた松崎の顔から力が抜け、お馴染(なじ)みの「難しい顔」に戻った。

その日は松崎を全然乗り気にさせられないまま、配線作業の終わりを見届けて解散した。しかし諦めずに何回も頼んでいたのがよかったようで、「どうせ三日後に死ぬから」と、その夜にはいくつかの特許のファイルを送ってくれた。様々な仕組みや部品の特許があって、その中にはロボット関係の部品の特許もあった。これならきっと、人工知能を開発する会社が興味を持つだろう。特許の部品は要らないとしても、こういった物を開発できる松崎という人間には関心を示すはずだ。

　これを活かそう。まず松崎に、携帯ソナーがアパートにないか聞いた。運よくあるという。

　次に尚美は高校時代の友人である枚方宗太に連絡した。人工知能の会社で主任を務めていて、ロボット工学に詳しい。大阪のどの会社に持ちかければいいか相談するために、翌日、火曜日のランチを共にした。

　彼が名前を挙げたなかに、スケジューラーの仕事で以前から繋がりのある会社があった。山本AIだ。枚方はその場でそこに連絡し、尚美を紹介してくれた。

　その日の夕方、小島という山本AIの開発セクションの部長から尚美に電話があり、直接話をすることになった。

　尚美は服装とメイクをしっかりととのえ、スズキ・メソッドを補強するべく洗練された美人に化けた。

　電車に乗り、小島に会いに梅田のホテルのラウンジへ向かった。炭酸水を一口飲んでから魅惑的に微笑み、松崎の売り込みにかかった。

　まずウェブで携帯ソナーの動画やレビューを見せ、この他にも特許が三十二あり、そのうちの九つはロボット関連だと伝えた。

「この人は発明家というだけではありません。優れた実験物理学者で、東京大学でも研究をしていたんです」

小島は「していた」という過去形に気づき、今はどこで働いているのか訊いてきたが、尚美は万全な答えを準備してあった。

「CERNで最先端の実験をしていたときに事故にあって、今は回復を待っているところです。関西にお住まいで、大阪あたりで体力的に消耗しない仕事を探しています」

「なるほど」

「特許の内容は今はまだ詳しく説明できませんが、もしご興味がおありでしたら、詳細を開示すると松崎は言っています。ただ、ひとつ条件がございまして……」

尚美は唇を軽く舐めて、続けた。「仕事場として、専用のラボを借りてほしいと松崎は言っています」

尚美は首を愛らしく傾げて、小島に微笑みかけた。「これからの研究でも、きっと目覚ましい活躍と優れた製品を生み出すはずです」

「ラボですか。もしおっしゃるとおりの優れた研究者で、うちで働いてもらうことになれば、会社の研究施設は自由に使っていただけますよ」

それからが一番厄介だった。愛想はそのままに、松崎は一人で働くことで力を発揮する研究者であり、才能を十分に生かすには、誰も立ち入らない静かなスペースが必要だと力説した。

小島がおかわりのエスプレッソを頼んだときには、特許の内容が会社にとって有益なら、個人ラボを提供してもいいという約束を取りつけ、必要な設備があればそれも負担するとまで言わせた。

「ただ、そういうスペースを探すのは難しそうですが……」

小島は眉間に皺をよせた。

尚美はすぐに答えた。

「それは心配ございません。こちらで探しますので」

会計をすませた小島が、ふいに訊ねた。

「鈴木さんはどういうわけで松崎先生の売り込みをなさっているんですか。ご親戚というわけでもないですよね？」

この質問だけは、予想していなかった。

「いいえ。私は……ええと……」

部長が眉を引き上げるのを見て、尚美は「彼のマネージャーなんです」ととっさに答えた。

「将来性のある方なので、有益だと思って引き受けました」

「ああ、そうなんですか。彼は本当に素晴らしいマネージャーに恵まれましたね。羨(うらや)ましいです」

小島の目尻が下がるのを見て、スズキ・メソッドの効果を確信した。このまま飲みに行かないかと誘われたのを上手にかわし、その場を去った。

十分で夕食をとったあと猛烈なスピードでコンテナ船の仕事を片づけ、ラボになりそうな場所を検索した。ところがいくら探しても、思うような物件は大阪近辺にはない。

夜の八時半ごろ、コンサートに来てくれていた元カレの舎川雄平に電話した。彼は総合化学メーカーの企画管理部門にいて、物品や設備の調達、施設の手配をしてきた経験がある。ラボについて訊いてみると、彼はラボ向きで企業がレンタルできそうなビルを一つ教えてくれた。

水曜日は午前三時に起きて、コンテナ船の仕事をできるだけ片づけた。五分で朝食をとり、舎川と待ち合わせしてラボ物件の内覧に行った。小規模の会社が使うようなスペースで、個人ラボにしては広い。舎川はオーナー会社を知っていて、口添えするとも言ってくれた。

「本当に助かるわ」

尚美は言った。

舎川は元カレのうちで一番頼もしいと、あらためて思った。

17 蝶(ちょう)ネクタイをいじった物理学者

舎川の協力でラボのオーナーとアポがとれ、交渉の結果、頭金を減額してもらうことができた。家賃と合わせて二か月分の賃料を払えば、松崎個人でラボが使えることになった。松崎にはそれぐらいの資金はあるだろうと思われた。山本AIとの商談がまとまったら、先方に払い戻してもらおう。

この日は遅くまで会社に残り、溜まっていた仕事を片付けた。日付が変わるころ帰宅し、ラボ関連の書類の整理を終えたときには、午前三時をまわっていた。四時間の睡眠をとり、七時に起きた。

結局ピアノの練習がおろそかになってしまったので、バイト当日である木曜日は頭と体をトップギアに入れ、練習に精を出した。

正午まで練習し、栄養たっぷりの肉と野菜のサラダを作って食べた。熱いシャワーを浴び、メイクを済ませ、紺色のワンピースを着た。白いバラのイヤリングをつけ、書類のバインダーをバッグにしまった。せっかく作ってもらった靴を傷めたくなかったので、贈り物は箱に入れて持って行くことにした。紺のハイヒールを履き、阪急西宮ガーデンズに向かう。

広場には金や銀の飾りのついたクリスマス・ツリーがあり、その下から、「すみっコぐらし」に似た小さなトナカイやサンタが買い物客を不思議そうに見上げていた。尚美はピアノ椅子に座り、松崎の定位置であるテーブルに目を走らせたが、彼の姿は見えなかった。

クリスマス・コンサートのように盗聴器だけで聴きに来るのではないかと心配したが、やがて松崎はおなじみの鳥打帽で現れ、いつもの椅子に着席し、手まで振ってくれた。

驚いたことに、松崎はコーデュロイのブレザーとパンツで、蝶ネクタイをしめていた。足元はお墓参りの日のオックスフォードを履いていた。靴下は色が揃っていないかもしれないが、ここからはよく見えない。……ただし、いつもの鳥打帽がすべてを台無しにしていた。

尚美は頷き、松崎に見えるように新しい靴を箱から取り出した。靴を作るとき、松崎から足の細かい計測を頼まれ、尚美は足の甲の高さやかかとの幅、指周りまで測らされた。その結果、足を滑り込ませてみると、精密な部品が入るべき穴にしっくり入っていくような感覚がした。

立ち上がって松崎に見せるために一回転する。この広場でピアノを弾いたことは何回もあるのに、靴まで用意してくれた人の前で演奏するのは初めてだった。

鍵盤に向き合うと、なぜか、たくさんのウシに囲まれてソファに座っている松崎と美悠が頭に浮かんだ。ウシの目は悲しく、二人はとても壊れやすそうに見えた。

そのイメージがあまりにも鮮明で、全身に震えが走る。今日が本当に最後のチャンスだ。今日のスズキ・メソッドに一人の命が懸かっている。

尚美は首を軽く振って、深呼吸をした。

今日の演奏には陽気で軽い曲をいくつか選んである。

ファンの視線を感じながら、背筋を伸ばして手を鍵盤の上に浮かせた。今日のプログラムを頭に思い描いてから、鍵盤に手を下ろした。

演奏の最後は、松崎がショートメールでリクエストしたスカルラッティのソナタ嬰ヘ短調だった。シンプルで美しく、テンポはアンダンテなので、ゆっくり歩くように尚美は演奏を始めた。

ざらざらした靴底を通して、母指球がペダルを押し込むのがはっきりと伝わってきた。松崎の細かい計測のおかげで尚美の指はきれいに収まり、とがったハイヒールの先端に押し込まれているときよりもずっと快適で、血行もよくなっている。足はよりスムーズに動き、鍵盤の上からだけでなく、下からもソナタを弾いている感覚がした。松崎のペダル理論はよくわからないが、ペダルに注力することで、このソナタに新たな次元が開いた。

この曲はトリルが多いのが特徴だ。最近ネットで物理学についていろいろ調べているからか、トリルはミクロの世界の素粒子のように思われ、長い音符はマクロの世界の物質のように思われた。小刻みに弾くトリルがより長い音符の間に収まると、二つの世界が音を奏で繋がっていく。ファジーに動く人間の世界を不愉快と感じる松崎は、この優雅(エレガント)な調和に癒されているに違いない。

この曲の最後は、シンプルなひとつの和音で閉じられる。その三つの音を完璧に合わせると、複雑なメロディが本を閉じるかのように美しく終わる。

尚美ははっとした。この曲が松崎にとってどういう意味があるのかふいにわかった。これは、美しい論理で動く壮大な宇宙への、最後のグッドバイなのだ。

弾くんじゃなかった。終わると尚美はすぐに立ち上がって楽譜をバッグにしまい、松崎のテーブルへ急いだ。今度は、面と向かって感想を聞かせるとはっきり約束してもらっている。

テーブルから三メートル離れたところで立ち止まった。近づいてみると、松崎は指をせわしく動かし、ものすごい勢いで感想を書いていた。見えない譜面に従うかのようにリズミカルにペンを滑らせ、力を込めて強い線を引いてから、ボールペンを置いた。

そして顔を上げて、スマホを翳(かざ)してみせた。数秒後、尚美のスマホが鳴った。

「もしもし」

「最後の曲、よかったです」

声がいつになく素直で、まったく捻くれていない笑みを浮かべているのが、かえって不気味な印象を与えた。

あの日の美悠も笑っていたことを、突然、思い出した。この世との決別を決めたあとで、深い幸せを感じる人がいることも。

松崎は全部の曲を順番に細かく批評してくれた。スカルラッティのソナタの分析は長く続いた。

最後に、

「鈴木さんの音の立ち上がり（アタック）は素晴らしいです。この世で一番好きな音かもしれません」

松崎らしくない大げさな表現に不意をつかれた。何だか悪い予感がする。

「以上が僕の感想です。この一か月、いろいろとお世話になりました。いい音楽も聴かせてくれて、ありがとうございました。これでお別れですね。どうかいい人生を送ってください。では」

松崎は笑っていた。その顔は、死ぬ前に尚美の頬に優しく触れた祖父の顔に似ている。

崖っぷちに立たされた尚美は心臓が跳ね上がった。立ち上がりかけた松崎を慌てて制した。手をすばやくバッグに差し込み、ラボ関連のバインダーを横のテーブルに置いた。

「あの、私からもいいですか」

尚美は松崎からもバインダーの置かれたテーブルからも三メートル離れた場所まで下がった。

「私は松崎先生が訴えている問題のひとつについて、解決策を見つけました」

長い沈黙が続いた。その間、松崎の笑顔は溶けてなくなり、だんだんいつもの難しい顔に変わっていった。

「お願いです。バインダーを見てください」

松崎はテーブルに近づき、珍しい虫でも発見したかのように首を突き出してバインダーを眺めた。ゆっくり手にとると、テーブル前の椅子に座り、読み始めた。スマホから、「ふん」とか「は?」とかいう声が漏れ聞こえた。

時間をかけて読み終えると、松崎はバインダーを閉じてテーブルに戻した。尚美は辛抱強く待った。これから反論が始まるだろう。あらかじめ用意しておいた文句を頭の中で整理する。

松崎は長い間考え込んでいたが、ようやく顔を上げた。

「良い提案です。ご厚意に甘えて、このプランを受け入れます」

尚美は思いがけない展開について行けず、呆然と松崎を見返した。

「この提案をまとめるのに相当手こずったことでしょう。どのぐらいの報酬を希望しておられますか」

「報酬ですか? 話が決まれば、山本ＡＩに請求します。松崎先生からは何も要りません。生きていてくれるのなら」

「こんなラボがあればもっと有用な実験ができて、磁場の問題の解決に漕ぎつけることができるかもしれません。……やはり、報酬を受けるべきです」

「……では、靴をいただいたということで」

「まったく見合いません」

「まあ、そうですね。かなり高く付きますよ」

尚美は冗談を言った。

「やっぱり僕からお金をむしりとるためだったんですね」

「冗談ですってば」

尚美は瞼を閉じ、沸き上がってくる憤りを抑えようとした。この恩知らずを救うために、特別にコンサートを二度も行い、ヴェルヴェットのドレスとスキーブーツをダメにし、お墓参りの手配などで仕事まで休んで徹夜続きだというのに、この態度はなんなんだ。

深く息を吐いてから目を開けると、松崎は頬を赤くして、蝶ネクタイをいじっていた。なるほど、鋭い言葉は照れ隠しなのか。

「お金目当てじゃないことは、松崎先生もよくご存じだと思います」

冷静な口調で言った。「でも、お言葉に甘えて、報酬を受け取らせていただきます。その方がすっきりしますね。のちほど請求書をお送りいたします」

「了解しました。請求書をお待ちしております」

松崎は落ち着きを取り戻したようだった。

「自殺は、もうやめてくれますね」

「……そうですね。半年、つまり来年の六月十四日まで生きることを約束しましょう。それでよろしいですか」

「半年だけですか」

「新しいラボでより効果的な実験ができますので、半年は頑張れます。しかし、実験が成功しなければ状況は変わりませんので、そのときにはまた自殺を強いられる可能性がなくはありません」

尚美は歯を食いしばりながら、笑顔を貼りつけて頷いた。

「その間も、木曜日のピアノを聴きに来てください」

「忙しくなるので、ルールにはできませんが、できるだけ聴きにきます」

松崎は口の右端を曲げ、いつもの捻くれた笑みを浮かべた。

「もうあと六か月、大丈夫ですね。ラボのことは、これからもマネージャーとして、うまくいくよう尽くします。松崎先生の将来に投資したつもりですから、結果を期待しています」

「わかりました。よろしくお願いします」

18　ポテトチップスの登場

尚美は翌日、請求書をメールで送った。クリスマス・コンサートの日に破れたドレスと傷ついたスキーブーツの代金も請求に含めておいた。

一時間後には報酬が口座に振り込まれた。

それからの一週間、松崎からショートメールが相次いで届いた。山本ＡＩへの機器や設備の購入依頼だった。

さらに十日ほど経ったころ、舎川から電話があり、一泊二日でスキーに行かないかと誘われた。二人ともコブだらけの斜面を滑るのが得意で、何度か出かけたことがあったのだ。ブランデーを飲みながらソファの上でキスするのも楽しかったし、この人ならパートナーにしてもいいかなと思うときもあった。そのことを話し合ったたが、当時は二人とも忙しく、結婚どころではなかった。そして今も忙しい。尚美には今、美悠と松崎という目を離せない人間が二人もいる。残念だがスキー旅行は断った。

一月四日は仕事初めだった。いっせいにコンテナ船が動き出すので尚美は忙しく、松崎のことまで手が回らなかった。八日になってようやく余裕がでてきたので、山本ＡＩの小島に連絡した。彼は松崎の特許をネットですでに徹底的に調べており、乗り気だった。

「松崎先生はこれを趣味でやっているんですか」

「そのようです」

「このどれもが相当な収入源になりますよ。うちの会社のために同じような物を作ってくれるなら、すぐにでも取りかかってもらいたいですね」

「その前に正式に契約を交わしたいのですが。実は松崎先生は、フリーランスでの契約をお望みです。ラボを提供いただく代わりに、御社のご希望の部品を作りましょう」

小島は首を傾げた。

「不思議な方ですね。でも、才能があるので、社長に話を上げます」

その日のうちに小島から電話があり、契約のドラフトを作成していると言ってもらえた。

それから、尚美を通して交渉が始まった。山本AIの社長は松崎と会いたがっていたが、三メートル・ルールを説明したくなかったので、CERNの事故で顔に怪我を負っていて、人に会うのはまだ難しいと答えた。以前ならこのくらいの小さな嘘は気にならなかったが、最近は言葉と行動を一致させるルールが頭から離れなくなっていた。

尚美は松崎と山本AIのパイプ役を続けながら、これまでどおり、美悠のケアに仕事にピアノ、それにマンションの管理でも忙しかった。美悠は松崎に会ったことがいい刺激になったようで、少しずつ回復の道を歩んでいる。松崎に携帯番号を教えてもらったようで、ときどきショートメールを送っているらしい。松崎からもときどき返信があるようだ。その結果、美悠はたまに変なことを言い出すようになった。

「ね、『球形の牛』の話を知ってる？」

「球形の牛？」

「物理学者のジョークなんだって。あのね、酪農家がミルクの生産量を増やしたくて、物理学者に相談したの。物理学者は一年かけて研究して、報告書を提出したんだけど『球形の牛にして真空状態にしておけば、ミルクがたくさん採れる』っていう結論だったんだって。おかしいよね？」

美悠はくすっと笑った。

冗談を楽しむのもいいのだが、そんな元気があれば、そろそろ勉強や仕事に戻るべきだと尚美は歯痒(はがゆ)くなった。いつまでも家賃を払ってあげるのもよくないし、本当はすぐにでも自立してほしい。

美悠は大阪大学でフランス語を専攻していたが、うつ病で中退し、アルバイトも辞め、今はペットの位牌(いはい)をレイアウトする他にこれといったスキルもない。大学の再入学は先になるとしても、自宅でできることから少しずつ手をつけていくべきだろう。

二月上旬になると、松崎の依頼した設備や機器が続々とラボに届き始めた。それから数週間、尚美は山本ＡＩと密に連絡を取り合って松崎に注文通りの部品の設計図を書かせた。小島は期待以上の出来だと言っていたから、尚美は胸をなでおろした。

松崎が仕事に集中している様子を想像すると、自然と笑みが浮かんだ。自殺までしようとした人が回復し、いい物を作っているのは素晴らしいことだ。自分の行動が無駄ではなかったという満足感もあった。

毎週木曜日にはピアノを聴きに阪急西宮ガーデンズへ来てくれるから、松崎製の靴を必ず履いて、張り合いを感じながら一生懸命に弾いている。松崎のピアノ批評のおかげで、テクニックが上達した気もする。肝心の表現力や演出法についてアドバイスしてくれないのは残念だけれど、それもそのうちに自分で解決できるだろうと、すっかり前向きな気持ちになっていた。

キッチンのレースカーテンが以前より眩(まぶ)しく光っている気もして、八重子が今のピアノを聴くことができたらどんなによかったかと祖母のことを懐かしんだ。

三月になって、桜が咲いた。尚美は髪に桜の花を飾り、広場でピアノを弾いた。松崎はスケッチを描いて、写真に撮ったものをショートメールで尚美に送ってくれた。そのスケッチをピアノの近くの壁に飾った。尚美と松崎の関係は、ピアニストと常連のファンとして落ち着きつつあった。

ところが、四月三日のバイトの直前、松崎はショートメールを送ってきた。

《悪いのですが、実験で忙しいので、しばらく演奏を聴きに行けなくなります。またの機会に》

仕事に没頭しているのはいいことだ。このまま新しいキャリアへ踏み出してくれるかもしれない。生きてさえいてくれれば、それでいい。

……と自分に言い聞かせたが、《またの機会に》はショックだった。

三日の演奏はファン不在で行った。また盗聴でもしているかもしれないとひそかに期待していたが、いつもの細かい批評は送られてこなかった。

帰り道はほろ苦い気持ちになっていた。ファンの存在と批評が、ピアニストとしての自分の軸のようなものになっていたことに気づく。スズキ・メソッドの元祖である鈴木尚美なのに、ファンに頼らないとピアノを弾けないなんて、あり得ない。

楢山音楽大学でずっとライバルだった常松理恵（つねまつりえ）は、コンサート・ピアニストのキャリアが軌道に乗り、四月中旬の土曜日、中之島（なかのしま）のフェスティバルホールでコンサートを開いた。聴きに行った尚美は、まばゆい水色のドレスをまとった理恵の姿に圧倒された。

理恵は確かにいいピアニストだが、フランツ・リストの「ラ・カンパネラ」が弾けない。それなのに、楢山の先生は理恵の、ときどき間違いながら弾くラ・カンパネラの方が、尚美が完璧に弾くものより断然迫力があると言っていた。

テクニックに演出力を加えることができれば、理恵をはるかに超えられる自信はある。

……いや、あった、と尚美は思い直した。

翌日は休みだったので、美悠と北大阪の万博記念公園へ花見に行った。桜はすでに散っていたが二人は広い公園の鮮やかな花壇の間を散策した。美悠は外出するのが久しぶりで不安そうだったが、ゆっくり歩きながら花を眺めていくうちに「きれいね」とときどき笑顔も見せた。

一方の尚美は、十分に楽しめなかった。水仙、アヤメ、紅桜など、公園は色とりどりの花で溢れているのに、どの花もくすんで見えるのはなぜだろう。

気分がよさそうな美悠を先に帰して、尚美は西宮遠山大学の最寄り駅である甲東園で降りた。内城喜朗に会うためだった。

「ご無沙汰してます」

駅の出口で待っていると、内城が声を張り上げて近づいてきた。「お元気でしたか」

内城の声は春らしい期待に膨らんでいたが、尚美がここへ来たのは、内城が突然のＬＩＮＥで提示してきた《あいつについての重要な情報》を知るためだった。

二人は駅前の小さなカフェに入った。

「去年の『松崎仁説明会』が懐かしいですよ」

内城はブラックコーヒーのカップをソーサーに下ろした。「バーでデートしたのが、はるか昔のことみたいです」

「あのときも、今も、デートじゃないです」

尚美は念を押したが、情報だけ要求しては失礼だと思って、三十分ぐらい内城の話し相手を務めた。そうするうちに、この男性をどうして鬱陶しく感じていたかを思い出した。

「新しい情報があるとおっしゃってましたよね……?」

内城がコーヒーに口をつけた瞬間に尋ねた。

「そうですよ。だけど、その前にね……」

内城は彼特有のタイミングで尚美の発言を遮り、どうでもいい会話を続けた。騙された気分でスマホの時計に目をやると、内城はため息を漏らした。

「『そろそろ用件を言え』って顔してますね」

「本当に話があるならそうしてほしいです」

「ありますよ。実は、先日青壺で松崎を見かけました。火曜日にばかり来るのに、金曜日でした。あいつ元気がなかったんですよ。目が落ちくぼんで、くたびれているように見えました。報告は以上です」

「元気がなかった?」

尚美は目を見開いた。

「顔色もよくなかったし、呼びかけても顔を合わせようともしませんでした。鈴木さんは最近会ってますか？」

「私の阪急西宮ガーデンズでの演奏を、以前はよく聴きに来てくれました。でも、ここ三週間は来ていません」

なにげなく答えたが、動揺した。前向きに山本ＡＩの部品開発と磁場の原因を突き止めるための実験に、没頭しているはずではなかったか。

松崎が年末にまた自殺しようとしていたことと、個人ラボの手配を手伝ったことを内城に手短に説明した。

内城は眉をひそめた。

「誰も侵入してこないラボを確保して、一人で実験を続けているんですか。それも手配は全部鈴木さんに任せて。わがままな彼らしいな。青壺では完全に無視されたし、どんな実験をやっているかわからないけど、相当大変なはずですよ。現代の物理学はチームを組んでやらないと、成果を出しにくいですし」

「チーム、ですか」

「失礼ですが、そもそも鈴木さんはどうしてラボの提供までしたんですか。やはり彼に気があるんですか」

「そういうことじゃないんです」

尚美は笑った。松崎との間に起こったことは複雑で、自分にもよくわからないのだから、内城に説明しても無駄だ。

「ときどき写真を送ってくれます」

　話題を変えた尚美はスマホの画面を見せた。内城は眉間に皺を寄せながら、写真を拡大した。

「あいつ、いったいどんな実験をしてるんだろう。電磁学的な実験には違いないけれど。いや、これなんか、手作りの鉛筆削りに見えなくもない……」

　内城はまた写真をスクロールし始めたが、ある写真に目を止めると首を傾げた。

「これはポテトチップスの袋じゃありませんか。おかしいなあ。あいつは部屋をきちんと使い分けています。自分の部屋や大学の研究室はめちゃくちゃでもいいみたいですが、ラボは、神経質なほどきれいにするんです。高校時代からそうなんですよ」

「えっ、高校が一緒だったんですか」

「ええ。福井県の坂井(さかい)市にある高校です。実は、彼がこの大学に就職できたのは、僕の口利きがあったからなんですよ。CERNで事故を起こしてからは噂(うわさ)になってしまって、なかなか働き口が見つからなかったので」

「内城さん、事故をご存じなんですか」

「ええ。帰国してすぐに、青壺で彼を酔わせて話を引き出したんです……鈴木さんもご存じなんですね」

　内城は目を見張った。「あいつが個人的なことを会ったばかりの人に明かすなんて、前代未聞ですよ」

　尚美は肩をすくめた。少しだけ嬉しかった。

内城と別れて、今津線に乗った。小豆色の列車に揺られながら、写真のポテトチップスの袋をじっと眺めた。

19 鉛筆削り

美悠の好物であるてんぷらうどんと野菜サラダの材料を持って、八階に上がった。美悠は放っておいても食事はするのだが、ネットで注文した冷凍食品やスナック菓子、マンションの向かいにあるコンビニのカップラーメンばかり食べるので、栄養が偏りがちだ。

部屋の中は相変わらず散らかっていて、キッチンカウンターにはレトルトやスナックの箱が置きっぱなしになっていた。回復すれば生活習慣も改めるだろうとささやかな期待を抱いていたのに。それでも、部屋はどことなく明るい雰囲気になっていた。

ソファで本を読んでいた美悠が立ち上がり、買い物袋を受け取った。去年にはなかった行動力だ。

ソファにはウシが数匹いて、優しい目で美悠を見守っている。

尚美に小言を言われ、美悠はおやつの箱や汚れた割り箸を片づけてから料理の準備を手伝いはじめた。これも去年にはなかったことだ。妹が長ねぎを切りながらＥＸＩＬＥの曲を口ずさんでいるのを見ていると、うつ病にかかる前の、ボトルから迸(ほとばし)るシャンパンのようにしゃべりまくる美悠を思い出した。

美悠は湯気の立つうどんを前に、「いただきま～す！」と元気よく手を合わせて箸を取り、つるつるした麺を高く持ち上げた。

食べ終わってから散歩に行こうと誘ってみたが、美悠は首を横に振った。そしてソファのサイドテーブルに手を伸ばし、コードのついた見覚えのない物をつかんで尚美に見せた。

尚美は受け取ろうとして、途中で手を止めた。

これは、写真に写っていた鉛筆削りだ。

「松崎さんが贈ってくれた、手作りの電動鉛筆削りなの。素敵でしょ？」

「松崎先生が、あなたに、電動鉛筆削りを、贈った？　どうして？　松崎先生に会ったの？」

「ううん。郵便で送られてきた。私が、鉛筆の先端がよく折れて困ると言ったら、いいのを作ってくれたの」

尚美は鉛筆削りをサイドテーブルに戻し、吸盤で固定した。転がっていた鉛筆をセットすると、小気味いい音を立てて鉛筆が削られていく。鉛筆は滑ったり折れたりしないようにしっかりと固定され、取り出すときれいに削られていた。美悠は鉛筆の先端を人差し指の腹に何回か当て、「すごく鋭い」と言って、にっこりした。「ほら、触ってみて。色鉛筆もとてもきれいに削れるの。こんなのもらっていいのかって訊いたら、松崎さんはね、手を動かしていないと落ち着かないから作ったけど、自分は使わないのでもらってくれって」

尚美は色鉛筆を一本もらって、削ってみた。するすると入って、スムーズに取り出せた。音も心地よい。

　美悠は絵を描くのが好きで、うつ病になる前はよくスケッチブックを手に出かけていた。家族でキャンプに行ったときも、草木や虫を描いていた。鈴木家が飼っていた犬のモカもいいモデルだった。ところがうつ病を発症してからは、ぱたりと絵を描かなくなった。美悠によると原因は鉛筆だという。削ると折れたり、鉛筆削りに詰まったりして何もかも億劫（おっくう）になったということだった。尚美が別の電動鉛筆削りを買ってあげても、同じことを訴え続けた。

　本当は、描く気力を失くしたのだ。

　今目の前にあるのは、完璧な効率のいい鉛筆削りなのだろう。しかし、妹がよく削れると感じるのはそのためだけではなく、彼女自身が元気を取り戻したからなのだ。

「これのおかげでたくさん描けた。ほら、これはお隣の猫ちゃん。これは窓の鉢植え。これは、静物画」

　尚美はスケッチブックを手に取り、絵を一枚一枚眺めた。どれも鮮やかな色使いの生き生きとした絵で、くっきりした線がきれいだ。ワインとパンと蠟燭（ろうそく）の静物画は、学生のころに描いた絵より落ち着いていて奥ゆかしい。うつ病で閉じこもっている間にも、大人になっていたようだ。

　尚美は色鉛筆の先端を眺めながら思った。尚美が苦労して手配したラボで、松崎は鉛筆削りを作っていたのだ。山本ＡＩがこれを知ったらどうなるだろう。尚美の評判にも関わる。

　どうして「忙しい」と言ってコンサートに来なくなったのに、妹にプレゼントを贈ったり、混んでいる金曜日に青壺に飲みに行ったり、よく整頓されたはずのラボでポテトチップスを食べたりしているのだろうか。のんきそうに振る舞っているのに、なぜ元気がないのだろうか。

しかし、美悠の笑顔を前にして怒ることはできなかった。松崎が作ったこの鉛筆削りは、妹に輝く笑顔をもたらしたからだ。自分が三年間も力を尽くして取り戻そうとしたこの笑顔を、松崎は難なく取り戻させたのだ。

この二人は不思議な絆で結ばれているようだ。

「松崎さんはね、スナックにも詳しいの。季節限定のおやつをいろいろ教えてくれる。ドーナツとポテトチップスが専門なの。先々週も、小豆と生クリーム入りのザクザクしたドーナツを教えてくれた。生クリームに栗が入っているらしいんだ。まだ買ってないけど、近いうちに買おうと思うの。あ、それに、新しいミント味のドーナツも出るんだって。口臭に効くそうよ」

「まさか、歯磨きの代わりにするつもりじゃないよね？　あのね、スナックと言えば……」

尚美はポテトチップスのある写真を見せて、松崎がモールでの演奏を聴きに来なくなったことと、内城が話してくれたことを教えた。

「急にピアノを聴きに来なくなったのに、変なときにバーに行って内城って人に見られたり、ラボでポテトチップス食べたり、私に鉛筆削りを作ったりしている……」

美悠は首を傾げ、少しの間考え込んだが、いきなり手を叩いた。

「わかった。困ったことがあって、お姉ちゃんに会いたいんだ！」

「はっ？　それがどうして私に会いたいってことになるの？」

「なんとなく」

美悠はニコッと笑った。

20　死んでも危ない物理学者

水曜日、尚美は明日のバイトが終わったら松崎にショートメールを送ってみて、返事がなければアパートに様子を見に行こうと思っていた。しかしその日の午後、貿易会社で仕事をしていると、小島から電話が入った。

「松崎先生は大丈夫ですか。先週から連絡が取れないのですが」

「そうなんですか」

「具合でも悪いんですかね。CERNのときの怪我が仕事に影響を与えているとか」

「すみません。連絡が滞っていることは知りませんでした。すぐに確認して、様子を報告します」

「何もないといいんですが。実は、社長が彼の作る部品にとても期待しているんですよ。ぜひ、その気持ちを彼にお伝えください」

「わかりました」

美悠の解釈が正解なら、これも「会いたい」というサインなのかもしれないが、尚美の不安はいっそう増してくる。

仕事を再開したが、鉛筆削りやポテトチップスの袋が頭に浮かび、集中できない。

とにかく、連絡してみよう。スマホを取り出して、ショートメールを打った。

《お元気ですか。お伝えしたいことがあるので、どこかでお目にかかれませんか》

期待していなかったが、二十分後に返事が来た。

《明日、ピアノを聴きに行きます》

尚美は目を見開いた。思いがけずチャンス到来だ。会ったときに山本AIが困っていることを伝え、実験の進捗について確認しよう。実験が頓挫(とんざ)したと言われたら、チームを組んでやらないかと提案し、かねて考えていた松崎救済プランの第二段階「CERNの同僚に連絡をとる」に進めばいい。

ただ、CERNの同僚は失態を犯して日本に逃げ帰った松崎によい印象を持っているはずがないから、その怒りを和らげ、交流を再開するよう説得するのは大変だろう。

そわそわしながら二十四時間を過ごし、木曜日の午後にモールへ向かった。広場に入ってピアノ椅子に座り、コーヒーショップの方を見た。Tシャツにジーンズ、ビルケンシュトック姿の松崎が見えた。お馴染みの難しい顔をしている。

楽譜を取り出し、松崎の靴に履き替えてから演奏を始めた。妙に緊張してしまい、鼓動が速い。メロディーが不規則に聞こえ、頭の中のメトロノームが乱れた。こんな弾き方を続けていたら、松崎はご機嫌斜めになり、新しいプランに耳を傾けてくれないだろう。

何とか平常心をとり戻し最後の曲を弾き終えてから、楽譜をバッグに入れて立ち上がり、彼のテーブルへ直行した。

もう四月二十五日で暖かいというのに、彼はさらにぶ厚い新しい鳥打帽を被っていた。

三メートルまで近づいて待ったが、ノートに何かを書き込むのに夢中で、松崎は顔を上げない。気づかれないようこっそり近づくと、ノートの内容が少し見えた。NとSの印が付いた長方形から磁力線が延びている図のようだ。ページの余白に尚美がさっき弾いた曲についての感想らしきメモもある。細かい内容はよく見えないが、こんなに書いているのは、やはり気に入らなかったというのか。

咳払い(せきばら)をしても気づいてくれないので、スマホを取り出して呼び出した。彼は慌てて通話に出た。

「もしもし」

「ここにいますよ」

松崎は頭を上げてびくっとしたが、尚美が三メートル・ルールを守っていることに気づき、黙り込んだ。内城が言っていたとおり、顔色がよくない。冬物の鳥打帽はさすがに暑いようで、ハンカチで額を拭う。

「山本AIから電話がありました」

尚美はビジネスライクな口調で言った。「連絡が取れないと心配していましたので、ロボット部品の開発の進み具合を伺(うかが)いに来ました」

面と向かってスマホで話すのが久しぶりだからか、不思議な感覚だった。おもちゃの携帯無線で内緒話をしているようだ。

松崎はため息をついて、少し離れた椅子を指さした。尚美はそこに腰かけ、バッグを肩から下ろした。

松崎は黙ってこちらを見ている。

「実験はいかがですか。ラボに関して何か不備がありましたか」

「ラボは素晴らしいです」

松崎は暗い口調で言った。

「それなら、実験も捗っていることでしょう」

松崎は計算尺を手に取って、真剣に眺めた。

「苦情は聞きたくないでしょう?」

「苦情でもかまいません。私の目的は効率的な実験をサポートすることですから、建設的な批判なら大歓迎です。どうぞ、遠慮なくおっしゃってください」

松崎はあたりを見回した。この時間は空いているが、少し離れた席で灰色のスーツを着た三人の若い男性が話し込んでいた。

「ドライブにいきませんか?」

と尚美は誘った。

「ドライブ?」

松崎は少し考えてから頷いた。

猛スピードで進むロードスターを必死に追って辿り着いたのは、六甲山の頂上近くの車寄せだった。

ヤリスクロスを降りてもまだ、鼓動が体中に響いていた。尚美もスピードを出して山道のカーブを切るのは好きだが、松崎のスピードは桁違いだ。

車寄せからは高原の緑の中に牛が点在するのどかな風景が見渡せた。美悠から影響を受けたのだろうか。

松崎はグローブをはずし、愛車を降りた。牛を眺めながらスマホを取り出し、耳あての下に入れた。

「もしもし」

「もしもし。帽子を替えられたようですね」

「ええ。この帽子にはミューメタルが入っているんです。電磁波を遮断する金属です。焼き鈍しをして透磁率を低くしてから、ハンマーでヘルメットの形にしました。磁気シールドのための試みですが、どれほど効いているかはわかりません」

松崎はたばこを探して胸ポケットに触れ、ないと気づくと腕を下ろした。「実を言うと……困っています」

「問題点を教えてください。力になりたいので」

「まず、ラボです。あの施設では不足です。でも、勘違いしないでください。あのラボは素晴らしいです。しかし、さらに特殊で精密な装置が要ることがわかりました。そんな装置があるのは、CERNや東大など、最先端のラボだけです」

予測していた答えだった。松崎の実験はやはりチームを組んで、大きなラボでやるべきものなのだ。

「人と設備とを確保する必要がありますね。そういう『繋がり』を作るのは私の得意な分野ですよ。任せてくれませんか」

尚美は言葉を慎重に選んだ。

松崎は高原を見渡していた。遠くで一頭の牛が鳴いた。

「そう言われると思っていましたが、無理ですよ。設備より難しい問題があるので。僕の実験はやはり信じられない結果を出してしまいました。より精密な機器で実験を繰り返してみたのですが、磁場があるという結果は変わりません。前にも言いましたが、たとえ同僚に頼んでも誰も相手にしてはくれません」

「しかし、それは訊いてみないと……」

「それに」

松崎は高ぶった声で遮った。「以前よりも事態は複雑です」

「とおっしゃいますと?」

「干渉しないという基本ルールを破った結果、僕の惨めな人生にある人を巻き込んでしまったんです」

「美悠のことでしょう」

「……知っていたんですか」

「やりとりしていることは妹から聞きました。素敵な鉛筆削りも拝見しました。美悠と友達になってくださって、嬉しいです」

「少しも嬉しいことじゃないんです。自殺すべき人間が、自殺すべきじゃない人間と繫がってしまったんですから」

「自殺すべき人間⁉　少なくとも六か月間は自殺はしないと約束しましたよね？　まだ五か月しか経っていませんよ！」

「………」

電話の向こうで松崎が息を深く吸い込み、吐き出すのが聞こえた。

「それに、『繫がってしまった』なんて、酷い言い方するんですね。妹は松崎先生のおかげで元気を取り戻したんですよ。それが嬉しくないとでもおっしゃるんですか」

「元気になったならそれは嬉しいですが……関係を継続しようとするのはよくないです。僕から求めた関係ではありません。迷子になったのをたまたま見つけて、どうしてかわかりませんが、僕のことを友達だと思っているようです」

「松崎先生は美悠のことを、どう思っていますか」

「そう言われても」

「好きなんですか」

「まさか」

松崎は鼻を鳴らした。そしてしばらく考え込み、静かな声で言った。

「兄が妹を思うような感情を、抱いているのかもしれません」

そよ風が吹いて、尚美のブラウスの袖がはためいた。ミューメタルの帽子の下で汗を掻いている物理学者を不憫に思う。

「松崎先生は、すでに美悠と繋がってしまったんです。先生が諦めれば、美悠にも大きな影響が出ます。だから、もう自殺の話はやめませんか」

「何回言わせれば気が済むんですか」

松崎は突然声を荒らげた。「僕は脳に強度の磁場、とても厄介な性質の磁場が出来ていて、それを解決しないうちは、危険なんです!」

「そんなことはとっくにわかっています!」

尚美はめげずに言い返した。「松崎先生は危険です。でも、以前は生きているのが危険でしたが、今は、死んでも危険なんです。先生が死んだら美悠は悲しんで、うつ病がぶり返します。ご存じないと思いますが、妹も自殺未遂をしたことがありました」

駐車場の向こう側で、松崎ははっとしたように尚美を凝視した。

「先生が自殺して、美悠に何かあれば、私、許しませんよ」

尚美は射るような視線で松崎を見返した。「もう、磁場の問題を解決するしかありません。勇気を出して、CERNの同僚に連絡しましょう」

21　物理学者のイラン人の母親

次の週の土曜日に、尚美は静まりかえったオフィスでファラ・アマディというＣＥＲＮの研究者とＺｏｏｍで会った。松崎が、大きなため息とともに、名前を教えてくれたのだ。

「ヒトシ・マツザキ？　もちろん知っていますよ。彼は元気？」

ファラ・アマディの大らかで陽気な声は、尚美の緊張をほぐした。ＣＥＲＮのマネジメントにかかわる上級研究員なのに、おだやかで気さくな人のようだ。頭には美しいシルクのスカーフを巻いていて、品のいい黒いブラウスを着ていた。大きな赤い眼鏡（めがね）をかけ、形の良い唇に真っ赤な口紅を塗っていた。年は六十代前半ぐらいで、真っ白の歯が目立つ。ミルクティー色の顔には皺が少しあった。

コンテナ船の仕事の関係で英語の電話は尚美にとっては朝飯前なのだが、今日のＺｏｏｍは難しくなりそうだ。多忙で著名なＣＥＲＮの物理学者を前に、松崎の複雑な問題とわかりにくい関係にある自分のことを説明しなければならない。

尚美はできるだけ簡潔に事情を説明した。その間、ファラは頭に巻いたスカーフの端を弄びながら、黙って聞いていた。外国人が相槌を打たないことには慣れているので、ファラが最後まで反応を示さなくても焦らなかった。

話し終えたあと、少しの沈黙があった。無理もない。

ファラの返事を待って、尚美はZｏｏm画面の背景を見つめた。論文が積み上げられた机と方程式で埋まったホワイトボード、ではなかった。壁にはアラビア風の文字が大胆に描かれた油絵がかかっていて、ファラが腰かけているソファにはペルシャ絨毯(じゅうたん)風の織物がかけられていた。

「ヒトシは相当困っているようね、かわいそうに」

しばらくしてファラはそっと呟いた。

「松崎先生、いや、ヒトシ、のことをよくご存じなのですか」

「ええ、もちろん！　私はね、イラン人で、おまけに女性の理論物理学者だから、CERNでは少数派の中でも少数派なのよ。だから、イランの文化を紹介するようにしているし、女性の同僚の悩みを聞いてあげたりもしている。昔からマイノリティの立場をよくしていけるように努力しているの。年下の研究者やインターンにとって、私は母親みたいな存在でしょうね」

「それは素晴らしいですね」

「いいえ、たいしたことじゃない」

ファラは笑って答えた。

「ヒトシと知り合いになったのは、彼が困っていたから。ナオミ、あなたは彼のマネージャーを務めているぐらいだから知っていると思うんだけど、彼には母親役が絶対に必要なのよ。CERNは共同研究がメインなのに、彼はなかなか打ち解けることができない人でしょう。芯は優しい人だけど、社交辞令がわからないし、気難しくもある。それが人の神経を逆なでするのね。だから私は、彼を翼の下に囲ってあげていた。食堂で隣に座って、話を聞いたりアドバイスをしたり。パーティーにも無理やり呼んで、力になってくれそうな人に会わせたりもした」

「恩人なのですね」

「いいえ。彼にとってはうるさい母親だったに違いないわ。でも、私の努力は実ったのよ。彼は少しずつチームに受け入れられていった。彼も若かったのに、自分より若いインターンには特に優しく接していたし、若者の中では人気があったのよ。チームのメンバーがようやく彼の聡明さを認め始めたころだったかしら、あの事件が起きたのは。あなた、その話、聞いてる？」

「ええ」

「東京に帰ってからはいろいろな噂が立って……かわいそうに」

「あなたはヒトシに親切にしてくださったんですね。彼の代わりにお礼を申し上げます」

「CERNのためにも、彼を迎え入れたかったの。ここではアジア人はいつも数が少なすぎるし、ヒトシさえOKと言ってくれれば、今でも迎え入れたいと思ってるくらい。彼、戻って来る気はないかしら？」

尚美は目を輝かせた。

「私はぜひ復帰してもらいたいのですが、本人が承諾するかどうか。……なぜか、怖いようです」

「ああ」

ファラは意味ありげに頷いた。「ジャン・サンジェルマンのことね」

「ジャン・サンジェルマン？」

知らない名前がいきなり出てきて、尚美は戸惑った。

「……とにかく、ヒトシには、とっくにいなくなったって伝えて。気持ちが変わるかもしれないから」

「はい、伝えます」

尚美はあとで調べようと思って、名前を頭に入れた。そして、一番気になることについて聞いた。

「脳内の磁場について聞きたいのですが、そんなことが起こりうるのですか」

「うーん。詳細がわからないと何とも言えないけれど、ヒトシが自分の身体が人に近づくと危ないと言っているのなら、なんらかの物理的な現象が起こっているはず。彼は突飛な仮説を立てたりする人ではないから。それに、自殺まで考えたなら、磁場はかなり深刻な問題のようね」

「そうですか」

「もっと詳しく知れたらよいのだけど。できればジュネーブに来てほしいと伝えてくれない？」

ファラは朗らかな声で続けた。「必要な人員と施設がここには全部揃ってる。運がいいことに、大きなプロジェクトを終えたばかりで、スケジュールにも余裕があるの。その時間をヒトシのために使えれば、それ以上の素晴らしい使い道はないわ」

「本当にありがとうございます」

尚美は心から礼を言った。

ファラは白い歯を見せて笑うと、コーヒーをひと口飲んだ。「あの、好奇心で訊くんだけど、どうしてヒトシのマネージャーになったの？　親戚なの？　それとも、彼が好きなの？」

「そうですね……」

頭にいろいろなイメージが浮かんできた。足の拡大図。ポテトチップスの屑とシアン化カリウムのカプセル。松崎がたまに見せてくれる捻くれた笑い。赤いミニカーを見せたときの美悠の嬉しそうな顔。球形の牛。アヴェ・マリア。

「無理に答えなくていいのよ。きっと複雑な事情があるのね。でも事情はどうであれ、ナオミは才能あるマネージャーね。英語も聞き取りやすいわ。貿易会社でスケジューラーをしているんだったら、こちらで働く気はない？　パンデミックのせいで、機械や物資が手に入らなくなって、困っているのよ」

Ｚｏｏｍミーティングが終わってから、ファラの最後の言葉が頭の中でずっと響いている。お世辞にすぎないのだろうが、ＣＥＲＮで働く可能性を考えるとうきうきした気分になった。今の仕事も好きだが、宇宙の謎を解き明かす施設で働いた方が何倍も面白そうだ。それに、意義もある。ヨーロッパに行けば、ピアノのキャリアにも進展があるかもしれない。

オフィスの席を立って、大阪湾を見下ろす大きな窓の前に行った。何隻ものコンテナ船が停泊していた。その船の錆びついた鉄の表面は、驚くほど多様な積み荷を隠している。こんな不格好で重々しい船に、たくさんの人の夢と野望と誇りが積み込まれているのだ。その秘密の世界の動きを知っているのは、港で働く労働者と、自分のようなスケジューラーだけだ。

船が大海原に出航するのを想像した。その巨大な船の航路は、ほかでもない私の意思で決められる。自分の指で船を糸のように手繰り寄せたり、繰り出したりと、巨大なくもの巣を自在に作り上げられる。

だがそのとき、今まで存在すらしていなかった頭の中の歯車が、かちっと気持ちのいい音で噛み合った。その瞬間、今の生活にどれほど根深い不満を抱えていたかを実感した。

「どうしてヒトシのマネージャーになったの？」

ファラの声が、ふたたび頭にこだましていた。

22 闘牛

「仁さんとヨーロッパまで行っちゃうの？」

「美悠も一緒にどう？」

五月も終わろうとしていた。美悠は尚美の部屋に遊びに来ていて、窓の外の景色をスケッチしていた。愛用の鉛筆削りも持ち込んでいた。

尚美はオフィスの窓から大阪湾を見下ろして以降、松崎のジュネーブ行きを画策しており、美悠もその作戦には欠かせない。尚美は松崎だけでなく、部屋にこもりがちな美悠も遠い国へ旅立たせるつもりでいる。妹は子どものときに読んだ『リサとガスパール』をきっかけに、フランスの文化が大好きになり、一年だけだったが、大阪大学でフランス語を専攻していた。フランス語が第一言語であるジュネーブに行くのはいい刺激になるし、鉛筆削りのヒーローである松崎も同行するのなら、きっと楽しく過ごしてくれるだろう。

美悠はウシを持ち上げて見つめ、またソファに戻して、窓の外を見た。

「ジュネーブ、か」

「きっと面白い旅になるよ。私は飛行機で、松崎先生はシベリア鉄道で行くのよ」

「シベリア鉄道?」

美悠は首を回して尚美を見た。「すごいこと考えるね」

「松崎先生は飛行機に乗りたくないから、コンパートメントを予約したそうよ」

「やっぱり変わった人ね。……球形の牛も、変な冗談だったよね」と美悠は破顔した。「ジュネーブ……ねえ。おもしろいかも」

「いい刺激になると思うよ。美悠の旅費は私とお母さんが持ってあげる」

旅費を払ってあげるのは自立を促すスズキ・メソッドからは外れるが、松崎も美悠も同時に救ういいチャンスだから、思い切ってそうすることにした。美悠の回復を切実に願う母も、半分払うと言ってくれた。

「……考えておくよ」

美悠は窓越しに空をじっと眺めながら言った。

松崎にジュネーブ行きを承諾させるのは至難の業だった。そのために貴重な時間を十時間も使って、一週間に三回もドライブする羽目になった。

最後のドライブは五月二十六日の日曜日だった。二人はまた六甲山の頂上近くに来ていて、のどかな高原を見渡していた。

物理学者は最近さらに神経質になっている。お気に入りの展望台で棒のような物を頭に当てているので、何かと訊いてみた。

「消磁機です。効いているかどうかわかりませんが」

問い詰めると、消磁機はハードディスクやスマホにある情報を消すための道具で、振りかざすだけで脱磁できるそうだ。

「帽子の中のミューメタルも二重にしておきました」

ファラなら物理的根拠があると言うかもしれないが、尚美は心の病気が深刻になったのではないかと心配していた。松崎に会って以来、ネットでいろいろな知識を身に付けてきた。彼が電磁波を放っているとしても、ミューメタルで頭を固め、消磁機を使わなければならないほどは強くないはずだ。それほど強ければ、そういう対策などでは抑えられないほどの危険があるはずなのだから。

尚美はCERNに招かれたことは伏せて、ファラ・アマディとの話を松崎に伝えた。ジャン・サンジェルマンがCERNからいなくなったことも伝えたが、松崎はすばやく話題を変え、なんの反応も示さなかった。

「アマディ先生とZoomで話してみたらいかがですか」

「Ｚｏｏｍはだめです」

彼はきっぱりと言った。

「大の苦手です」

その答えは想定内だった。尚美はこの一週間、あえてジュネーブ行き以外のいろいろな提案をしてきていた。どれもきっぱり断られた。

尚美は闘牛からヒントを得た。牛は頑固で、強い。だが牛を激怒させてだんだんと疲れさせると、最後には優雅にケープを振るだけで従順になるのだ。

今、そのときが来た。

「Ｚｏｏｍがだめなら、いっそジュネーブに行ってアマディ先生にお会いになってはいかがでしょう？」

松崎はスマホを耳から遠ざけ、じっと尚美を睨んだ。そして、口元に戻して、「絶対に無理です」と言った。「第一、頭に磁場のある人が飛行機に乗れますか。危険極まりない行為です」と続けた。

「飛行機には乗らなくても大丈夫です。シベリア鉄道で行けばいいんですから」

「シベリア鉄道ですか⁉」

「シベリア鉄道ならフェリーと列車に乗るだけで行けます」

それからは、松崎がジュネーブ行きの困難さを次々に挙げても、尚美は赤いケープを振って、牛に銛(もり)を刺していった。

「僕はスイスに行けるほど暇じゃないんです。山本AIの仕事もありますし」

「うまく話しておきます。それより、ポテトチップスを食べたり、鉛筆削りを作ったりする人が、どうして忙しいんですか」

「……鉄道で行くのは非常に効率が悪いです」

「松崎先生は磁場の原因を探る実験のために、化学や生物学についても勉強しておきたいとおっしゃっていましたよね。鉄道に乗っている間、本を読む時間はたくさんあります。コンパートメントにすれば、誰にも近づかれずにモスクワまで行くこともできます」

「ロードスターが気がかりです」

松崎は呟いたが、さっきの勢いはなかった。

「では、運転していきますか？」

「とても無理です。大まかにいっても、十四日間、一日に十二時間運転する必要があるでしょう。給油と食事とトイレ休憩も考慮しなければなりません。道は荒れているだろうし、車に傷がつきます。それに、ロシア語がわかりません」

反論は続いていたが、牛はマタドールの前で地面に膝(ひざ)をつきかけていた。

「でしたらロードスターはコンテナ船でジュネーブへ送ってあげましょう」

「えっ？」

「アルプスをロードスターで飛ばすのは痛快だと思いませんか」

「日本のナンバープレートでは、ヨーロッパで運転するのは違法でしょう」

いつになく迷った口調だった。

「いいえ、条件を満たせばスイスでは違法になりません」

貿易会社で働いているから、尚美はこういうルールに詳しいのだ。

いまだ反論はない。きっと山道を飛ばすのを想像しているのだろう。

「ロードスターをコンテナに入れるつもりでしょう？　そうはさせません」

なんとかひねり出したようだが、さっきの銛が効いている。

「私に任せてください。ロードスターをガラスの花瓶のように慎重に扱うと約束します。傷ひとつつかないように」

「相当なお金がかかりますよ」

「いいえ、全然。コンテナには車が四台も入るんですよ。四台集まらないと「スパが悪いんです。私がやれば、ただで送ることだってできますよ」

松崎はしばらく黙り込んでいた。

「それに……私もジュネーブにお供します。それでいいですね？」

最後に尚美は勢いよく訊いて、牛の首にとどめを刺した。この口調はスズキ・メソッドの秘訣の一つで、釣られて「ハイ」と言ってしまう人が多い。

「……ああ、はい」

二人は無言で高原を眺めた。大阪港も遠くに見えた。その向こうに海が広がる。

ロードスターの手配がすんだら、仕事はやめるつもりだ。自分を、揺さぶるために。もはや尚美は貨物を送るだけでは物足りなくなってしまった。今度は自分を、広い海原へと送り出すのだ。

第二部♪初心者のための小さなソナタ　ジュネーブ

1　恋と水

松崎がスイス、コルナヴァン駅に着いたのは六月二十一日の金曜日、夜十一時ごろだった。彼は十日間かけて、日本からウラジオストクまではフェリーに乗り、ウラジオストクからモスクワまではシベリア鉄道で行き、モスクワからジュネーブまでは列車で旅してきた。あえて終電に乗ったのは人混みを避けるためだ。

クロックタワーの下の立派なホールの門から、皺(しわ)だらけのシャツに、茶色いパンツを穿(は)いた松崎が現れた。今日も季節外れの冬用の鳥打帽を深く被(かぶ)っている。左右の様子を窺(うかが)って人が近くにいないのを確認してから、そろそろと出てきた。

十日ぶりに見るその姿を尚美は懐かしく感じた。自分も自分のファンである松崎も、今、大きな飛躍をしてジュネーブに来ている。尚美はロードスターを輸送する手続きを最後に、仕事をやめ、グロリア・ヒルズの管理は母と新しく雇ったアシスタントに引き継いだ。母は快諾してくれた。これまでピアノの練習にマンション管理、美悠のサポートにスケジューラーとフル回転してきた尚美を、労ってくれているのかもしれない。

当面の資金はある。松崎からも報酬をもらった。これからはピアノの夢を追いながら、自分の生き方を考えたいと思っている。松崎の方は山本ＡＩに休暇をもらってきているが、ＣＥＲＮに戻れるのなら仕事はやめて、物理学界を揺るがす大実験に取り掛かるかもしれない。

「ジュネーブへようこそ」

隣にいた美悠が松崎に呼びかけた。「長旅はいかがでしたか」

「まあ、何度も人に近づかれてストレスになりましたが、おっしゃっていたとおり、読書の時間がたくさんとれました」

肯定的な言葉とは裏腹に、松崎は酷い姿だった。目は落ちくぼみ、顔は青白く、怯えたように周囲をきょろきょろ見回している。

「松崎さんと一緒に過ごせるのを楽しみにしています」と美悠は少し恥ずかしそうに微笑みながら手を振った。美悠は「松崎さんに会うから」と言って新調した若緑色のサンドレスを着て、白いサンダルを履いていた。

松崎は似合わない笑みを浮かべ、軽く頭を下げながら、

「またお会いできて嬉しいです」

と言った。美悠の家出事件以来ずっとショートメールを交わしてきた二人だが、実際に会うのはこれが二度目。物理学者は「ルール違反」をする美悠との接触が不安なようで、表情は硬い。

「ロードスターはどこですか？」

松崎は心配そうに訊ねた。「一昨日バルセロナ港に着きました。ジュネーブまでトラックで運んで、荷解きしました。傷一つありませんよ。今は地下駐車場で松崎先生を待っています」

「それはありがたいです。ピアノの練習は？」

「おかげさまでこちらでも弾いています」

松崎がジュネーブ行きをようやく承諾したとき、ロードスターに次いで心配したのは、尚美のピアノのことだった。松崎がファラとCERNで存分に実験できるように、尚美は三週間も滞在することにしたのだ。ピアノの練習ができる防音室は自分で探すと言ったのに、松崎はジュネーブ市内で練習ができる部屋をネットで見つけ、レンタルしてしまった。

昨日ジュネーブに到着した尚美は、今朝さっそく防音室へ行ってみた。安いところでいいと思っていたのに、新しくてきれいな市民会館の一室で、ベビーグランドピアノの音は抜群によかった。ファンの音楽への情熱を感じる。

松崎は尚美の案内で地下駐車場に向かい、愛車を点検した。

「たしかに傷一つありませんね。お気遣いありがとうございます」

松崎は礼を言って、運転席に滑り込んだ。グローブボックスからドライビング・グローブを取り出すと、キーをイグニッションに差し込む。

「松崎先生、明日ツアーに行きませんか」

美悠が窓越しに松崎を誘った。「仕事が始まったら、忙しくなっちゃうし」

「あ……」

松崎は返事を濁した。

「ツアーの情報、送っといたから、ホテルに着いたら見てね」

「え……」

「美悠、待ちなさい。松崎先生は明日アマディ先生に会う約束だから、ツアーには行けません」

美悠が積極的に何かをしようとするのは嬉しいのだが、明日はファラに会うことになっている。

「松崎先生、明日はツアーではなくて、ミーティングですからね」

「ああ。それでは……」

松崎は前を向いたままギアを入れて発進し、駐車場を出た。CERNはジュネーブの北にあるメランという町にあるのだが、彼の滞在先はメランからかなり遠いビジネスホテルだ。

ロードスターのテールランプが見えなくなると、尚美と美悠はレンタルしたBMW-X5に乗り込んだ。

「明日はだめよ、アポだって言ったでしょ？　それに、松崎先生は忙しいから、ツアーは日曜日にしましょう」

車を走らせながら尚美は美悠に言った。

「でも、到着翌日にいきなりアポは大変過ぎない？　ファラって物理学者、おおらかな人だって言ってたよね？　アポはいったん延期して、疲れを取る時間をあげた方がいいんじゃない？」

「よくない」

尚美は即答した。「どうしても美悠がツアーに行きたいのなら、私が付き合うわよ」

「それじゃ面白くないじゃん」

尚美が自分と美悠のために予約したホテルは「オーベルジュ・デ・ベルジェ」といって、CERNから歩いて十分のところにあった。尚美が調べぬいて選んだ面白いホテルで、女性が企画した共同ハウジング・プロジェクトによるものだ。未知の体験がしたいし、新しいコミュニティに滞在することは美悠にもいい刺激になると思ったのだ。

翌朝起きると、美悠がいなかった。一人で散歩にでも出たのか。部屋を出てホテルのカフェ&バーの周辺を捜したが、いない。

《いまどこなの?》

LINEを送った。松崎にも《ファラ・アマディとの約束は午前十一時です》と確認のショートメールを送ったが、二人から返信は来ない。

部屋に戻ったとき、着信音が鳴った。

《妹さんは僕に無断で、「チョコレート工場とチーズ・夢の旅」というグリュイエールのツアーを予約していました。料金は支払い済みなので、一緒に行かなければなりません。申し訳ないのですが、アポイントメントの日時を明日に変更してください》

尚美はスマホの画面を睨んだ。日本ではどんな用事でも尚美を頼る妹が、どうやって一人でツアーの予約ができたのだろう。それに物理学者もどうかしている。絶対に自ら進んで参加しそうにないバスツアーに参加するほど、CERNに戻るのが怖いのか。

美悠にＬＩＮＥを打った。
《ツアーはだめって言ったよね？　すぐにキャンセルして》
《お姉ちゃん、ごめんね。昨夜松崎さんにショートメールを送ったの。明日いきなりアポで大変過ぎないかって。そうしたら、ビビってるって返信きたよ。お姉ちゃんはいつも人に酷なことをさせるから、助けてあげようと思って。ファラが優しい人なら、わかってくれるはず。それに、今からだともうキャンセル料がかかるから、行くしかない》
怒りを堪え返信した。
《松崎先生はバスに乗れないでしょ？　どうやって二人でツアーに行くっていうの？》
《私が一人でバスに乗って、松崎さんはロードスターでついてくるって。怒らないであげて。ジュネーブに来たのが彼にとっては大変なことだって、お姉ちゃんも見てわかったでしょう》
尚美は美悠ののんきなＬＩＮＥをじっと見つめた。松崎は今日だけは、美悠と会うという「ルール違反」をしても平気なようだ。ナイトテーブルを指先で叩いて、「初心者のための小さなソナタ」を奏でた。とにかく、コーヒーが飲みたい。カフェ＆バーに行って、カプチーノを頼んだところで、美悠からまたＬＩＮＥが届いた。
《レマン湖がきれい！　左車線に仁さんのロードスターが見える》
仁さん⁉
尚美は目を閉じて、カプチーノをゆっくりと口に含んだ。ファラは松崎の失礼な態度に、がっかりするだろう。仁さんは何様のつもりなのだろう。

十時を待って、ファラに詫びの電話を入れた。

ファラは笑って許してくれた。

「ヒトシらしいわね。人に会うのを回避するのが上手だから、週末だけは遊ばせてあげたら？　顔合わせは月曜日にしましょう」

ファラの温かい言葉を聞いてほっとした。それにしても、いろいろ計画して決めた三週間のスケジュールが最初から乱されるとは、この先が心配だ。

「妹さんはヒトシの彼女なの？　彼を誘惑（セデウス）できるとしたら、とてもかわいくて、かなり変わっている女性でしょうね」

尚美は眉（まゆ）を寄せた。美悠がバスの車窓から手を振り、松崎がグローブの親指を立てて笑うのを想像すると、最悪な気持ちになった。結局、二人は放っておくことにした。尚美は路面電車でジュネーブ市内に出てピアノの練習を済ませてから、カフェ&バーにいた気さくな老女とお茶をした。彼女はオーベルジュ・デ・ベルジェを設計した女性たちの一人だそうで、共同ハウジングについてたくさんのおもしろい情報を得られた。英語が通じないのは不便だったが、通訳アプリで何とかなった。

観光地でチーズやチョコレートを食べるより、学びある観光の方が性に合っている。意義のある充実した一時間を過ごしたと尚美は自分に言い聞かせたが、なぜか気分はよくならなかった。

一方、夕方になって帰ってきた美悠は上機嫌だった。

「もう二十二歳なのに、おじいさんに『日本人のハイジ』だって言われた。失礼ね」

美悠はくすっと笑った。

二人はグリュイエールでチーズフォンデュを食べたそうだ。レストランにはテラス席があり、松崎はテーブルをテラスから木の下に運んで、一人で座った。一人で食べていると思われた美悠は、若いフランス人の子連れの夫婦に話しかけられ、フランス語だけで会話したそうだ。短い間とはいえ大学でフランス語専攻だった経験が生きた。

その後の自由時間では、ちょっとしたハイキングコースを二人で散策したそうだ。

「仁さんは三メートル離れて付いてきたの。太っているから、息切れしてハーハー言ってたけど、頑張ってた。最初はあまり話したがらなかったけど、途中から緊張が取れたみたいで、昨日よりは元気そうにしていたよ」

そんな人とハイキングして何が面白いのだろうと尚美は訝(いぶか)しんだ。

「とにかく、すっごく楽しかった。生き返った気分。今の私は『ヴィヴレ・デ・アムーア・エ・デュ・フロッシュ！』、恋と水だけで生きている、って意味だよ」

「…………」

「いや、勘違いしないで。仁さんのことじゃないよ」

美悠はワインを一口飲んでからいたずらっぽく言い添えた。「フランス語に恋しているの。いろんな単語をどんどん思い出してきてる」

尚美は脱走した二人に苛立(いらだ)ちを感じながらも、最後のセリフを聞いて少し報われた。将来役に立つスキルを身につけてくれれば、それだけでジュネーブに来た甲斐(かい)がある。フランス語が上達すれば、日本でツアーガイドや通訳になれる。うまくいけば、大使館にだって就職できるかもしれない。

その晩、松崎からショートメールが入った。

《今日は妹さんのお相手をしました。山の景色はきれいでしたが、ひたすらバスについて行くだけなので、退屈しました。妹さんがこれで満足してくれるといいのですが》

尚美はくすっと笑った。恋と水は、物理学者には物足りないようだ。

2 「見える」ということ

日曜日は早く起きてピアノの練習を終えると、いったんホテルに戻った。美悠はとうとう時差にやられたようで、グーグー寝ていた。今日も暇でどうしようかと考えていると、松崎からショートメールが来た。

《妹さんは今朝は寝坊したのでしょうか。僕は十二時からサイエンス・ミュージアムに行きます。一時半に、「テラス・デ・スリーズ」というレストランで昼食を摂るつもりです》

尚美は首を傾げた。誘ってはいないが、来てほしそうな書き方だった。

《では、私も十二時にサイエンス・ミュージアムに行きます》と返した。

今日も、晴れ渡る群青色の空が美しい湖面に映りこんでいた。サイエンス・ミュージアムは湖岸にある公園の、奥まったところにあった。大きな施設を想像していたが、小さくて古めかしい科学歴史博物館だった。早めに行って待っていると、十二時きっかりに松崎が現れた。緊張した様子は金曜の夜のままだったが、顔色は少しよくなっている。

「ツアー、面白かったですか」

「終わってほっとしました」

松崎はひと仕事終えたかのように空を見上げた。

「妹が張り切っちゃって……すみません」

「いや、別に」

「じゃあ、入りましょうか」

「入る?」

松崎は眉を吊り上げた。「僕は入れません」

入れないのならどうして来たのかと不思議に思った。神社みたいに参拝だけして帰るつもりなのだろうか。

松崎はただ立ち尽くしている。

「私はここに十五分立って待っていましたが、誰も入りませんでした」

よく晴れた日のサイエンス・ミュージアムは、やはり人気がないらしい。

「入っても大丈夫だと思いますよ」

松崎はじっと建物を見つめていた。

「私が先に入るのはどうでしょう。誰もいなければ、手を振ります。チケットは二人分買って一枚を外階段の手すりに置きますから、受付の人と接する必要もありません」

松崎は足元を見つめてまだ考えている。

「……では、お言葉に甘えて、そうさせていただきます」

彼は顔を上げて、皮肉っぽく笑った。尚美に会いたかったのではなく、建物に入りたかったのか。うまくやられた。

案の定、ミュージアムには誰もいなかった。尚美はチケットを買い、外階段の手すりに置いた。尚美が退くと、松崎は階段を上ってチケットを手にし、先に建物に入った。

ちらっと見えた松崎の顔は緊張が和らぎ、口元に微かな笑みを漂わせていた。

彼は先に立って、ミュージアムを回り始めた。明治時代の妻のように三メートル後ろをついて歩く尚美に、松崎はスマホを使って古い科学の器具などについて説明を始めた。十八世紀の気圧計などは面白く、どれも手作りで、糸や針金、金属板で組み立てられた芸術品のように見えた。添えられた英語の説明文は専門用語だらけで、松崎が日本語で解説してくれると贅沢な気分にすらなる。

最後の部屋には古い陰極線表示機と電子顕微鏡があった。陰極線表示機は一メートルぐらいの長さのガラスの筒で、電子顕微鏡は冷蔵庫より大きい。

松崎は陰極線表示機の前で立ち止まった。

「この機械の発明で、人間は初めてミクロの世界、つまり素粒子の世界に気づきました。別に探していたわけじゃないのに、電子を発見してしまいました。真空管の中にある銃が、電子ビームを発射します。すると陰極に印加(いんか)された電圧で電子が加速し、蛍光面に向かって流れて衝突し、発光します。ただし、妨害物を置くと……聞いていますか」

「聞いていますよ。ちょっと難しいですけど」

「高柳健次郎(たかやなぎけんじろう)という物理学者を知っていますか」

「名前は聞いたことがあるような……」

「世界初のテレビは、高柳が作ったのです。この惑星で初めてテレビ画面に映された画像はカタカナの『イ』です。テレビの発明者と言われているのはファーンズワースですが、実は高柳のテレビの方が数か月早かったんです。ニプコー円板の力を借りたのは確かですが……つまり」

松崎は続けた。「世界を変える道具は、『天才』によって発見されるわけではありません。時期が来れば、発見は少しずつ起こるんです。『誰が世界初のテレビを作ったか』という質問は、見方によっては答えが変わってきます。スコットランド人ならベアードだというでしょうし、アメリカ人ならファーンズワースというでしょう。ロシア人はツヴォルキンというに違いない。それは愛国主義というもので、物理学とは関係ないのです。テレビが完成するまでの技術の変遷は……」

松崎は熱くなって、蛍光面に当たった白い一点がどうやって縞(しま)になり、縞模様がどうやって映像になるかについて説明し始めたが、話がどんどん専門用語だらけになってきたことに気づいたのか、突然口を閉じた。

「電子顕微鏡もすごいですね」

尚美は明るい声で話題を変えた。

「そうですね」

「顕微鏡というより、機関車の運転室にある機械に似ていますね」

「一九三一年のテクノロジーですからね。人間はミクロの世界を見るのにずっと苦労してきました。まあ、見るといっても、目で見るわけじゃありません。今言っている見るは、電子を粒子にぶつけて、形を感知するという意味です」

松崎は自分の手を見下ろした。「猿から分化した脳と手を使って、人間は原子よりずっと小さい世界を見ようとしてきたのです」

サイエンス・ミュージアムから出るときには、松崎は入るときよりずっと上機嫌になっていて、少しだけ尚美に笑いかけてくれさえした。

テラス・デ・スリーズは松崎自身で選んだレストランのようだった。街はずれにあって客はほとんどおらず、名前のとおりテラスからチェリーツリーが見渡せた。尚美は表から入ってテーブルに案内してもらったが、松崎は横断歩道から直接テラスに入り、一番端っこのテーブルに座った。

鳥打帽を深々と被り、警戒するようにあたりを見回していた。テラスにはたくさんの雀(すずめ)がいて、近くの椅子に止まった。松崎は一羽を睨みつけ、スマホを攻撃的に振って追い払った。雀がペースメーカーを装着している可能性はないのに、それでも彼にとっては危ないようだ。

ピンクのテーブルクロスがかけられたテーブルに一緒に座れたら楽しいのにと思いながら、松崎に電話をかけた。

「いい店ですね」

「そうですね。でも、メニューがチンプンカンプンで、英語よりもわかりにくいですね」

「私が注文しましょうか」

尚美はよくフランス料理店に出かけていたので、メニューはおおよそ見当がついた。

「お願いします」

松崎の好みがわからないので、二人分の舌平目のムニエルとミネラルウォーターを頼んだ。あそこの鳥打帽の男性と一緒だとたどたどしいフランス語でウエイターに伝えると、怪訝そうな顔で見られた。

爽やかな風に吹かれながら、柔らかくて香ばしいパンを齧った。雀は松崎を好いているのか、しきりに彼の向かいの椅子に止まろうとしていた。スマホを頻繁に振って追い払う松崎の姿を動画に撮りたかったが、勇気がなかった。

「そういえば、グリュイエールはいかがでしたか。チーズフォンデュ、美味しかったですか」

「フォンデュは美味しかったですが、レストランはとても混んでいました」

「美悠と出かけたアルプスのドライブ、楽しくなかったんですか」

「アルプスの道を走るのは愉快でした。ただバスを追っていくので、面白さは半減しましたけれど」

「アマディ先生は美悠のことを松崎先生の彼女だと思っているようですよ」

松崎は雀から視線を移し、尚美を睨んだ。

「どうしてそんな不愉快な話をするのですか」

尚美はくすっと笑いそうになるのを呑み込んだ。

「年下のかわいい女性の彼氏だと思われて、不愉快なんですか」

「………」

「話は変わりますけど、アマディ先生との約束は月曜日になりました。いいですね？」

「いいですが、CERNには行きたくありません。Zoomで会えばいいでしょう」

「Zoomは苦手でしたよね？　わざわざジュネーブまで来たのに、直接お会いになるつもりはないんですか」

思わず責める口調になったが、すでに尚美は手を打っていた。「CERNには行かなくても大丈夫です。アマディ先生が自宅に招いてくれましたから」

「自宅に？」

「CERNから二キロ離れたフランスのファームハウスだそうですよ。LHCのトンネルの半径内にあるんですって。私も誘われたので、よろしければご一緒します。三メートル・ルールも話してあります。家に入らずに、テラスのデッキチェアで話そうとおっしゃっています」

松崎が眉を寄せて何か言いかけたとき、舌平目のムニエルが来た。松崎は不機嫌そうに料理をつついていたが、

「この舌平目、悪くないですね」

と味には満足したようだった。「ジュネーブは不便なことが多いですが、食べ物は絶品です」

はにかんだ笑みは体調不良の人が腕立て伏せをしようとするかのようで、愛嬌はあるものの少し不憫だった。

食べ終わると、松崎は黒い革の鞄に手を入れて、リボンの付いた箱を取り出した。立ち上がり、箱を尚美から三メートル離れたテーブルに置いて、席に戻った。

尚美は箱を取りに行った。開けてみると、ドイツ風の帽子を被りレーダーホーゼンを穿いたウシのぬいぐるみが入っていた。鼻と耳が大きくて、無様なウシだった。尚美は不思議そうに眺めた。

「お気に召しませんか」

「松崎先生がぬいぐるみをくださるなんてと思っただけです。どうもありがとうございます」

「気に入らないんでしょう？　顔でわかりますよ」

松崎は暗い顔で言った。「鈴木さんにぬいぐるみをプレゼントしようと言ったのは僕じゃありません。妹さんが、あなたにお礼をした方がいいと言っていたからですが、ウシは明らかに間違いでした」

尚美はウシを見つめ、松崎が何よりもきらいなのが言葉と行動を一致させないことだと思い出

した。それには嘘も含まれるらしい。

「このウシ、大事にします」

尚美は微笑んだ。

それなら、行動で示せる自信があった。

3　宇宙船と羊のテラスで

月曜日の午後、ピアノの練習を済ませた尚美は、BMW-X5でロードスターを追いかけ、ファラの自宅に向かった。

美悠も一緒に来たがったが、尚美はホテルで待機してほしいと伝えた。

「自宅待機？　コロナみたいでいやね。私、ジュネーブ市内へ買い物に行こっと」

尚美は悩んだ。一人で出かけたがっているのはよい兆候だ。買い物にフランス語も使える。自立を促すスズキ・メソッドを利用すべき場面だ。でも、躊躇われる。

「一人で行かせるのは正直心配だけど……」

「でも、お姉ちゃんは私に自立してほしいんでしょ？」

美悠に問い返され、尚美は仕方なく頷く。

「……わかった。でもスリにだけは気をつけてね」

緑のシャッターが付いた古い石造りのファームハウスは、森の中の草原にあった。

この田舎（いなか）の地下にはＣＥＲＮの加速器、ＬＨＣがある。巨大な加速器は山手線とほぼ同じ直径で、それが地下百メートルに存在するというのだが信じられない。

施設とは対照的に、地上の田舎ぶりは昔から変わっていないようだ。まるで赤い屋根が並ぶメルヘンの世界だが、電線と大型の電柱があり、その電力はＣＥＲＮに向かって流れている。尚美が読んだウェブサイトによると、ＣＥＲＮはジュネーブ市全域よりも多くの電気を使っている。松崎を殺しかけた電流もこの電線を通ったはずだった。

ファームハウスの草原に牛はいなかった。その代わりに、ＣＥＲＮで廃棄されたらしい大型の機械や部品の塊（かたまり）が点在していた。ある機械は宇宙人が星から持ってきて地球に廃棄した宇宙船の残骸（ざんがい）のようだ。ファラが趣味で収集したのかもしれない。

ファラはすぐに家から出て来た。薄紫のシルクのヘッドスカーフに黄色い眼鏡（めがね）をかけ、だぶだぶのデニムジャケットにはラインストーンで「Wild Girl」と書かれていた。ブランド品であろうジーンズに、鮮やかなピンクのナイキのスニーカーを履いている。

ファラは松崎に白い歯を見せて、手を振った。

「ＣＥＲＮへようこそ！」

手にはヘッドスカーフと同じ薄紫のフィンガーレス・グローブをしていた。人差し指と薬指にサファイアの飾りがあった。

もっと背が高いかと思っていたが、松崎とも尚美ともほぼ同じ背丈だ。

ファラはまっすぐ尚美のところに歩み寄って、ハグした。

「ヒトシを連れて来てくれて、ありがとう」

小声で囁いた。「本当に、よく連れて来られたわね」

彼女の耳たぶの形は美しく、ジャスミンの香りがした。

尚美は笑ったが、緊張はなかなか解けなかった。

「お帰りなさい、ヒトシ！　久しぶりね」

「はい、お久しぶりです」

松崎は三メートル先から英語で応じ、頭を下げた。彼の英語を聞いたのはこれが初めてだった。強い訛りがあった。

「ブルーベリータルトと紅茶を用意したから、テラスへどうぞ」

玄関の前に、テラコッタの鉢植えに囲まれた広い石畳のテラスがあった。ファームハウスの壁は濃い緑の蔓で覆われ、風情があった。

テラスには三つの小さなテーブルと籐の椅子が置かれていた。ちょうど三メートルほど離れて置かれた二組のうち、より離れた方に尚美は座った。テーブルの上には旅行雑誌や山の写真集などが置いてあった。松崎が座るのを見守る。松崎がスマホを取り出すと、隣のテーブルのファラも赤いケシ模様のカバーのスマホを持ち上げた。

「あの」

さっそく本題に入るのかと思ったが、松崎はぎこちない英語で切り出した。「鈴木さんが練習できるピアノがあるという話でしたが……」

「ああ、ピアノね！　ナオミ、今弾きたい？　素晴らしいBGMになるわね」

ファラは立ち上がり、開け放ったフランス窓から尚美を家へと招き入れた。広々とした居間には美しいカワイのグランドピアノがあった。脇のテーブルには譜面が置いてある。

「趣味でときどき弾くの」

ファラは気さくだが、目は相手をしっかりととらえ、何人ものチームを監督することに慣れている威厳が感じられた。

「ヒトシはナオミのピアノに夢中のようね。実験のことはなにも教えてくれないのに、ピアノがあるかどうかだけはメールで訊いてきたのよ。弾くのに飽きたら、テラスでタルトを食べて」

尚美はそれを聞いて、少しがっかりした。ピアノを弾かせるのは、ファラとの会話を尚美に聞かせないための松崎の作戦だろう。サイエンス・ミュージアムとレストランのときのように、操られている気がした。十分だけスカルラッティを弾くと、テラスにそそくさと戻った。

スマホ越しに松崎とファラは、真剣に話し込んでいた。ファラの声は聞こえてきたが、松崎の声は低く、聞き取れなかった。ファラは真面目な様子で、ときおり頷いたりしている。

尚美は紅茶を飲みながら、草原を見渡した。

小さいチューブの埋まった管や銅や鉄のコイルなど、さまざまな形の機材が置かれていた。五、六十年前のものだろうか、複雑な実験をやり遂げたあとで御役御免になったのだろう。一番不思議なのは、茎が二本あるキノコのような機材だった。その後ろから羊が一頭現れ、草を食(は)み始めた。

二人は長い間熱心に話し続けていた。羊は草を食みながらゆっくりと移動していく。上空に点在する白い雲は羊と同じペースで流れていった。

二人はようやく話を終え、立ち上がった。

ファラは笑い、瞳からエネルギーを放っていた。松崎は疲れ切った様子だった。

「二人とも、本当によく来てくれたわね！ヒトシは素晴らしい実験結果を披露してくれました。前代未聞の発見につながるかもしれないわよ。ね、ヒトシ」

「アマディ先生とお話しできてよかったです」

松崎は不器用な英語で礼を言った。「会ってくださり、ありがとうございます」

「これはとても大きな話だから、私は三週間休暇をとることにするわ。十五年前にノルウェーへバカンスに行って以来休まず働いてきたから、三週間くらい休む権利があるもの。ヒトシはCERNのキャンパスには行きたくないと言っているし、極秘にする必要もあるから、私の家の地下のラボを使いなさい。いい設備を備えているの。もっと大きい機器が必要なら、融通も利かせられる。ヒトシの実験結果を確認できたら、次は理論を詰めなければならないわね……」

ファラがそう話している間、大きな話を持ちかけた本人は緊張した様子でつっ立っていた。

4　ビッグバンへのパスポート

ジュネーブの滞在も後半にさしかかっていた。七月上旬のヨーロッパの天気は涼しく快適だ。尚美と美悠はこれという観光地を、もう一通り巡っていた。ジュネーブの歴史を学んだり、買い物を楽しんだり、夏のフェスタやイベントにも参加したりして、充実した時間を過ごしている。美悠のフランス語の上達も目覚ましい。

松崎の方は、ファラの地下のラボで実験に没頭していた。ピアノの練習を促すショートメールが一通だけ届いたが、それからの連絡は途絶えた。

ファラからはショートメールがよく届く。松崎は一階のダイニングまで上がりたがらないから、ファラは地下の洗濯機や給湯器のある部屋に小さなテーブルを置いて、食事はそこで食べさせているという。ファラも一緒に働いているのに、サンドイッチやスナックなどを作って、わざわざその部屋まで運んであげているそうだ。《今日はベルリンナーというジャム入りのシュガー・ドーナツを半ダース食べましたよ》という報告に尚美はぎょっとした。

ある夜、尚美と美悠はホテルのカフェ＆バーでパエリアを食べていた。美悠は買ったばかりの今はやりの濃い珊瑚(さんご)色のブラウスを着ていた。今日は尚美も新しいバッグを買ってしまった。旅行はとっくに予算オーバーしていたが、生き生きと日々を楽しむ美悠を見ると、それでもかまわないと思う。

突然、美悠のスマホが振動した。画面を見た美悠の顔がぱっと明るくなる。

「ラボから出てきて遊んだらどうかって、昨日仁さんに連絡したんだけど、返事が来たわ」

《僕はお供できませんけれども》

美悠は松崎みたいな勿体ぶった口調で読み上げた。《「ビッグバンへのパスポート」というのをやってみてはいかがですか。物理学の体験型アクティビティです。CERNの受付で伝えれば、必要な小冊子をもらえるそうです》

美悠はさっそく検索し始めた。

「……地下に加速器がある輪の上を自転車で回る。加速器が壊れているから、修理するためのコードを集める。……子どもが親と一緒にやるやつみたい」

「面白そうね」

尚美は言った。「ちょうど自転車を借りようと思っていたところだから、二人でやってみようか」

美悠は首を振った。

「私宛てのショートメールだし、これは一人でやらせてくれない？」

「……一人で行けるの？」

尚美もスマホの画面を覗き込んだ。「大変そうじゃない？　スイスとフランスの国境を行き来したりもするみたいだし」

美悠一人では難しすぎる気がした。「パスポートが要るし、スイス・フランもユーロも用意しないとならないでしょう。五時間かかると書いてあるけど、自転車を借りるなら、レンタルした時間内に帰ってこられるかどうかも考えないと」

自分らしくない過保護な言葉が尚美の口から滑り出た。

美悠はスマホを置いて、尚美をじっと見つめた。「子どもの遊びだよ。それが私にできないと、本当に思っているの？」

「もちろん、何をしてもあなたの自由だけど、しっかり計画を立ててから行った方がいいと思うよ。それに、スマホの充電器とユーロとフラン、それに水を、絶対に忘れないで」

「わかった。そうする。今日は早く寝て、目覚ましをセットしておくね」

美悠はパエリアの残りを掻き込むと、赤ワインを一気に飲んでから「おやすみなさい」と立ち上がった。

スイスの国境を越えて、行ったことのないフランスの田舎へ一人で行くのは、ただのお出かけではない。美悠には欠けている計画性と臨機応変な対応が必要となる。

……スズキ・メソッドにそぐわないことをまた考えてしまっている。どうしてなのだろうか。

答えの代わりに頭に現れたのは、バルコニーの上に立って、強烈な笑いを浮かべている美悠の姿だった。あのとき、強い風が吹いていて、見えない指が美悠のパジャマを空へ押し出そうとしていた……。

その夜はなかなか寝つけなかった。目を閉じると、バルコニーから天国に飛び立とうとする美悠の姿が、大きく、恐ろしく、鮮烈に頭に浮かんだ。

起き上がって、ベッドスタンドにあったペットボトルの水を飲んだ。スズキ・メソッドが使えなくなっているのは、ひょっとしたら、水分をちゃんと摂っていないからかもしれない。


夜中の二時ごろようやく寝付いて、六時半に起きたときには、美悠はもう出かけていた。

《「ビッグバンへのパスポート」のミッションをクリアしに行ってきます。ホテルにいたら心配になっちゃうだろうから、ハイキングにでも行ってきたら？》

尚美は長い間書き置きをじっと見ていたが、ようやくナイトテーブルにそれを戻すと、歯を磨きにバスルームに行った。

アルプスで登山する貴重な機会だと自分に言い聞かせ、尚美も出かけることにした。日本から持ってきた登山服とハイキング靴をBMW-X5のトランクに詰め、シャモニー村という、モンブランの麓(ふもと)にある観光スポットに向かう。

シャモニー村に着いたのは十時ごろだった。今は晴天だが、山の天気は変わりやすいから、どうなるかわからない。リュックにはレインコートも入っている。

美悠からはＬＩＮＥが届いていた。行く先々でたくさんの人に写真を撮ってもらっているようだ。田舎の井戸の前でピースする美悠、牛をバックにニコニコ笑う美悠、道端でオレンジ色の自転車のハンドルを握る美悠など、写真の中の明るい笑顔はまるで以前の美悠のようで、胸が躍った。そういえば、美悠は昔から友達を作るのが得意だった。

ハイキングコースを進んでいると、途中からスマホが圏外になった。

尚美は立ち止まった。これでは美悠と連絡を取ることができない。鼓動が速くなっていく。こんなに動悸がするのは、まさか高山病の症状？

岩に座り込み、脈が落ち着くのを待った。引き返して、電波が通じるコースに切り替えようか。

いや、心配に負けてコースを変えるなんて、鈴木尚美らしくない。

スマホをリュックに戻して、しっかりした足取りで岩の上を歩き、急斜面を登った。

三十分ぐらい登ると草原が現れた。草原からは雲と同じく真っ白なモンブランの山並が見渡せた。気持ちいい。

体と心がこんなに軽くなるなんて、想像していなかった。尚美は岩に座って、雲が通り過ぎるのをしばらく眺めてから、登山を再開した。

スマホが突然圏内に戻り、美悠から写真やＬＩＮＥが大量に届いた。

《フランスの田舎って本当にきれい。メルヘンの世界を歩いているみたい》というコメントの付いた動画を見た。美悠が大きなスズカケの木の下に座っている。首から鈴を下げた牛が近くをのろのろと行き来し、草を食んでいた。美しくてのどかな鈴の音が鳴る。誰がこの動画を撮ったのかわからないが、美悠はその人に向かって手を振っていた。そして、フランス語で何か話しかけていた。

誰なのだろう。美悠が赤の他人と二人きりでそこにいると思うと不安になってくる。

尚美は頭を振ってその気持ちを振り落とし、また山を登りはじめた。

ハイキングコースの一番高い尾根に着いたときには、午後一時を回っていた。ジュネーブの広い盆地とその中央にサファイアのように光るレマン湖の美しさに、尚美は息を呑んだ。清らかな空気を鼻孔に吸い込むと、風はすっと身体を通り、手足まで涼しく流れるようだ。

尚美は山の上でコーヒーを飲むのが好きだ。わざわざ日本から持ってきたコーヒーのセットをリュックから取り出し、平たい岩に座って、コーヒーを淹れた。香りとぬくもりを味わいながら、一人の時間を満喫する。

三十分ぐらい景色を堪能してから山に別れを告げて、シャモニー村へ引き返した。

村の近くまで降りてきたとき、スマホが何度も鳴った。また圏外から脱出したのだろう。取り出すと妹から何通もＬＩＮＥが来ていた。《水いっぱい持ってきたのに、全部飲んじゃった。死にそう》

どきっとしたがその次のＬＩＮＥには、プラタナスの並木の下でにこにこ笑う美悠の写真が出てきて、尚美は拍子抜けした。《ツール・ド・フランスっぽいおじさんがソーダ水をくれた。かっこいい人よ。次の村まで案内もしてくれるって。公共の水汲み場があるらしい》

山では感じなかった疲労が一気に押し寄せ、尚美はスマホの電源を切った。ＣＥＲＮのあるメランに戻るまでは自分には何もできないし、美悠は自力でやるしかないのだ。

だが、ホテルに戻ってスマホの電源を入れると、さらに何通もの通知が画面に現れた。松崎からのものを先に開ける。

《妹さんを助けに行ってもらえませんか》
十分後にも、もう一通入っていた。
《鈴木さんが干渉しない方針であれば無理強いはしません》
今度は一分後。
《脱水状態のようで心配です》
尚美は目を見開く。
《圏外なのですね。あと十分待って返事がなければ、僕が助けに行きます》
きっちり十分後にもう一通。
《十分経ちましたので、捜しに行きます》
松崎のショートメールはそれが最後だった。今度は美悠からのＬＩＮＥを見た。
《ビッグバンのステーション、二つ見つけた！　コードもらったから、仁さんに送る》
《いい調子で進んでる。次のステーションはすぐ先》
次のＬＩＮＥは二十分後。
《間違ってた。ちょっと遠いかも。それに、電動自転車のバッテリーが切れちゃった。充電スタンドが見つからない。どうしよう》
その日美悠が乗っていたのが、ジュネーブ市に点在するオレンジ色の電動自転車だと尚美は初めて知った。ドンキーリパブリックというこのオレンジの自転車はヨーロッパ中にあって、「どこへでも」行けるという触れ込みだった。ただ、「どこへでも」にはフランスの田舎は含まれていなかったようだ。

《ものすごい坂道。これ、地図になかったなあ》

尚美は地図のアプリを立ち上げて、眉をひそめた。美悠はジュラ山脈という丘陵地帯に迷い込んだのだろう。ビッグバンのステーションがあると信じて、山まで続く険しい道を自転車を押して上ったと思われる。

どこかへ押し込まれていた不安がひょっこり現れ、瞬く間に広がっていく。

次の写真は、汗だくの美悠が石だらけの牧場に立っているセルフィーだった。そんな美悠を不思議そうに見つめている何頭かのヤギが背景に写り込んでいる。

最後のＬＩＮＥは三時半。もう五時半になっているから、二時間も前のことだ。

地図を拡大すると、ジュラ山脈の麓は険しい小道がさまざまな方向に向かって行き交う土地だとわかった。セルフィーを最後に尚美への送信は途切れていた。

美悠にＬＩＮＥを返したが既読がつかず、電話も繋がらない。やはり充電パックを持って行かなかったのだろう。松崎にもショートメールを送ったが返事は来ず、電話をかけてもコール音が鳴り続けるばかりだ。

どうしていいかわからず、ファラに電話した。

「そうなのよ。ヒトシは受難の乙女を助けにジュラ山脈へ行ってしまった。フランスの田舎はとってもわかりにくいから私も行くと言ったのに、迷惑をかけたくないと言ってね。止めようとしたけど、三メートル以内には近づけないし」

ファラも困り果てているようだった。尚美の手のひらに汗が滲(にじ)む。

「警察を呼んだ方がいいでしょうか」

「フランスの警察と関わると面倒なことになるし、ヒトシも困惑するでしょう。もう少し待った方がいいわ」

「でも」

「彼に乙女を救うチャンスを与えましょう。一時間待って戻らなければ、エシュネベ村の交番へ連絡します」

尚美は通話を切った。こめかみがズキズキ痛み出して、軽い吐き気を覚えた。スズキ・メソッドの要(かなめ)である自分は、今は悩みの海に頼りなく浮いている流木に過ぎなかった。

「しっかりしなさい」

声に出して自分に言い聞かせた。カフェ&バーに行ってミネラルウォーターを頼み、誰かが置いて行ったファッション誌の写真を眺めようとしたが、何もない白い壁と向き合っているようだった。

一時間が経ち、ファラに電話しようとしたら、スマホが二回震えて、二通の着信があった。

《これから妹さんと一緒にそちらへ向かいます。三十分後に到着しますので、しばらく待っていてください》

《仁さんが助けに来てくれた。すぐ戻る。怒らないで、無事なんだから》

尚美は唇を強く嚙(か)み、慌てて人差し指を当てた。指先に血がついていた。

《美悠が大事なお仕事の邪魔をしてしまい、申し訳ありません》
松崎にだけ返信した。

5　原子核と電子

ちょうど三十分後、美悠がホテルのロビーに現れた。眼窩(がんか)は赤く窪(くぼ)み、肩を落としている。

「お姉ちゃん、本当にごめんなさい。仁さんにはちゃんとお礼を言ったよ。何回もね」

くたくただからもう寝ると言って、美悠はさっさと部屋へ戻って行った。言いたいことは山ほどあったが、尚美も疲れていた。

外に出ると、ホテルの陰に立つ松崎が頭を下げた。

尚美はスマホを取り出す。

「もしもし」

「松崎先生、今日は本当にご迷惑をおかけしました。大事なお仕事をすっかり邪魔してしまい、本当にすみませんでした」

「いいえ」

「これからアマディ先生の家にお戻りになりますか」

「いや……」

松崎は意を決したように言った。

「よければこれから、ドライブに行きませんか」

「いいですよ」

松崎からの誘いを意外に思いながら尚美は頷く。

「でも、もう暗いし、土地勘もないので、スピードの出し過ぎは遠慮していただけたら」

「わかりました」

松崎がシャモニー村へ行く途中にあるエグラッツ高架橋をロードスターで走りたいと言うので、尚美は朝通った道を引き返すことになった。

高架橋に差しかかったときには、あたりはすっかり暗くなっていた。谷間に高く聳える橋は確かに技術的な快挙といえた。先を行くロードスターは膨大な蔓を這う蟻ほどに小さく見えた。橋の支柱は暗闇に消え、果てしない虚空を走っているようで、そら恐ろしかった。闇で山は見えないが、その巨大な存在はなんとなく感じられる。

「壮大な空間ですね」

スピーカーフォンを通じて松崎が言った。「素粒子の世界も、こんな感じです。八方にはこの山々のような巨大なマクロの世界があるのに、素粒子には感じられません。気が遠くなるほど大きな虚空の中を回転するだけです。……この宇宙の基本単位には、そんな深々とした寂しさがあります」

尚美はため息をついた。詩的ではあるが、今はもっと肯定的な比喩がほしい。

谷を見渡せる展望台まで来ると、二人は駐車場の両端に車を停め、欄干に沿って三メートル離れて立った。広くて暗い谷底にある小さな光だけが見えた。

松崎はたばこを取り出し、火を点けた。

「せっかくきれいな空気なのに、たばこを吸うんですか。健康にもよくないですよ」

「こういうときだけです」

「というと？」

「ルールは複雑で説明したくないです。こういうとき、です」

二人はしばらく谷間を見下ろしていた。

「実験は、捗っていますか」

「僕の仮説はアマディ先生の力とCERNの機械を借りて、立証できました。しかし実験では、望んでいた結果を得られませんでした。……これは本当に面倒なことになりました」

「つまり、どういうことですか」

「申し訳ないですが、今は話せません」

「……美悠のこと、本当にすみませんでした。昔から分別のない子で。もう邪魔させませんので」

「妹さんは、立派ですよ」

松崎は言った。

「そうでしょうか」

尚美は首を傾げて、たばこを吹かす松崎の横顔を眺めた。

「僕が捜しに出かけたとき、妹さんはＣＥＲＮの加速ステージの近くにいると言っていました。加速ステージはビッグバンの目的地の一つだそうです。しかしいくら捜しても、そこにはいませんでした。アマディ先生に警察を呼んでもらうべきか迷っていたところへ、彼女から連絡がありました。妹さんはフランス人の農家の男性に救助されたというのです。僕がその家に迎えに行くと、妹さんはキノコのリゾットを美味しそうに食べながら農家の奥さんと流暢（りゅうちょう）なフランス語で話していました」

「相変わらず図々しい。昔から語学だけはできるんですが、ぜんぜん勉強しなくて……」

「彼女が持ち合わせているのは語学力だけではありませんよ。人をひきつけて、心を捉え、味方にさせる才能があるようです。僕にはその才能が欠けているので、見ているだけで勉強になります」

「……」

「結局僕もリゾットをご馳走になって、その後、農家のご主人がトラックで彼女をメランまで連れて行ってくれました。妹さんと少し話しましたけれど、彼女はビッグバンを完遂できなかったのを悔しがっていました。どうしてかわかりませんが、彼女にとっては使命のようなものになっているらしく、落ち込んでいました。アマディ先生によると、ビッグバンは土地勘がないと無理だそうですね。物理学者でも失敗しているとか。そんなに難しいアクティビティを紹介してしまった僕が悪かったんです。このことで妹さんの病気がぶり返さないといいのですが。僕が原因でそうなってしまったら、耐えられません」

二人はスマホを耳に当てながら、見つめ合っていた。

「やはり、美悠のことが好きなんですね」

「どうしてすぐその話になってしまうのですか。僕と妹さんの間にはそういう感情はまったくありません。かえって鈴木さんの方が、僕と妹さんに対して、僕にはわからない微妙な感情を抱いているように思われますが」

尚美はカッとなった。

「私が二人に抱いている感情は、はっきり言って、失望です。美悠はようやく元気になってきたと思ったら、今度は仁さんが勧めたビッグバンを使命だと思い込んで、上手くいかないからって落ち込んでしまいました。仁さんは仁さんで、ジュネーブでの大事な時間を無駄にしてまで、彼女とツアーにでかけたり、変なゲームをさせて追っかけまわしています」

「……今、僕のことをなんと呼びました？」

返ってきたのは鋭い声だった。

「え？」

「僕のことを仁と呼びましたね。ファーストネームは控えていただけませんか」

怒りが頂点に達した。

「美悠は名前で呼んでもいいのに、私が呼んではだめなんですか」

おそろしく冷たい声が出た。

「そんなのは私に対して失礼だと思いませんか」

「……すみませんでした」

松崎はいつになく素直に謝ってきた。「しかし、鈴木さんが僕のルールを犯したんです。以前も注意しましたよね。この関係を続けるなら、僕のいくつかのルールに従っていただくことになると。僕の世界は僕のルールで動くからです。悪いのですが、鈴木さんが怒ったところで、ルールを変えることはできません」

「話し合って決めたルールではないですけど」

「ええ、僕が勝手に作ったルールです。もう一度言います。僕にはいくつものルールが存在します。鈴木さんがいずれかのルールに違反して、僕に指摘されて怒るだろうことは、最初から予測していました」

「……それは確かに、そうでした」

最初のころにそんな話をされたのを思い出し、尚美は居心地が悪くなった。

「せめて、名前と名字のルールについて訊いてもいいでしょうか」

「理由を説明します」

物理学者は少しの間考え込んでいるようだったが、ようやく話し出した。

「鈴木さんと物理的に一緒にいられるのは、安全のための三メートルの距離を保ってくれるからです。それとは別に、僕にはもともと、社会的に機能するために人と一定の距離を置くというルールもあります。物理的な比喩で言えば、僕が原子核だとすると、人間は電子です。電子の動き方はファジーです。位置は推定できても、実際どこにいるのか知れませんから、原子核である僕にぶつかる可能性があります。それは僕の望まないことです」

ぶつかる可能性……つまり、他人から不意打ちで距離を詰められるのを避けたいということだろうか。

「鈴木さんは稀に見る行儀のいい電子です。安定した波動関数を持っていて、別の固有状態に遷移したりはしませんから、安心して軌道におくことができます。しかし、ファーストネームで呼んだり、他のルールに反するようなことになれば、原子が不安定になり、崩壊しかねないのです」

「なるほど……では、美悠の場合はどうなんですか？」

「妹さんは、そうですね……自由落下粒子のようです。太陽の中心部で作られているニュートリノのような方です。ニュートリノは他の粒子とは相互に作用しないので、とても把握しにくい。つまり、妹さんは星屑のように降っていくだけなので、僕とは相互作用を起こす可能性はゼロなんです。最初にコンビニの前でお見かけしてから、そう割り切っていました。彼女を僕のルールに従わせようとしてもどだい無理ですし、僕の軌道に置くこともできません。……この説明で、いかがですか」

松崎は視線を谷間に移し、短くなったたばこを口にくわえた。

「なんとなく、わかります」

松崎という人の性格について大きなヒントを得た気がした。しかし、抑えていた疑問がまた湧いてくる。この人は、物理学に譬えたりしてもったいぶっているが、単に人間が怖いだけなのではないか。そうだとすると、磁場も実験も大発見もすべて、物理的な現象ではなく、この人の心から生まれたものになる。では、今ファラのラボで行っている実験の正体とは何か。それに、松崎の仮説を認めているファラはいったいどういうつもりなのか。認めているのは見せかけで、本当はセラピーのつもりで見て見ぬふりをしているのだろうか。CERNではなく自宅のラボを使わせているし、母親的存在だとも言っていたじゃないか。

その疑問を松崎にぶつけたいが、それこそルール違反なのだろう。

雪の冷たい香りがする山風と微かなたばこの匂いを頬に受けながら、不思議なことに気がついた。自分は松崎と交わるかもしれない電子。美悠は松崎と交わることのない自由落下粒子。この物理学者にとっては、「松崎」と呼ばなければならない自分のほうが、「仁さん」と呼べる美悠よりは近しい存在になっているらしい。

「いらないアドバイスだと思いますが、あえて言います」

松崎はビルケンシュトックでたばこをもみ消しながら言った。「妹さんに関しては、鈴木さんの言葉と行動が一致していない気がします」

「どういうことでしょうか」

「鈴木さんの表向きの目的は妹さんの自立ですね」

「私は『自立しなさい』と言って、それを促していますよ」

「そうでしょうか。妹さんによると、僕が彼女と一緒にツアーに行っていた間も、昨夜ビッグバンに行く前も、鈴木さんは頻繁(ひんぱん)にＬＩＮＥを送ってアドバイスや注意をしていたそうですね。彼女は『お姉ちゃんは放っておくふりをしていながら、私が失敗するのを待っているだけなのよ』と僕に言いましたよ。そういうＬＩＮＥを送ったのは事実ですか」

「それは……まあ」

「送ったんですね。本当に自立させるのが目的なら、もっとポジティブな言葉を使って、目的に合う行動を取るべきではありませんか」

松崎の言葉が尚美の胸に突き刺さった。

ポジティブな言葉!? 目的に合う行動!?

人が近づくことを「望まず」、女性が自分のことを好きになるのが「不愉快」で、宇宙を「寂しい」という厭世家(えんせいか)の口から、自分を生かそうとしている人間に向かって、なんという言葉が出てくるのだろう!

尚美は何も言わずに、車に向かった。

6 壊されたフラワーボックス

翌朝、尚美は朝つゆがまだ光っているメランの平和な路地裏を散策した。そしてカフェ＆バーのテラスでカプチーノを飲んでいた。あんな人に「目的に合う行動」を取っていないと指摘されたのはつらかった。しかし、振り返ってみると最近の自分は確かに不安に負けて、いつもと違うことを考え、違う行動をとっていた。認めるのは悔しいけれど、松崎は美悠の証言に基づいた評価を下したのだろう。

美悠は遅くまで寝ていた。十時ごろ目を擦りながらテラスに現れ、椅子に座り込んだ。バーカウンターの女性にハムエッグを頼むと、食卓塩を手に取ってしんみりと見つめた。美悠はジュネーブに来る前のような暗いオーラに包まれていて、自分にしか見えない鬱陶しい景色を見つめているようだ。

尚美はその顔が怖い。

「私、バカだったね。子どもでもできる簡単なゲームも、私にはできないんだ、私……」

尚美は内心ため息をついた。こんなふうになった美悠と何回会話をしたか知れない。いくらポジティブな言葉で励ましても、相手の心まで届かず、無益な繰り返しでしかない。言葉を慎重に選ばないと、ジュネーブでの目覚ましい進歩が一気に消えてしまう。

「そんなことないよ」

尚美が口を開くと、美悠は少しだけ頭を上げて、生気のない目で尚美を見た。

「ファラもビッグバンは難しいって言ってたらしいよ。物理学者でも失敗するんだって。それでも挑戦して、大変でも頑張ったんだよね」

「でも、最後には失敗したよ。それで、忙しかったのに仁さんを勝手に呼びつけて」

無意識だろうが、美悠は去年作った左手首の切り傷を擦っている。

「お姉ちゃんの言うとおり。私は責任感ゼロで、人を困らせてばかり」

「松崎先生は全然そう思ってないよ。昨夜彼と話したんだけど、美悠のことを自由に降り注ぐ星屑だと言ってたよ。素敵じゃない？」

「そうなの？」

美悠は尚美をじっと見つめた。

「私もね」

尚美は意を決して、言った。「美悠には星みたいに自由に輝いていてほしい」

美悠は塩をテーブルに置いて、朝日で光るサンザシの生垣をかすかな笑みを浮かべて眺めた。不思議なことに、「星屑」という松崎の言葉だけが、美悠の傷ついた心に届いたらしい。

ハムエッグが来た。美悠はフォークを手に食べ始めた。尚美は静かに見守っていた。

「昨日のフランス人のおじさんはアンリっていうんだけど」

美悠はハムを一口食べた。「木の下で死にそうになっている私を見つけて、自転車をトラックに乗せて農場のコテージまで連れて行ってくれたんだ」

「松崎先生はどうやってそこまで行ったの？」

「アンリさんにコテージまでの行き方を教えてもらって仁さんに伝えたら、水やジュースをいっぱい持ってきてくれて、みんなで飲んだの」

美悠は微笑むと明るい口調になった。「仁さんが家に入ってきてくれないから、アンリさんはテーブルを半分テラスへ引きずり出して、端に座ってもらってた」

尚美も長いテーブルを隔ててじっと座る物理学者の様子が目に浮かんで、頬を緩めた。

「アンリさんはCERNの昔話もしてくれたよ。一九五〇年代にCERNが出来たばかりのころ、素粒子を加速するために『サイクロトロン』という機械が作られたの。そのために巨大なマグネットが必要だったらしいの。ものすごく大きなマグネットよ。軍隊のトラックでCERNまで運んできたんだって。フランスの田舎は道路が狭いし、いろいろ苦労したみたい。それで、アンリさんのおばあさんが住んでいた村は家と家の間が特に狭いから、油圧ジャッキを使ってマグネットを傾けないと運べなかったそうなの。できる限り傾けたけど、それでも数センチしか余裕がなかったって」

「すごい話ね」

「でしょ？　マグネットがおばあさんの家の壁の前を通るとき、おばあさんは窓枠から顔を出して見物していたの。ぎりぎりすぎて、窓の外のフラワーボックスを壊したそうよ。おばあさんはカンカンに怒ってCERNに請求書を送ったけど、無視されたんだって」

「それはそうでしょ」

「それからアンリさんは酔っぱらって、仁さんをからかってた」

「からかった？」

「うん、莫大（ばくだい）なお金を使って粒子を周長二十七キロもLHCで回しているくせに、一人のかわいい女の子にLHCの上を回らせることはできなかったって」

尚美はくすっと笑った。

「私はアンリさんと奥さんとずっとフランス語で話してたの。ときどき仁さんに通訳してあげたけど。それでね、暗くなってそろそろ帰ろうと立ち上がると、暗闇の中から仁さんの手がのびてきて、お金をテーブルに置いたの。『お祖母様のフラワーボックスの弁償金です』と伝えてくれって。アンリさんと奥さんは喜んでたよ。仁さん、領収書も書いてもらってた。これで清算できるって」

「すごい冒険だったね。これからもフランス語を生かせたらいいね」

「仕事のことでしょ？　そう来ると思ってた！」

7　フランス人の冗談がわからない物理学者

それから二日経ち、七月七日になった。帰国まであと数日だ。朝にファラから一緒にコーヒーを飲みに行かないかと誘われた。話したいことがあるという。

尚美は不安になった。先日のテラスでも、美悠からドキッとすることを聞かされたからだ。

『仁さんはずっと体調がよくないみたいだね。アンリさんの家を出るとき、ぐらっとよろめいたの。ドアにちょっと寄りかかっていたら治ったけど。実験のやり過ぎかもね』

松崎はジュネーブに来てからずっと顔は蒼白（そうはく）で、常に疲れているようにみえた。体の具合が悪いのか、メンタルの調子が悪いのかわからないのだが、気になっていた。

尚美とファラはメランの小さなカフェで落ち合った。いい天気なので、そよ風の吹くテラス席に座った。平日なのに、たくさんの人が日光を浴びてゆっくりとコーヒーをたしなんでいる。犬を連れてきている人もいた。尚美が不思議そうに眺めていると、ファラは笑った。

「忙しい日本人と違って、ヨーロッパ人はのんびりした生活を送っているのよ。私も、今朝の実験はヒトシに任せて、お出かけすることにした」

ファラは蝶（ちょう）の形をした濃い紫の眼鏡をかけてメニューを眺めた。ウエイターが通りかかり、アメリカーノを頼んだ。尚美はカプチーノにした。

「ヒトシは、遅れた分を取り戻すって今日は張り切ってるのよ」

今日は元気だと知って、ほっとした。

「先日は実験の邪魔をしてしまい、本当にすみませんでした」

「いえ、ヒトシはね、モグラみたいに地下室のラボに籠（こも）ってばかりいたから、たまには外を歩いてビタミンDを体に取り込む必要があったのよ」

「実験は進んでいますか」

「ええ。詳細を教えたいけれど……」

ファラは藍色と褐色のアイシャドウでくっきりと縁取（ふちど）られた美しい目で尚美を直視した。

「この実験は規模が大きくてね」

とファラは先日言っていたことを繰り返した。「ヒトシは一角獣（ユニコーン）を追いかけまわすような人じゃないのに、ユニコーンを捕まえてしまったのよ。おまけにユニコーンは、事故と直接の関係があるの……。二〇一八年にCERNで起きた事故のことを、知ってると言ってたわね?」

尚美はクリスマス・コンサートの夜に松崎が言っていたことを思い出した。

『僕は、ビームパイプの生きた回路に触れて、感電しました。二十ミリアンペアの電流を受けて、失神してコンクリートの床に倒れたんです。運が悪いことに、頭がビームパイプにぶつかって、パイプを曲げてしまいました……』

「松崎先生、あ、ヒトシが感電して意識を失ったことと、ビームパイプを曲げたことは聞きましたけど、詳しい経緯までは知らないんです」

「実は……」

ファラはさっと左右を見回し、誰も聞いていないのを確認した。「ジャン・サンジェルマンがCERNを去ったのは、その事故のことでチーム・リーダーの資格が問われたからなのよ」

「ジャン・サンジェルマンって以前おっしゃっていた人ですね?」

「ヒトシはあなたに言ってなかったの?」

ファラは驚いたように、濃くて優雅な眉を引き上げた。

「ええ。ビームパイプに頭が当たって、LHCが故障したことは話していましたが、その人については何も」

「大事故で、安全が確認できるまでアップグレードはしばらく中断された。ヒトシは自分のせいだと思っているようだけど、実は、かなり込み入った事情があったのよ。私はロング・シャットダウン、つまりLHCが何年か一時停止していたときにもCERNにいたけど、そのときは上級研究員じゃなかったし、ヒトシのチームとも関わっていなかった。事故の真相がわかったのは、当時ヒトシのチームで働いていたあるインターンが経緯を話してくれたからなの。前にも言ったけど、私は母親のような存在だから、みんな寄ってくるのよ」

「ジャンは松崎先……ヒトシ……に何をしたんですか」

二人が注文した飲み物が来た。尚美はカプチーノを一口飲んだが、ファラの話で頭がいっぱいで、ほとんど味がしなかった。

ファラもアメリカーノを一口含んだ。

「ここのコーヒーは香ばしくて美味しいわね。それに、CERNの連中があまりこないから自由に話せる」

ファラは顔を空に向け、降り注ぐ陽光を楽しむように目を閉じた。そして、まっすぐに尚美を見た。「インターンはジェイコブ・スタンリーというアメリカ人の男性だった。彼は当時CERNに来たばかりだったし、ヒトシはヒトシで英語にハンディがあって、二人ともチームの人たちとなかなか打ち解けられなかったから、ヒトシはジェイコブに同情したようね。設備の使い方やルールを、ヒトシはジェイコブに丁寧に教えてくれたって。とても優しかったそうよ」

尚美は苦笑した。ジェイコブは、自由落下粒子のように動きが把握しづらい美悠同様、ニュートリノ型の人間に違いない。

「ジャン・サンジェルマンはフランスの一流大学の出身で、業績も十分。ヒトシはそのとき、東京大学のICEPPのチームと一緒に来ていて、ATLAS実験のアップグレードを手伝っていたの。ジャンのチームとの共同作業で、ジャンが両チームのリーダーだった。ジェイコブによると、ジャンがヒトシのことを嫌いになったのは、あるミーティングでのヒトシの発言が原因だそうよ。ジャンがランブックのことを説明していたときに……」

「ランブックというのは何ですか」

「たくさんの人が関わるプロセスを、できる限り効率よくするための手順を示したマニュアルのことね。ジャンはプライドが高いから、自分が作成したランブックは完璧だと思っていたんでしょう。でも、ヒトシはプロセスをより短くより効率的にできると、いくつかの具体例を挙げてジャンに意見した。それがジャンの怒りを買った。ジェイコブによると、ヒトシは意見するとき、『優雅じゃない(インエレガント)デザインだ』と言ったらしいの。英語の間違いで、本当は『効率的じゃない(インイフィシエント)デザインだ』と言うつもりだったんでしょう。ノット・イフィシエントと言っただけでもリーダーに対してかなり失礼なことになるのに、ノット・エレガントと物理学者が言っては何倍も悪いことになるのよ」

尚美はふと天王寺動物園でのことを思い出した。

『僕は全部のルールを守り通して、論理的な死を遂げたかったんです。そうでなくては……優雅じゃない(インエレガント)です』。ミーティングで「インエレガント・デザイン」だとジャンに指摘したのは、果たして英語の間違いだったのだろうか。

「そのとき、ヒトシはただの博士研究員だった」

とファラは続けた。「ジェイコブによると、ヒトシが意見を言ったのはＩＣＥＰＰの同僚に

『英語に自信をつけるためにミーティングで発言しろ』と言われたからなんだって。皮肉なことね、かわいそうに」

「………」

「それ以来」ファラはため息をついた。「ジャンはヒトシの英語を馬鹿にするようになった。ヒトシと話していると、わざと特別にわかりにくい表現や時代遅れの言葉を選んだりして、ヒトシが困る様子をチームに見せるのが趣味みたいになってしまった。たとえば、ヒトシが腕時計を見ていたとき、ジャンが『あなたは密会(アシグネーション)に行くのかい』と訊いたらしいの。ヒトシは仕事(アサインメント)のことかと思って、『イエス』と答えてしまった。そんな面白くもないいじりに、チームの人たちはよく笑っていたみたい」

　尚美の眉間(みけん)の皺はいっそう深くなった。

「ジャンのいじめは、ビームパイプの事故とどう関係があるんですか」

「それが事故の直接の原因だと聞いたわ。その日ヒトシは、前夜からトンネルに降りていて、粒子検知器のアップグレードを行っていた。徹夜して相当疲れていたことでしょう。コントロールルームの監督者はジャンだった。インターンのジェイコブも早起きしていて、コントロールルームにいたから、ジャンがヒトシからの電話を受けたのを聞いていたのね。ヒトシがジャンに、ピクセル光輝度検出器(PLT)の高電圧(HV)を止めるように頼むと、ジャンは怒って、どうしてラップトップを使って止めないのかと責めたらしいのよ。ラップトップで止めることもできるのだけど、ヒトシに貸与されていたのは一番古い型だったから、しょっちゅうトラブルが起きていてね。それでジャンに頼んだらしいの」

「ひどい……」

「そうよ。その日は最悪だった。ヒトシが行う予定だったアップグレードは、実はその直前にジャンによって翌日に延期されていたのに、ジャンはヒトシにまだそれを伝えていなかったの。だから『stop（ストップ）』と伝えればよかったのに、中断と同じような意味の『on hiatus（ハイエタス）』という難解な英語をジャンは使った。ジェイコブはそれを聞いて、また始まったと思ったと言っていたけど、当然、ヒトシには通じなかった。それからもジャンは難しい英語でからかった挙句（あげく）、ヒトシに『電流を止めたから続けて』という意味だと勘違いするような言葉をあえて使ったらしいの。ヒトシはジャンが電流を切ったから作業を続けてもいいと思って通話を切った。すぐに作業を始めたヒトシを見て、ジャンはまずいことをしたと気づいて電話をかけ直そうとしたけど、ヒトシはすでに機械に触れてしまっていた、というわけ」

尚美は目を閉じた。電流に激しく揺さぶられて床に倒れこむ松崎を想像して、胸が痛くなった。

「捜査はあったんでしょう？」

尚美は訊いた。

「ジャンは過失を問われなかったんですか」

ファラは尚美の視線をしっかり受け止めながら、「答えは、ポリティクス」と言った。「事故後、もちろん捜査も行われたし、反省会もあった。私も、ジェイコブから聞いたことをディレクターに報告した」

「そうですか」

「確かに、プロとは思えない許しがたい振る舞いだった。だけどジャンはCERNに貢献している一流大学の高名な物理学者だったから、ディレクターは彼を敵に回したくなかったみたい。それに、ジャンにとって運のいいことに、ヒトシは感電したショックで事故の前後のことをまったく覚えていなかった。ジェイコブもジャンの復讐(ふくしゅう)を恐れて公の場で証言するのをためらった。私も含めて異議を唱える人はたくさんいたけど、ジャンはまもなくCERNを去ったし、結局、とても残念な事故として扱われた」

「………」

「ヒトシがすぐに帰国したのは、ジャンが怖くて、屈辱的だったというのが本当の理由だと思うけれど、その逃げ方は、彼が悪かった証拠と取られてしまったのね。ヒトシがジュネーブに来てから私は何回か真実を伝えようとしたけど、いじめがよほど屈辱的だったんでしょう、ジャンの名前さえ聞きたがらない。今は実験に集中すべきときだし、無理に聞かせようとは思ってないの」

ファラはコーヒーカップを置いて、尚美の手をぎゅっと握った。

「私にも責任があるの。CERNで私は上級研究員という立場を得たのに、事故を葬ったままにしてしまったから。心から謝りたい。だからこそ、今ヒトシを応援したいのよ」

「ユニコーンを追いかけることを、ですか」

「そう！　私も、全身全霊でユニコーンを追って行くつもりなの」

ファラの温かい言葉に勇気を得て、尚美は訊ねた。

「アマディ先生は、ユニコーンを信じているんですか？」

ファラは手を離し、道を歩いている子連れの家族に目をやった。

「まだ見たわけではないけど、ヒトシのあとから森に入ってみたわ。ミクロの世界ではアインシュタインでさえ驚く現象が起こったりするから、電子顕微鏡を覗いて、そこにユニコーンを発見しても、私は驚かない」

8　ポテトチップスの物理学

尚美はジュネーブの中心地に出て、旧市街で二つの博物館を見物してから、石畳の小道を歩き回った。この町には中世の壁や老舗の店がたくさん残っていて、風情がある。

喉が渇いたのでカフェに入り、オレンジ・スプリッツァーを頼んだ。橙色の飲み物は夏の日差しの中で輝き、町行く人の声は遠くの蜂のようにぶんぶん鳴っていた。平和な光景なのに、心は穏やかでなかった。

CERNで危うく殺されかけた松崎は、キャリアが台無しになったというのに、その不正を働いた者は逮捕されず、元の大学で安定した地位にいる。今も何かのチームリーダー役を務め、弱い者いじめをしている可能性が高い。

スプリッツァーはほどよい甘さのはずなのに、突然妙に甘ったるく感じ、喉の奥から胆汁(たんじゅう)がせりあがってきた。咳をして、苦い液体を慌てて飲み込んだ。

ジャンは裁判にかけられるべきだが、もう手遅れだろうし、ファラによると証拠が足りない。あったとしても、松崎はそういう裁判をしたいとはとても思わないだろう。

松崎のトラウマの本当の原因が、ようやくわかった気がした。事故前後の記憶がないので、自分のミスだと今でも思っているようだが、それは間違いだ。だけど、本当はジャンに殺されかけたと知ったところで、心の傷は治るのだろうか。それとも、より深くなるのだろうか。

「ユニコーン」の話も心配だ。ファラは事故のことを追及しない負い目もあって、松崎を全力でサポートしてくれている。でも、果たして実験の成果は出るのだろうか。アインシュタインを驚かせたのがどの現象か知らないが、ミクロの世界は物理法則に完全に支配されており、神話動物がうろつくような中世の森ではない。

スマホで「物理学　ユニコーン」と検索した。出て来たのは世界で初めて写真が撮られたブラックホールシャドウに関する二〇一九年の記事だった。遠い大犬座の近くにあるこのユニコーンが、松崎の脳にある磁場と関係しているとは思えない。

「ユニコーン」は広くは珍しい物を象徴する言葉だから、不思議な素粒子の世界ではいろいろな現象に当てはまりそうで、具体的なイメージが全然湧かない。だからこそ、ファラはその言葉でなら伝えてもいいと思ったのかもしれない。

尚美はスプリッツァーを置いて、水を頼んだ。

不安を振り払うために、目を閉じてジュネーブにあるサン＝ピエール大聖堂の平和的な外観を思い描いた。


滞在最後の週末、尚美はあまりお金を使わずに静かに過ごした。ジャンについて話したくて松崎をドライブに誘ったが、「今は研究の真っ最中なので、無理です」と五時間後に短い返信が来ただけだった。

月曜日の夜に、尚美と美悠はカフェ＆バーで隣り合って意気投合した老女のアパートに呼ばれた。赤と白の古めかしいギンガムチェックのテーブルクロスの上に、スープやパンの他に、金縁の小さなワイングラスが置いてあり、上品でこぢんまりとしたご馳走をいただいた。老女の友達も遊びに来ていて、美悠が上手に通訳してくれたおかげで話は盛り上がった。

美悠がキッチンでデザートの準備を手伝っている間、尚美はベランダに出てみた。高い窓から、ジュラ山脈の盆地が見渡せた。黄金色の夕日に照らされた牧歌的な広い盆地の中央に、場違いな建築物が二つ見えた。三十メートルぐらいの高さの茶色の球体と、平行に並んだ巨大なチューブだ。球体はＣＥＲＮの「科学と技術革新の球体（グローブ・オブ・サイエンス・アンド・イノベーション）」で、チューブは翌年オープンする案内所「サイエンス・ゲートウェイ」だ。

部屋に戻ろうとしたとき、スマホが振動した。ファラからだった。

《ナオミとミユが退屈しているんじゃないかってヒトシが心配してる。ジュネーブの滞在もあと

三日だし、ようやく実験も一段階したから、明日パーティーに来ない？》

美悠に伝えると、にこりと笑って親指を立てた。

《喜んで》と返事した。

《素晴らしい！　明日の午後二時にうちへ来て》

そのすぐ後、松崎からショートメールが届いた。

《パーティーでピアノを弾いてくれたら嬉しいです》

尚美は小首を傾げた。松崎が本当に二人のことを「心配している」のか、ただピアノが聴きたいだけなのか微妙だ。

火曜日の午後、BMW-X5でファラの家に向かった。

風は強く、外でのパーティーには理想的ではない。

「私たちはダイニングに座りましょう。ヒトシはフランス窓を開けっぱなしにしてテラスに座りたいと言ってる。中にいても三メートル離れて座れると言ったけど、譲らないのよ」

ファラは真紅のシルクのヘッドスカーフを押さえながら言った。

地下のラボから上がってきた松崎は軽く挨拶しただけで、Tシャツを風に揉まれながらテラスの椅子に座った。パーティーを提案した本人とは思えないほど「難しい顔」をしていた。

三人はファラが作ってくれた美味しいサンドイッチとサラダ、仁さんと美悠がアジア系のスーパーで見つけてきたカレー味のポテトチップスを食べはじめた。

美悠はファラにビッグバンの冒険を語っていた。ワインでフランス語がより流暢になったとみえ、ぺらぺらしゃべっている。

「あのゲームは『子ども向け』と書かれているけれど、難しくて、二つ目のステーションで諦める人が多いみたいよ。『加速ステージ』まで行けたなんて、素晴らしいわ！」

ファラは笑い、美悠に向かって拍手をした。「そうだよね、ナオミ！」

「ええ」

松崎まで上目遣いと捻れた唇で尚美に笑いかけてくるので、乾杯するようにワイングラスを彼の方へかざした。

「あそこの大きいコイル、見えるでしょう？」

ファラは尚美に言った。

使い方が不明な巨大な機材の中心に、四メートルぐらいの高さの金属のコイルがあった。

「ヒトシをあの中へ落として、モノポールのシグナチュールをキャッチしようと提案したの。ヒトシはいやだと言っていたんだけど……あっ」

松崎の顔を見て、

「ナオミ、ピアノを弾いてくれる？」

とファラはすばやく話題を変えた。

楽譜をめくりながら、尚美はファラの言葉について考えた。「モノポールのシグナチュール」とは、なんなのだろう。松崎の反応からすると、極密情報なのかもしれない。「モノポール」というのが、ユニコーンなのだろうか。まったく意味がわからない。

ピアノ椅子からも巨大なコイルが見えた。松崎が人形のようにピンセットで宙ぶらりんにされ、その中へ落とされるのを想像した。さっきのはファラの冗談だったのだろうか。謎の多い素粒子物理学だから、本気だったのかどうかもわからない。

体中に不安が広がった。ファラと松崎の追いかけているユニコーンが、本当に捕まえられればいいのだが。

気持ちを落ち着かせるためにバッハを弾くことにした。正確で規則正しい旋律を聴けば、松崎も安心するだろう。

テーブルではファラと美悠がファッション誌を見ながら楽しそうに話し込んでいた。

松崎は、テーブルの上の一枚の美しい形のポテトチップスを熱心に眺めていた。遠くから見ても、粋なポテトチップスだとわかった。少しも崩れていなくて、鞍のように優雅なカーブを描いていた。カレーパウダーがまんべんなく表面を覆っていて、素晴らしい味を約束している。最後に取っておいたポテトチップスなのかもしれない。

松崎はゆっくりと手を伸ばした。しかし、その瞬間風が吹き、ポテトチップスが空に舞い上がった。

松崎は驚いてバランスを崩し、転びかけた。

尚美は息を吸い込んだ。美悠が声を上げるのが聞こえた。

松崎は右手でかろうじて身体を支えたが、顔がテーブルの縁に当たったようで、顎に少し血が滲んでいる。

ファラは飛び上がって近寄ろうとしたが、松崎は必死に手のひらで制し、「自分で手当てします！」と叫んだ。

尚美も立ち上がりかけたが、また座り、平静を装った。どくどくと心臓が跳ねていた。ちょっとバランスを崩しただけで、顔までぶつかるはずがない。

何かがおかしい。

松崎はファラが用意してくれた絆創膏を持って洗面所に向かった。しばらくして戻って来たが、もう尚美と目を合わせることはなかった。

一時間後、尚美と美悠はホテルに戻った。美悠はベッドでフランスのファッション誌をめくり、尚美はテーブルでCERNのギフトショップで買った物理学の本を読み始めた。表紙に「入門」と書いてあるが、英語で書かれている上に、辞書を引かなければならない専門用語がこれでもかと詰まっていた。本というより辞書を読んでいる気がしてきたが、鉛筆でノートを取りながら二時間ねばった。
眼が痛み出したころ、着信音が鳴った。
《ドライブに行きませんか》
この言葉をずっと待っていたことに、尚美は気づいた。
《はい》
《では、ホテルまでこれから迎えに行きます》

尚美は立ち上がって、バッグを拾い上げた。

「どこ行くの」

ベッドでチョコレートバーを齧りながら美悠が聞いた。

「松崎先生とドライブ」

美悠は上半身を起こしてにやりと笑った。

「デートだ！」

9　ジュネーブの空の黒い点

松崎がドライブコースに選んだのは、モン・サレーブという山道だった。前回はスピードを控えめにしてくれたのに、今回は容赦なかった。ブレーキランプを点滅させながら、ロードスターは釣り人から逃げるヒメハヤのように急カーブを縫って行った。仕方なく、尚美はスピードを上げて追いかけた。

ロードスターは人でいっぱいの展望台を過ぎ、砂利だらけの小さな車寄せに止まった。ウインカーが点滅したのが直前だったので、衝突しないよう急ブレーキをかけざるを得なかった。鼓動は激しく打ち、車を降りても収まらなかった。

松崎もロードスターを下りると、細い砂利道を先に立って進んだ。十五メートルぐらい行くと、ジュネーブとレマン湖を見渡せる場所に出た。あまり知られていないところのようで、二人の他には誰もいなかった。

夏霞の向こうにモンブランがかすかに見える。

松崎はたばこを一本口にした。尚美はスマホで呼びかけた。

「ここも素敵な眺めですね」

「数日前に見つけました。人がいなくて、気に入っています」

二人はしばらく景色を眺めていた。

「僕は無愛想でつまらない人間です。もう飽きたことでしょう」

「…………」

「答えてください」

「いいえ。これからも、お役に立てることがあれば喜んでやります。松崎先生はこちらに来てから実験が捗っているようなので、帰国してもまだマネージャーが要りそうですね」

「そう言っていただけると嬉しいんですが……もっと大変な役割になりそうですよ。マネージャーの職を下りるのなら、今が潮時だと思います」

「大変になるというと？」

「これからは、実験の手配だけではなく、僕の健康管理と、最後には僕の死体の処理も頼まなければならないんです」

「死体」という言葉が、重く黒い点としてレマン湖の上空に現れ、ジュネーブの盆地の上で鬱陶しく漂い始めた。

「何を言っているんですか。ここまで維持した身体を……なぜ捨てるのですか」

尚美は、怒りで震えていた。「こんなに、一緒に、頑張ったのに……。挙句の果てに、呆気(あっけ)なく、死ぬんですか」

「怒っているようですが、僕は以前も今も、命を捨てるわけではありません。磁場の関係で、やはり、生きたくても死ぬことになるんです」

「……まったくよくわかりません」

冷ややかな声が喉からこぼれた。

「そうでしょう」

レマン湖を見下ろす松崎は、空に浮かぶ真っ黒い粒子にも放射されている憂鬱にも気づいていないだろう。

尚美は松崎を見ないように、身体をモンブランの方に向けた。縮み上がった貧相な氷河があった。

たばこの匂いがかすかにした。

「鈴木さんは僕を生かすために尽力してくれました。深く感謝しています」

その言葉は非常に近くに聞こえた。

氷河が真っ白な流れでなく小さくて汚い小川であったことに、尚美は途方に暮れてしまうような喪失感を抱いた。

スキーブーツで窓を壊したのは、何のためだったのだろうか。ドレスをだめにしたのは。内城喜朗と無駄な時間を過ごしたのは。元カレまで使って仕事を探したのは。わざわざジュネーブまで来たのは。いったい、何のためだったのだろうか。

「このままホテルに帰って僕と縁を切ってくれてもかまいません。……しかし、……もしも、マネージャー役がいやになっていなければ、ここで全部明かしてもいいと思っています」

「私に、何を明かすんですか」

死にかけている氷河を眺め、気候変動を起こした人類すべてに激しい怒りを覚えた。

「全部話します。CERNで僕に本当に起こったことと、実験の内容、それに脳幹にある磁場の本性と、そのせいで僕がこれからどうなるかということを」

尚美は驚いて、振り返った。松崎は尚美をまっすぐに見据えていた。

「他人に話すのは、僕にとってはとても大変なことです。人を信じるのが、難しいので。それでも鈴木さんには、全部話したいと思います」

「…………」

「聞いてくれれば、ですけれど」

二人を包む空気は息ができないほど張り詰めていた。

尚美はスマホを下ろし、ジャケットのポケットにしまった。目を閉じ、モーツァルトの「初心者のための小さなソナタ」の最初の十二小節を指で弾き始めた。これで必ず落ち着くはずだ。弾き終われば、頭が空になっていて、ゼロからスタートできる。

しかし十二小節では止まらずに、二十八小節まで弾いてしまった。終えてみると、怒りは薄れていたが、ゼロにはなっていなかった。ファンに対しての複雑な感情が残っていた。

松崎は尚美の指を見ていた。

「聞こえてきました。そのソナタをよく知っています」

尚美は無理をして笑った。

「話を、聞いてくれますよね?」

「ええ、話を聞きましょう。……ジャン・サンジェルマンのことと、関係があるんですよね?」

たばこを吸い込んだ松崎は、怒った龍のように鼻孔から煙を吐いた。

「あの人が昔やったことやこれからすることなどに、一ミニムの関心もありません」

ミニムというのはきっとナノグラムくらい非常に小さな量を表す単位なのだろう。

「CERNでの事故は松崎先生のせいではなかったんです。ファラが全部教えてくれました。先生はジャン・サンジェルマンに殺されそうになったんです。彼がやったのは犯罪です。裁判にかけるべきだと思います」

「そんなつまらないことには、まったく関心がありません。僕がこれから話すことと比べたら、何の意味もありません」

「…………」

「鈴木さんはアマディ先生の家で『モノポール』という言葉を聞きましたね?」

「ええ。どういう意味かわかりませんでしたけれど。でも、ジャン……」

「ファームハウスで実験をした結果、僕が去年の秋に予測したことが事実だと確認できました。僕の脳にある磁場の中心に、磁気単極子という素粒子があるんです。英語では、『モノポール』と言います」

松崎は尚美の反応を窺っているようだった。

「磁気単極子、ですか。すみません、まったくわかりません。素粒子の種類ですか」

「ええ。単極子は素粒子で、CERNでは質量が0.2-0.4 TeVだろうと想定していましたが、僕とファラの計算では、有効数字三桁に丸めると0.294 TeVです。磁石にはN極とS極がありますよね。どんなに小さく割っても、両方あります。でも、モノポールにはS極かN極の、どちらか一つの極しかありません。モノポールは、物理学者がずっと探していた不思議な粒子です」

「ユニコーン、なんですね」

松崎は警戒するように眉をひそめた。「アマディ先生の言葉ですね。すでにモノポールのことについて聞いていたんですか」

「いいえ。二人でユニコーンのように珍しい物を追いかけていると聞いただけです」

「黙っていてくれたらよかったのに。でもまあ、適切な表現ですね。僕ら物理学者はモノポールの存在を昔から想定していました。もし存在すれば、基本定理に完璧な対称性があることになりますので、一番見つけたい素粒子の一つです。しかし、いくら探しても見つかりませんでした。つまり、ユニコーンのように神話的な粒子なのです。僕も、脳に付着するまでは、ずっと見つからないだろうと思っていました」

「すごい発見ですね」

その割に松崎は終始暗い顔をしている。

「新しい粒子を見つけた物理学者は必ずノーベル賞をもらいますよね？」

「普通の場合は、そうです。しかし、この場合は違います。僕の脳にあるモノポールは、物理学のいくつかの原則に反しているんです」

「どういうことですか？」

「ミクロの世界の粒子がマクロの世界に飛び込むこと自体、ましてや僕の体内に入って脳に付着するなんてことは、物理学的には絶対に不可能なんです」

松崎は硫黄（いおう）を嗅（か）いだかのように顔をしかめた。「それなのに、この粒子は僕の脳に入り込んでしまいました。宇宙も、僕も、こんなルール違反を嫌います」

「………」

「モノポールは素粒子にしては非常に質量が大きく、LHCが達成できるエネルギーではまだ低すぎて作れないだろうと思われていましたが、そうではないようです。このモノポールは多分、LHCのイベント、つまり素粒子の衝突でできて、ビームパイプのケーシングに入っていたのでしょう。それが事故のときの電流で、僕の体内に飛び込んだとしか考えられません」

「LHCが作る素粒子は」

尚美は少し考えてから言った。「一瞬の何兆分の一の存在じゃなかったですか。モノポールはどうしてそこにとどまることができたんですか」

「モノポールは他の素粒子と違ってすぐには消えません。ＣＥＲＮではMoEDALと言って、モノポールを捕まえる実験があります。ＮＴＤシートというプラスチック性の板をスタックに組み、トンネルに置きっぱなしにするだけの実験です。もしモノポールがあって、スタックを通るとすれば、シート内の超高分子の構造を破壊して、痕跡を残すはずです。MoEDALの担当者たちはスタックを繰り返しスキャンして、その痕跡を探しています。だから、モノポールがビームパイプのケーシングに入っていたのはあり得ない現象ではありません。あり得ないのは、僕の脳に付着し、磁気力で周りの細胞に影響を与えていることです。おまけに、モノポールは僕のヘモグロビン細胞に便乗することで、巨大化したようなのです」

「ヘモグロビン細胞に、便乗した？」

尚美はこの専門用語だらけの説明が消化できなくなってきた。

「そうです。モノポールは僕の脳幹の中のヘモグロビン細胞に付着したのです。脳幹が脳の中で一番磁気性が高いからかもしれない。ご存じのとおり、ヘモグロビン細胞は鉄を含みますので、モノポールと引き付け合ったようです。それから、さらにあり得ないことに、周りのヘモグロビン細胞を少しずつ磁化していき、Ｓ極、またはＮ極の、どちらか知りようがない塊になり、結晶成長のようなプロセスで巨大化しました。

とにかく、僕は困っています。貴重な素粒子を発見したのに、その粒子は非現実的に作用しているんです。以前からモノポールかもしれないと見当はついていましたが、そのころは証拠もなく、ＣＥＲＮから夜逃げして東大の仕事を失ったばかりだったので、発見を誰とも共有できませんでした。しかし、無視もできません。大輔くんの悲劇的な死が示したように、未知の危ない属性が、僕の脳の外にまで影響を及ぼしていました。

最初はいろいろな実験をして、どうすれば腫瘍(しゅよう)を崩壊させモノポールを単離(たんり)できるか検討しましたが、どれもだめでした。鈴木さんに出会ったころになるとようやく諦めがついて、自殺するほかないと考えていたんです。そうしない限り、僕の脳で起こっている危険な作用を止めることができなかったからです。それに、死にさえすれば、モノポールをCERNに送ることができます。僕を受け入れようとしなくても、それぐらいは引き取ってくれるだろうと思ったので」

松崎は苦笑した。

「ところが、鈴木さんがよりいいラボを提供してくれたので、僕はもう一度努力してみました。新しい方法を考え、より精密な機械で実験してみたのですが、単離することも作用を止めることもできませんでした。ジレンマの解決には至らなかったのです。

鈴木さんがアマディ先生に連絡したのには、驚きました。ここで彼女の力を借りながら、どうすれば僕の身体を破壊せずにモノポールを研究できるか考えました。アマディ先生は成功したと思っていますが、この数か月僕が疑っていたように、腫瘍は巨大化しているんです。大きくなるのをミューメタルの帽子を被ることで抑制しようとしているんですが、縮まるどころか、巨大化は加速しているようです」

松崎は訴えるように尚美を見つめた。

「ですから、僕は最初から自殺志願者なんかじゃなくて、実際には、生き続けるために大きな努力をしてきたんです」

尚美はしばらく松崎の悲しい視線の虜になっていた。

いつしかレマン湖の上の黒い点は破裂し、ジュネーブの上に藍色の絶望を広げていた。

……待って。絶望する？　鈴木尚美が？

尚美は首を強く振り、絶望が谷間に充満しないうちに空から拭き消した。

「摘出手術をすればいいじゃないですか。命は助かるし、実験もずいぶんしやすくなるでしょう？」

「手術？　まさか。磁気性腫瘍ですよ。ＭＲＩが撮れますか。金属のメスが使えますか。何が起こるかわかりません。それだけじゃありません。安全のために少なくとも三メートル離れて手術しなければならないんです。誰だって不可能だとわかるでしょう？　万が一摘出できたとしても、腫瘍が壊されてしまいます。次に僕のようなアホが現れてモノポールがくっつくのは百億年後かもしれないのに」

尚美は頭の中で彼が指摘したことを次々と撃ち落とし始めた。医療機関には当たったんですか？　最初から無謀だと決めつけるんですか？　しかし、それを話せないうちに、松崎は早口で続けた。

「手術のことは忘れてください。それより、もしもですが、この話を聞いた上でマネージャーを続けるつもりなら、鈴木さんのお知恵を借りたいんです。僕とアマディ先生はモノポールの存在を確認した今、理論と計算を始め、性質を突き止めなければなりません。それは僕たち物理学者の得意な分野ですが、僕とアマディ先生は生物学者でも化学者でもないので、一番問題になるヘモグロビン細胞との相互作用の仕組みを突き止めるために、鈴木さんの言っていた『繋(つな)がり』が必要なんです」

尚美はほとんど聞いていなかった。何と言えば松崎に摘出手術を受けさせることができるかしか頭になかった。

尚美は松崎の、稀(まれ)に見せてくれる苦みの利いた笑いと、ニュートリノに対する独特の優しさと、雀に対しての警戒心が好きだった。

「力になってくれますか」

この人を死なせるようなことがあってはならない。

「はい」

尚美は即答した。「ただし、自殺の話をやめてくれさえすれば、です。松崎先生は外科医でもないのに、どうして手術ができないと決めつけるんですか。実験と手術の手配を両方引き受けることを条件に、マネージャーを続けましょう」

松崎は振り返らずに湖を眺めていた。

「僕の話を、信じるんですね。ずいぶんおかしな話ですよ」

尚美は考えた。松崎の話によると、原子よりも小さな未発見の素粒子が脳に飛び込み、人間の細胞に付着し、磁気性腫瘍という前代未聞の物ができたということなのだろう。素粒子にとって人間の細胞は、人間にとっての太陽に匹敵するほど巨大なサイズである。そんな偶然など起こり得るものなのだろうか。自分の知識では断言できないけれど、確かに、信じがたい話だ。だけど、この話を信じなければ、松崎が満足するような「言葉」と「行動」の一致ができない。信じるふりでは、だめなのだ。

松崎はすっかり短くなったたばこを捨てた。

「松崎仁という物理学者を、それに……僕という人間を、信じてください」

静かな声で言った。

第三部♪デュエット　鈴木尚美の色

1　暑苦しい会話

　七月中旬に帰国した尚美は、松崎の許可を得て、Ｚｏｏｍで腫瘍のことをファラに相談した。相当なショックを受けていることがＺｏｏｍの画面越しにも伝わってきた。

　質問攻めのあと、ファラはため息を漏らした。

「ヒトシがまだこっちにいたときに言ってくれれば、ヨーロッパのトップの外科医を紹介したのに。いや、彼は人とプライベートな話をするのが苦手だから、どっちにしろ無理だったでしょうね。ああ、なんてことなの」

　ファラは眼鏡を外し、落ちてきたマスカラをティッシュでそっと拭った。「ナオミ、絶対に救ってあげて。本人がいくら抵抗してもかまわないから」

「もちろんです」

「何かおかしいとは思っていたのよ」

　ファラは続けた。「ほら、パーティーで転びかけたでしょ？　ラボにいたときも、二度ぐらい計算を間違えたことがあったの。ヒトシが計算を間違えるなんてことはあり得ないから、気になってはいたんだけど……。私たちは今理論の細部を詰めているところで、ジェイコブもチームに加わって手伝ってもらっているけど、ヒトシはまだシベリア鉄道だから、あまり進捗がないの。彼がいなくてはモノポール理論が成り立たないから、頑張って手術を受けてもらわなければ。彼のこと、これからもお願いね。あなたがマネージャーで本当によかったわ」

「マネージャー……ね」

マネージャーを続けるには、松崎が手術に承諾するという条件が付いているはずだったのに、尚美はまだ言葉と行動を一致させられていなかった。

「そういえば、私の提案について考えてくれた？　CERN(セルン)の人事部からのオファーはきたかしら？」

「受け取りました。ありがとうございます。少し考えさせてくれませんか。今は手術のことしか頭になくて」

「もちろんいいわ。今話している時間ももったいないくらいよね。長話をしてごめんなさい。ヒトシのこと、どうかよろしく」

松崎は、尚美と美悠より十日遅れてシベリア鉄道で帰国し、神戸港で愛車と再会した。疲れた様子で、短い挨拶(あいさつ)のあとすぐアパートに帰ろうとした。それを引き留めて手術を説得しようとすると、松崎は瞼(まぶた)を半分閉じ、世を儚(はかな)むように尚美を眺めた。

「僕のことを心配してくれて嬉しいです。でも、僕は手術を受けても助かりません。僕を助けたければ、仕事がスムーズに行くように取り計らってください。そういえば、山本ＡＩに連絡してくれましたか」

「はい」

帰国してすぐ、尚美は山本ＡＩの社長に会って、脳腫瘍を理由に契約をキャンセルした。松崎はラボが要らなくなったのだ。モノポール研究の実験の部分はジュネーブで終えて、今後は理論の構築に移行するので、アパートのラボでもできるという。

尚美もジュネーブに行くときにスケジューラーの仕事は辞め、マンションの管理も奈々子とアシスタントに任せている。松崎から報酬をもらっていて、ピアノのバイトの収入もあるので、当分お金には困らないし、今は手術の手配で忙しい。

「ありがとうございます。それでは」

松崎はきっぱりと言って、さっそく愛車で去っていった。

その夜も電話して、手術を早めるようしつこく訴えた。なかなか聞き入れてもらえなかったが、やがて話を切り上げたいと思ったのか、「僕は手術を受けても助かりませんが、どうしてもというなら、検討してもいいです」と言ってくれた。「しかし、条件があります」と無理な注文をつけ始めた。

「ＭＲＩは腫瘍に影響を与えますので、だめです。それに、撮ろうとしてもモノポールの磁場で画像が乱れるので、役に立たないでしょう。ＣＴスキャンもいけません。モノポールに放射線をぶつければ腫瘍が損傷されますから。当然、金属のメスや器具もだめです。この腫瘍は非常にデリケートで貴重なので、モノポールの磁場に影響を与える物はすべて避けなければいけません」

他にも条件があった。手術することになった場合には、手術チームは安全のためにミューメタルの服の着用と磁気シールドの設置が必要で、摘出した腫瘍の保管にも細心の注意を払わなければならない。その他にもこまごまと注文があり、松崎は何通ものメールで詳細を説明し、締めくくりにこう書いてきた。

《モノポールは存在するとしても極めて稀な未発見の粒子です。僕とアマディ先生は、現在はこの銀河系にせいぜい一個程度しかないのではないかと予測しています。僕の脳にあるモノポールは、ＬＨＣの実験によって偶然創り出されたものではないかと思うのですが、一体どのような過程で生み出されたのか皆目見当もつきません。逆に言えば、それは現代の物理学を塗り替えてしまう可能性を秘めた貴重なものなのです。鈴木さんはそんな宝物をすぐさま取り除くよう言ってきますが、僕が死ぬのを待ってから遺体ごとＣＥＲＮに送った方が、はるかに安全です》

尚美は最後の訴えは無視し、全ての条件を一つにまとめ、尻込みする松崎に署名を求めたが、《すべての条件が満たされれば、検討します》という返事しか引き出せなかった。

松崎のどの条件も珍妙で難しい。どこまでが本当に必要なのかはわからないが、磁気性腫瘍があってはＭＲＩの画像が乱れるという説明は、納得がいく。外科医は手術の前だけでなく、手術中もＭＲＩのリアルタイムの映像に頼ることが多いと聞く。ＭＲＩが最良の方法なら、それを使わずに手術をするのは医師の倫理に反するかもしれない。そもそも外科医は、病院の規則に沿わない手術はできないだろう。そう多くはいない脳外科医の中で、松崎の条件を承諾する者などいるのだろうか。

そして大前提として、松崎の脳にあるのが磁気性腫瘍だと医者に納得させなければならないのも大きな壁だった。

まず尚美はウェブで下調べし、図書館に出向いてできるだけ多くの脳外科医の情報を仕入れた。並行してスケジューラーの仕事で培ったたくさんのコネを使い、繋がった数名の医療関係者に手術の手続きや手術室の設備について訊ねた。モノポールのことは伏せる必要があったので、質問の目的をうまく濁さなければならなかった。そのせいで不審の目で見られたりもしたが、何とも思わなかった。ジュネーブの山の上で、松崎仁という物理学者を信じることを誓ったのだから、約束は守らなければならない。

手配を始める前に、松崎に納得してもらわないといけないことが一つあった。スマホで伝えても断られると思ったので、じかに会って話すことにした。

松崎が帰国して四日経った日曜日の午後、アパート前の芝生という殺風景な場所で松崎と再会した。三メートル先で松崎は手にした計算尺をいじっていた。ビルケンシュトックの下からのぞく靴下は右が黒で左が濃紺だ。美悠の言っていた、電子の絡み合いの象徴なのだろう。

猛烈に暑い日で、二人はオーブンの中にいるかのようだった。強い日差しのため、髪の分け目や手の甲はすぐにひりひりし始めた。

松崎は腫瘍の磁気を抑えるために鳥打帽を被り、マフラーを首に巻いていた。Tシャツの脇の下が透けてみえるほど汗びっしょりだった。そんな松崎の機嫌がいいわけがない。

「研究は進んでいますか」

「苦労しています。僕は実験物理学者で、理論研究は畑違いなので」

「そうですか」と尚美は素知らぬ顔で頷いてみせたが、ファラによると松崎は実験も理論もできる数少ない物理学者の一人だそうだ。

「妹さんは元気ですか」

「おかげさまで。通訳になりたいと、フランス語の勉強を始めました」

美悠は大阪大学への再入学を検討している。学費をどう払うつもりでいるのか気になるが、尚美は自立させるというゴールに向かって、言葉と行動を一致させようと努力しているので、ニュートリノのことはしばらく放っておくことにした。

世間話から入ろうとしたが、松崎は手に持った計算尺のレバーを左右に揺らすばかりで最小限の返事しかくれないので、仕方なく本題に入った。

「今日伺ったのは手術の相談のためです」

「ようやく無理だと気づいたのですね」

松崎は顔を上げて言った。ほっとした顔が癪に障った。

「僕は死ぬ覚悟ができていますので、大丈夫です。僕のことは、本当に構わないでください。木曜日のピアノは、余命わずかなので、毎週聴きにいきます。では」

「全然違います」

松崎を睨みつけた。「これから何人かの外科医に当たって、条件に合う手術を手配します。一つだけ、どうしても協力していただかなければならないことがあるんです」

「……と言うと？」

松崎は計算尺を左手でぎゅっと握って、不安そうな目つきをよこした。

唇を舐めてから、尚美は慎重に言った。

「手術前の身体検査のことです。これだけは、やっていただかないと困ります」

「むむっ」

「松崎先生の条件に合う手術ができるよう全力で外科医を納得させるつもりでいますが、腫瘍があるかどうかすら確認できずに手術してくれる医者は一人もいないでしょう。モノポールのことはもちろん伏せますから、心配いりません。それぐらいはご協力くださいますね？」

松崎の唇は少しずつ窄んでいき、真一文字になった。

「そのためには医者が僕に近づかなければなりません。危険すぎます」

「松崎先生は条件に合うような手術なら検討してくれると言いましたよね？　条件の一つは医者が磁気遮断服を着ることですが、身体検査に関しては条件を満たせそうなんです」

松崎はびくっとし、その目が一瞬大きく見開かれた。瞳の奥に、恐怖がのぞく。

ジーンズのポケットからたばこを取り出して火をつけた。独特のたばこルールの条件が満たされたようだ。

先端の赤い火が、照りつける太陽をいっそう暑くさせた気がした。

「僕は」

松崎は億劫そうに続けた。「鈴木さんの希望を受け入れて、何か月も延命し、ジュネーブまで行きました。今は頭痛がひどいのに研究を懸命に続けています。ここまで研究でき、成果をあげられたのは鈴木さんのおかげであることはよくわかっています。謝意を表すのは下手ですが、心から感謝もしています。しかし、手術ができると思い込むのはそろそろやめてほしいのです。鈴木さんらしくない非現実的な妄想です」

「いや、あの……」

「僕にはもう限られた時間しかありません。その時間をフルに生かして、できるだけモノポールの研究に貢献しようと思っています。はっきり言って、こんな無駄なやり取りをしている暇は、今の僕にはないんです。僕に手術を受けるよう説得するより、鈴木さんには、それが無理だと納得した上で遺体の確実な輸送方法を考えていただかなければなりません。コンテナ輸送の経験をぜひ活かしてください」

松崎は計算尺をいじらずに、まっすぐ尚美を見つめていた。

尚美は返す言葉がなかった。屁理屈が上手な松崎だが、今言っているのは理に適うことばかりだ。

暑すぎる。冷房に当たって頭と身体を再起動させたいが、ここで引き下がると、これ以上の交渉はできなくなる。

「松崎先生はモン・サレーブで私におっしゃったことを覚えていますか」

尚美は声を絞り出す。

「物理学者として、そして人間として、信じてほしいとおっしゃったんですよ。切実な想いが伝わりました。生き続けるために大きな努力をしてきたとおっしゃっているくせに、どうして生きようとしないんですか？　松崎先生こそ、言葉と行動が一致していないんじゃありませんか」

松崎はびっくりしたように目を見開いた。

「図星でしょう」

尚美はため息をついた。「そんな矛盾している人の相手をさせられて、はっきり言って私もだいぶ疲れています。だけど、松崎先生はファラや内城さんには天才だと言われていますよね。もしそれが本当なら、勇気を出して手術を受け、これからもその才能を人類のために使ってこそ、立派な物理学者だと思うんです。とにかく、私は死なせませんから」

尚美は松崎を後に残し、ヤリスクロスに向かった。

2　純粋で論理的な心が壊れる

それからの一週間、尚美はピアノの練習時間を削ってまで、脳外科医を見つけることに全力を尽くした。そうしていないときは、松崎の条件を満たすために磁気シールドやプラスティック製の手術道具をどうやって入手できるか調べた。どれも精根尽き果てるような作業で、あるときはキーボードの上に突っ伏して寝込んでしまい、頬や額にキーの四角いくぼみが残った。

アパートの前で松崎と話してから十日後の八月八日に、手術のことで進展があった。苦労のすえようやく見つけた大阪のある大学病院の外科部長が連絡をくれて、松崎を診断すると言ってくれたのだ。甲斐正則という、評判のいい外科医だった。

甲斐は磁気性腫瘍のはずはないが、松崎の身体に磁気性の金属物、たとえば外科的移植などがあるかどうか調べてもいいと言ってくれた。

変な主張をする患者に興味を引かれた様子だった。

「磁気性腫瘍という病気は存在しませんが、患者がそうだと思い込んで、助けようとする人を近づかせないというのは心配ですね」

甲斐は言った。「いずれにせよどんな種類の腫瘍も危険ですから、診せてもらう必要があります。たとえ腫瘍がないとしても、この患者は精神的に病んでいる可能性も高いので、精神科医を紹介することができるでしょう。カルテを先に送ってください」

「実は……カルテがないんです」

「ない？　そんなことはあり得ません」

甲斐の主張はもっともだった。でも、松崎は本当にカルテがないと言い張っていた。

五分ぐらいやり取りしたあと、甲斐はため息をついて言った。

「この患者の精神状態がますます気になります。カルテがないと困りますので、なんとかして送ってください」

そもそも肝心の診察を受けてもらえるかどうかわからないし、松崎が一度「ない」と言ったカルテを用意してくれるとも思えない。もしかすると、見せてくれないカルテには、目の奥の恐怖の原因が書かれているのかもしれない。

その日は木曜日で、午後は一時間だけ練習をしてからバイトに向かった。松崎が聴きに来ていたから、診断が決まったことを伝えるつもりだったが、何かを察知したのか、終わらないうちに立ち去ってしまった。

アパートまで向かうことにした。でも、その前に書店に寄らなければ。美悠が注文したフランス語のマンガ『アステリックス』を受け取ることになっている。

書店から駅に向かおうとしたとき、バッテリーが切れた携帯のように、突然身体が動かなくなった。

近くのベンチに座り込んでいると、恥ずかしいほど大きな音で腹が鳴った。考えてみれば昨日の睡眠時間は二時間半で、甲斐との電話やピアノの練習もあって、今日は何も食べていない。闘牛に挑むのなら、しっかり食べて力を蓄えなければならない。

買い物客を観察しながら、かなり長い時間ベンチで休んでいた。それから、阪急西宮ガーデンズの近くにあるフランス料理店へ疲れている足を引きずっていった。

ウエイターにクリーム色のテーブルクロスのかかった窓際のテーブルへ案内され、ソムリエが勧める赤ワインを頼んだ。松崎をどう説得すればいいか考えようとしたが、何も浮かんでこない。

まずい。かなり弱っている。

パンをつまみにして身体を休ませていると、窓ガラスの向こうからくぐもった声が聞こえてきた。

窓の外を見ると、内城喜朗が手を振っている。

尚美はゾクッとした。なんだこの男？　どうしてこんなときに、ここにいるの⁉

控え目な愛想笑いを浮かべただけなのに、彼はすぐにテーブルの前に現れた。

「お一人ですか」

「まあ」

「僕も一人です」

内城は向かいの椅子に当然のように座り、追い払えないうちにウエイターを呼びつけて、フルコースの料理を二人分頼んでしまった。

ナンパの五輪に出場できるレベルの目覚ましい技だったが、尚美はもうその手には乗らない。キッチンへ去ろうとしたウエイターを呼び止め、自分は忙しいからと、コースをスープとサラダに変更した。

「僕の負けですね」

内城は素直に認めた。ウエイターにも、「僕もフルコースはやめます。コック・オ・ヴァンとサラダだけ持ってきてください」と頼んだ。

「しかし、限られた時間で挑むというのも燃えてきます」

「これはデートではありませんから」

尚美は内城に耐えるためにもう一杯グラスワインを頼み、ジュネーブで起こったことについて短く説明した。

「……ですから、ＣＥＲＮで起きたことは松崎先生のせいじゃなかったんです。それを東大のＩＣＥＰＰに伝えることができれば、元のポジションに戻れると思いますか。ご意見をぜひ伺いたいです」

内城はワインを手に取って、悲しそうに見つめた。

「鈴木さんの頭から松崎仁が消える瞬間はないんですね」

「今はマネージャーをしているからよく考えますが、頭にないときもたくさんありますよ」

「僕と一緒にいながら、彼のことを忘れることはありますか」

頭の中で言葉と行動の一致を促す声がした。

「今までは、なかったです」

「とても残念です」

内城はため息を漏らし、ワインをグイッと飲んだ。

「仕方がない。鈴木さんと長くいられるためにあいつの逸話を聞かせましょう」

「逸話？」

「ええ。僕らが中学生のころの話です」

「え？　中学も一緒だったんですか？」

「はい。僕は中二のときに福井県坂井市の中学に転校して、科学部に入ったんですが、その年は松崎のプロジェクトのおかげで科学の甲子園ジュニアに行けそうでした。ただ、あいつは発表が大の苦手だったから、他の部員である里奈(りな)と真帆(まほ)の二人が西日本大会予選で代わりに発表することになりました。大阪へ一泊二日で行ったんですが、里奈と真帆は発表の前日に難波(なんば)にピザを食べに行って食中毒になってしまったんです。僕も同じピザを食べて気分が少し悪くなりました。あいつはもちろん、ずっとホテルに籠(こも)っていたんで無事でしたから、結局自分で発表することになりました」

「発表、大変だったんでしょうね」

おなかが空いているせいか、ワインが回り始めていた。残っていたパンは内城に食べられてしまったので、キッチンの方へ目をやった。食べ物もお腹に入れておきたいけれど、サラダはなかなか来ない。この店は美味(おい)しいが、サービスが遅いのを忘れていた。

「もちろん、まったくダメでした。素晴らしい内容なのに、不愛想な顔で下ばかり向いてぶつぶつ呟くだけなので、ほとんど聞こえなかったんです。そのうえ、やっと終わりに差しかかったところであいつは、プロジェクターのコードに足を引っ掛けて、スクリーンの表示を消しちゃったんですよ。だけどラップトップの画面にはまだ映ったままだったから、画像が消えたと気づかずにずっと発表を続けていたんです。映像が見えないから、肝心のまとめのところで誰もわけがわからなくなってしまいました」

内城は愉快そうにワインを飲んだ。

「終わりも近くなってからようやく気づいて、あいつは外れたコードを電源に差し込もうとしたんですが、今度は額がプロジェクターにぶつかってプロジェクターが落ちかけました。あいつはプロジェクターを押さえようとして転倒し、結局プロジェクターごと床に転げ落ちてしまった。みんな大爆笑でした」

「ひどい話ですね」

大勢の前で転んでしまったかわいそうな物理少年のイメージを頭から消すために、尚美はグイッとワインを呑み込んだ。

「そうでしょう？」内城はのんきに笑った。

「その日のことは西日本中の科学部に知れ渡り、誰かが『ごめんね』っていう演歌の替え歌を作りました。知っていますか？『俺は生まれつき、ばかだよ、ばかだよ、夢を壊して……』っていう歌詞なんですけど、誰かが『夢』を『プロジェクター』に替えて広めたんです。まあ、残酷な話だけど、中学生ってそういうのが大好きですよね」

調子に乗って語る内城が気に障った。

「どうしてそんなひどいことを……」

「中学生は怪物ですから。そしてある日、もっとひどいことが起こりました。あいつが部活の教室に入ったとき、里奈と真帆がその替え歌を歌いながら踊っているのを見てしまったんです。僕や他の部員たちも手を叩いて盛り上がっていました。みんな表面上は『あの日のことは気にしないでいいよ』と励ましていたのに、です」

尚美は涙がこぼれないように天井を向いた。シャンデリアから美しいバラ模様が延びているのにはじめて気がついた。

「それから彼は、人間の振る舞いがわからなくなったと言うようになりました。それまでは、人はわかりやすいルールで生きていると思っていたようです。たとえば、チームメイトは支え合うものだとか。でもあいつは、チームメイトに裏切られ、混乱してしまいました。彼によると、人の、なんだったっけ、『言葉』と『行動』は、論理的につながっていないと知ったそうです。そんなのは当たり前のことなんだけど、彼は大きなショックを受けたようでした」

気づかないうちに、内城がボトルワインを一本追加していた。グラスに注いでくるのを手で塞ごうとしたが、遅かった。

脳裏に、若くてぎこちない松崎がプロジェクターを抱いて転ぶシーンが繰り返されていた。意に反して「ばかだよ、ばかだよ」というセリフがBGMとして流れ出してしまう。

世界でいちばん悲しい話だと思った。

店は混んでいないのに、サラダはどうしてまだ来ないのだろう。空腹状態でワインを飲むんじゃなかった。尚美はトイレに立って、メイクに構わず顔に冷たい水を掛けた。テーブルに戻ると、内城はまたワインを注いでくる。

ワインで饒舌になっている内城は、どうでもいい話を楽しそうにしている。

サラダがようやく来た。尚美は酔いを和らげるはずのレタスやトマトを必死に口に運んだ。そのうちにスープと、内城が注文したコック・オ・ヴァンも運ばれてきた。

尚美はいつもより大量に飲み、いつもと違ってひどく酔った。

不憫な少年はいやなBGMのリズムに乗って、プロジェクターを抱いて転び続けている。

突然、何もかもうまくいかない気がした。いくらマタドールがケープを振り回しても、松崎は検査を断るだろう。承諾してくれて手術ができたとしても、助からないだろう。自分の身体のことに一番詳しい本人がそう言っているのだから。美悠は大好きな松崎の死に絶望して、また自殺しようとするだろう。今度は、尚美が外出しているときを狙って……。

内城が真面目な声で何か話していることに気づく。

「……僕は最初から鈴木さんに惚れていたんですよ。だから、松崎についての相談に健気に乗ってたんだけどね。僕のことは、なんとも思っていませんか？」

「……ごめんなさい。まったく思っていません」

とても失礼なことを言ってしまっている自分の声が、遠くに聞こえる。

「はっきり言いますね。でも……」

内城は告白を続けている。そのうちに、彼の顔がぼやけ始め、オレンジ色の猛毒キノコに見えてきた。

サラダもスープもとっくに食べ終え、ボールには黄緑のドレッシングしか残っていない。

「あのう、そんなに飲んで大丈夫ですか？」

「………」

「そろそろ帰りましょうか……」

内城の声が遠ざかっていく。「そろそろ、お会計を……」

「私は一生人の周りをまわっているような、行儀のいい電子、なんかじゃないのよ！」

気づくと、尚美はレストランの外で声を張り上げていた。自分がどうして急にそんなことを言い出したのかわからなかった。

「そうですよ。電子じゃなく、美しく魅力的な女性です」

「そうなんですよ！……ヒック」

「お宅まで送りましょう。おいっ、タクシー！」

尚美は内城に摑(つか)まっていないと立っていられず、一緒にタクシーに乗った。

3　メトロノーム

金曜日はいつもより遅く目覚めた。もう酔ってはいなかったが、軽い頭痛がした。ワインをどのくらい飲んだか覚えていなかったが、なかなかこないサラダと、プロジェクターを抱いて転び続ける少年と、「ばかだよ」といういやなBGMだけは覚えている。

ベッドの下から昨夜穿いていたストッキングがはみ出ていた。屈(かが)みこんで拾おうとすると、足元にクレジットカードが落ちている。

クレジットカードには、Yoshiro Naijoと書いてあった。

青ざめた尚美はベッドに座り込み、クレジットカードを見つめた。

内城喜朗と寝たのか。

そのつもりは皆無だったのに。

「やれやれ」

部屋を歩きまわっていると、悔しいことにセックスをしたせいかさっぱりしていて、身体が軽く感じられた。それが内城のおかげだと思うと煩わしい。

歯を磨いていると着信があった。バッグの底を探って、スマホを見つけた。

「お姉ちゃん、昨日あれからどうしたの？」

美悠からだ。

「あれから？」

「私にLINE送ってきたでしょ？　内城と食事することになって遅くなりそうだから、『アステリックス』を取りに来るのは明日にしてって」

「そんなの送ってない」

「酔ってたから覚えてないだけでしょ。誤字があったから、そうだろうと思ってた。あのね、昨夜の十時半ごろ仁さんから連絡きたよ。お姉ちゃんどうしてる、大丈夫かって」

スマホの送信記録に美悠へのLINEが残っていた。自分は内城のことを「うざい」と言っていた。ショートメールもチェックすると、昨夜の八時に松崎から連絡が来ていた。内城とフランス料理店にいたときだった。バッグの中で振動したのかもしれないが、まったく気づかなかった。

《連絡ください》

とだけ書いてあった。なるほど、松崎が十時半に美悠にショートメールを送ったのは、尚美が八時のショートメールに応えなかったからだ。しかし、なんの用事だろうか。検査を拒否したのを後悔している？　いや、演奏が終わる前に逃げた松崎が、そんなことを思うわけがない。

「松崎先生のショートメールに、何て答えたの？」

美悠に訊いた。

「内城と出かけていると教えてあげたよ」

尚美は唸った。内城とは偶然会っただけだが、もちろん松崎はそれを知らない。

美悠との会話を終えてから、松崎に用件を訊くショートメールを送ったが、ブランチを食べ終えても返信はなかった。

ため息とともに、昨晩いつのまにか交換したらしい内城のＬＩＮＥにクレジットカードを大学宛に郵便で返すと送った。セックスは二度としない、これからは食事もコーヒーもだめだとも伝えておいた。内城から返信が次々に入ったが、無視した。

コーヒーを淹れて松崎に電話したが、出なかった。

尚美は焦った。松崎の体調が悪化したのだろうか。１１９にかけるのがいやで、尚美を呼んだのかもしれない。アパートの床に仰向けになって動かない松崎を想像するが早いか、バッグとヤリスクロスのキーを摑んで部屋を飛び出した。

アパートに到着し、階段を駆け上がって、ドアを何回もノックした。

中で人が動く気配はない。

冷たい痺れが胸に広がった。建物の反対側へ回ってみるとベランダの窓も閉まっていた。スマホを取り出して１１９の三つの数字を押しかけて、力なくバッグに戻した。救急車を呼んでも、アパートを開けてくれないだろう。

足元にグレープフルーツぐらいの大きさのセメントの塊が転がっていた。拾い上げて階段を駆け上がり、バスルームの新しい鉄格子の前に構えた。

「いや、待て待て」

だがあることに気づき、声を出して自分に呼びかけた。

「ロードスターがない！」

つまり、アパートの中で死んでいる可能性は、ゼロに近い。

マンションに帰ると、松崎から小包が届いていた。飛びついて包装紙を破った。中には梱包材と包装紙に何重にも包まれた箱と、手紙があった。

これまで大変お世話になりました。マネージャーとしてたくさんのことを手配してくれて、ありがとうございます。あいにくですが、鈴木さんが言葉と行動を一致させていないことが判明しましたので、自分を守るために身を引かなければならなくなりました。僕は人間の屑なので、こんな卑怯な手段に出ることをお許しください。そして、体にどうかお気を付けください。昨日連絡したのは、あなたの顔色がよくなくて心配していたからです。僕から解放されれば、すぐ元気になると期待しています。

スイスのウシがお気に召さなかったようなので、感謝の印により実用的なプレゼントをさしあげます。僕の最後の作品になると思います。要らなければ、捨ててください。

僕の遺体がどの安置所に保管されているかは、病院のスタッフから連絡させます。冷却を徹底してもらいますので、僕が教えた留意点に細心の注意を払い、ＣＥＲＮまで速やかに搬送してください。費用はもちろん、僕が負担します。

僕が自殺するのだと思わないでください。自然に任せるだけです。手術が無理だということは鈴木さんも気づいているはずです。これからも、近く訪れる死を迎える日まで、鈴木さんのピアノのファンでありつづけます。演奏を聴きには行けなくなりますが、鈴木さんがこれまで奏でた曲は頭の中にありますので、再生すればいいだけです。ありがとうございました。では。

松崎仁

「お姉ちゃん、しっかりして」

へなへなとソファに沈み込む尚美に美悠が言った。「仁さんはすぐに寂しくなって帰ってくると思うよ」

尚美は美悠の部屋にいた。キッチンでチャーハンを炒める美悠は、尚美が脂っこい料理がきらいだと知っているのに、元気になるからと言って聞かなかった。

ソファにはウシが三匹いた。真ん中に松崎がジュネーブで買ったレーダーホーゼンのウシもいて、大きな目でキッチンにいる主を見つめていた。

「ウシでも抱いて、元気だしてよ」

キッチンから話しかけてくる美悠は松崎の腫瘍について何も知らない。教えるつもりもない。松崎も「ニュートリノ」にだけは優しく振る舞うので、本人から知らせることはないだろう。でも、手術を受けない限り、近く死ぬはずだ。そのとき、美悠は気づくだろう。

「お姉ちゃんが内城とデートしたのが悪かったのよ」

美悠の言葉に尚美は瞼を軽く閉じた。『鈴木さんが言葉と行動を一致させていないことが判明しましたので、自分を守るために身を引かなければならなくなりました』と松崎は書いていた。内城と寝たことは知らないはずなのに。尚美が彼と食事をしたことが、尚美が把握していない何らかのルールを犯したのだ。もちろん、そんな煩わしいルールに従って生活するつもりはないのだが、悔しいと思った。こんなに簡単に終わるなら、これまでのやりとりは一体なんだったのだろう。

「さあ、出来上がり！」

美悠はチャーハンをテーブルに置いた。「拗ねてないで食べて」

脂っこく味付けの濃いチャーハンをどうにか平らげて自室に帰ったとき、スマホが振動した。ファラからのメールだった。松崎はＺｏｏｍのミーティングにも出ていないそうで、彼女も心配していた。

尚美は返事を打てないまま呆然と座り込み、手紙と一緒に届いた箱を引き寄せた。

中にはメトロノームが入っていた。

松崎の手作りの品だとすぐにわかった。この物理学者は鉛筆削りや靴など、人によく何かを作ってプレゼントする人だ。言えないことを、モノを媒体にして伝えようとしているのかしら。

古いスタイルのメトロノームで、振り子とゼンマイが付いていた。繊細な作りでありながら、しっかりとしている。以前もらったピアノ靴と同じく、部分的に3Dプリンターで作った物らしい。ケースは透明な樹脂でできていたので、棒で遊錘と繋がっている底の重りやゼンマイの仕掛けが透けて見えた。少し巻いてみると仕掛けが動き出し、松崎らしい正確なリズムを刻み始めた。

尚美はピアノの前に座り、メトロノームを譜面台の隣に置いた。試すのにはモーツァルトの「ピアノソナタ第十一番イ長調」がいいだろう。メトロームはその繊細で軽いリズムを引き立ててくれそうだ。

楽譜を譜面台に据えてゆっくりと手を上げ、遊錘の棒を留め金から外し、指で78BPMにセットした。

カチカチという小気味いい音が鼓膜を震わせ始めた。しばらく耳を傾けてから指先を鍵盤に下ろし、ソナタの堂々とした和音を奏でた。メトロノームはリズムを肯定するようにアクセントとぴったり重なり、ピアノとメトロノームは楽しげに会話を始めた。

しかし、この正確なリズムをくれた人は、もう去ってしまった。

4　差し入れ

四日経っても松崎からは何の連絡もなかった。

故郷にでも帰っているのか。それとも長期滞在できるホテルにでもいるのか。残りの時間をファルに生かしたいと言っていたくせに、ファラへの連絡を怠(おこた)るなんて、本当に「ばかだよ」。それとも、仕事ができなくなるほど腫瘍に苦しんでいるのだろうか。何回もショートメールを送り、電話もしたが、応答がない。

居場所を突き止める方法をいろいろ検討してみた。ネットによると松崎の故郷である福井県坂井市は総人口が九万人近い。考えなしに赴いたところで見つからないだろう。

フランス料理店の日から毎日ＬＩＮＥを送ってくる内城にそれとなく松崎の住所を訊いてみたが、忘れたと言う。

木曜日が来た。阪急西宮ガーデンズでは鍵盤を叩く手は重く、持ち上げるのが億劫(おっくう)だった。コーヒーショップのテラス席にはもちろん松崎はいない。その辺りに目をやるたびに、胸の奥底に鋭い痛みが走った。

返事が来ないとわかっていても、松崎へショートメールや電話をし続けた。

次の朝、外科医の甲斐からパソコンにメールが入った。月末は忙しくなるから、早く検査のアポを取った方がいいと書かれていた。本人がいないので延期するしかない。返事を打とうとして手をキーボードの上に乗せた。

手が、震えている。

尚美は顔を手に埋めて、泣き出した。内城とフランス料理を食べて寝るという自分の失態が、一人の人間の命を消してしまったかもしれない。その罪の大きさに押し潰されそうだった。

アポを延期するメールはどうしても書けなかった。

とめどなく流れる涙を拭いもせず、ずっと机の前に座っていたが、ようやく浴室に移動して冷たい水で顔を洗った。

リビングに戻ると、弁当箱とビニール袋を持った美悠が部屋を訪ねてきた。

「竜田揚げとサラダを作ったから、一緒に食べない？」

「……どうぞ、入って」

自分が差し入れを持ってこられる側になるなんて。皿やナプキンを戸棚から出して食事をはじめ、美悠の今後のキャリアについて話し合った。食べ終わると、美悠はナプキンで唇を拭い、尚美をまっすぐ見た。

「なに？」

「お姉ちゃん、怒らないで」

「えっ？　私が、どうして怒るの？」

美悠はじっと座っているだけだ。

「怒るわけないでしょ？　何かあったの？」

「わかった。実は……昨日電話で仁さんと話したの」

「えっ⁉」

「だから、怒らないでって言ったじゃん。その顔、こわいよ」

「………」

「私の方から連絡したの。お姉ちゃんのことが心配でね。三回かけて、最後の一回に出てくれた」

尚美はつい美悠を睨んだ。毎日電話をかけてショートメールを送っても、この一週間一回も出なかった人は、美悠が電話すると出てしまうのだ。

「仁さんもお姉ちゃんのこと、心配していたよ。あの夜心配でお姉ちゃんに連絡したんだって、ショートメールでも言ってたし」

「待って。それより前から、松崎先生と連絡を取っていたの？」

辛うじて冷静な口調を保って訊いた。

「うん。電話かける前は、木曜日に四回ぐらいやりとりしたかな」

「私にはたった一通のメールも、たった一回の電話もこないよ」

「意地はってるんじゃない？　だって、もともと悪いのはライバルとデートしたお姉ちゃんなんだし」

「松崎先生が自分から美悠に連絡をとってきたことはあるの？」

と尚美は訊いた。

「……ない」

「だったら、もう美悠の方から彼を煽るのはやめて」

尚美は鋭い口調で言った。「本当に連絡したければ、自分からするでしょう」

美悠は首を振った。

「違うんだよ。いろんなことが自分でできない人だから、無理なんだよ」

「私には、もうどうでもいいことよ」

と尚美は言った。

「どうぞ、彼との相談会を楽しんで。でももう、私には報告しないで」

「謝ってあげなよ。仁さんは何も言わないけど、苦しんでいるのが私にはわかる」

「どうして私が謝らなければいけないのよ。私が誰と出かけようと、私の勝手でしょ」

「そんなのわかってるけど、それでも仁さんを傷つけたんだから」

美悠の声はなんだかいつもより大人びている。

「駄々こねるのやめて、謝ってあげてよ」

そう言われて、尚美は我に返った。

美悠の言うとおりかもしれない。

《内城喜朗氏と食事しました。申し訳ありません。許していただけませんか。直接お会いしてお話ししたいです》

スマホを睨みながら、松崎に送った。

返事がすぐに来なかったので、スマホを脇に置いて、冷蔵庫から夕食の材料を取り出した。料理をしている方が気が紛れる。今日はスパゲティにでもしようか。

パスタを茹でている間に、ソースを作る。ぐつぐつ煮えるトマトソースをスプーンで混ぜ、ソースが付いた指をタオルで拭いた。

そのときスマホの着信音が鳴った。尚美は思わず飛びついた。

「僕は今、坂井市の実家にいます」

松崎は淡々と告げた。

「故郷に戻っていたんですね。まさか東尋坊から飛び降りるおつもりですか」

「その必要はありません。あそこは死ぬのに効率が悪いですから。自然に死ぬことにしました」

聞きたい言葉ではないのに、その捻くれた口調が懐かしい。

「あの、会ってお話しできますか」

「……ええ。申し訳ないのですが、こちらまで来ていただけますか」

「明日の朝十時半までに行きます」

尚美は即答した。

スパゲティを茹ですぎてしまった。

5　物理学者の提案

少しも眠れなかった尚美は、予定より二時間も早く坂井市に着いた。

朝の岬(みさき)を歩いてみると、東尋坊は自殺の名所とは思えないくらい陽気なところだった。断崖(だんがい)へ続く道には海鮮丼やカニの店が立ち並んでいた。魚を届けるトラックがあちこちに停まっていて、客引きの威勢のいい声が響いている。崖の縁まで歩いて、磯にぶつかる波を覗(のぞ)き込んだ。断崖は想像していたほど高くはなかった。絶壁の岩は折り重なるオーロラのように海面に続き、崖下には青緑色の小さな入り江が隠れていた。

日本海側へはあまり足を延ばしたことがなかった。暗く、寂しく、冬が長くて、暮らしが不便だと聞いていたが、今日は素晴らしい天気で日差しは眩しく、群青色の海は宝石が散らばったかのように光っている。

松崎との待ち合わせ場所へ向かう。

《東尋坊の東に荒磯(ありそ)遊歩道というバス停があります。道の向かい側の駐車場に車を止めて、遊歩道に入ってください。通行止めと書いてあるコーンがありますが、構わずに進んでください。左に細い道があって、階段があります。下りた所で待っています》

バス停と駐車場を見つけて、奥の隅に真っ赤なロードスターがあることを確認し、尚美はヤリスクロスを停めた。

駐車場の隅に、高見順(たかみじゅん)という詩人が書いたらしい「荒磯」という詩を紹介する看板があった。

ある句が目に飛び込んだ。

死ぬときも
ひとしくひっそりと
この世を去ろう
妻ひとりに静かにみとられて

だがしーんとしたそのとき
海が岸に身を打ちつけて
くだける波で
おれの死を悲しんでくれるだろう

尚美は苦笑した。松崎仁のために詠まれたような陰気な詩だ。本人も、そう思って尚美に見せたかったのかもしれない。

指示どおり遊歩道を歩いていると「通行止め」と書かれているコーンがあった。構わず進むと、左に細い道と崩れかけた階段があり、下りてみると海に続く岩棚に出て、見覚えのあるぽっちゃりした男がいた。松崎は腕を組んで、石のベンチに座っていた。尚美が下りてくるのをじっと待っている。

松崎と尚美の間には崖下の海へと流れる小川があり、渡らないと彼のそばに行くことができない。にくいほどに尚美への不信感を上手に表している舞台だ。スマホが鳴った。

「福井へようこそ」

松崎の髪はだいぶ伸びていて、大輔くんのお墓参りで帽子を脱いだときよりもぼさぼさだった。分厚いジャケットではなく、ポロシャツを着ていた。

「帽子を被っていないようですけど、どうしたんですか」

「ミューメタルの帽子を脱いで、体を冷やすことで腫瘍の巨大化を速めることにしました。脳を少しでも早くアマディ先生に提供しようと思うんです」と松崎は説明した。

尚美は心の中で舌打ちした。

「それで、話というのは？」

松崎は聞いた。

「あの晩のことです。私が悪かったです。もう何も隠しません。内城喜朗とフランス料理を食べて、セックスをしました」

松崎は尚美をじっと見た。

「それはもう知っていました。内城喜朗が教えてくれたんです」

「内城さんが？」

尚美は呆気（あっけ）に取られた。

「そうです。プライベートなことをどうして僕に教える必要があったのか理解できませんが、人間はよくそういう不可解な行動をしますから……鈴木さんの行動も理解できません。僕が訊くのも何ですが、内城喜朗は鈴木さんにとって、性交の対象になるのですか」

当惑した表情は滑稽で、思わず頬が緩んだ。

「なるわけありません。酔ってしまったんです」

松崎は顔をしかめた。

「……まあ、どうでもいいことです。それより、そもそも彼に会ったのはもちろん僕とモノポールの相談のためでしたよね。僕を信じると約束したのに、よりによって内城喜朗なんかにモノポールについて相談する必要があったんですか。どうしてもというなら、アマディ先生かジェイコブに聞いた方が何倍も効率的だったのに」

深く傷ついているようだ。

「…………」

「鈴木さんは僕が想像していたほど理性的に動く電子ではなかったんです。行動の意味がわからなくなってしまいましたので、近くにいてもらえなくなりました」

「私は電子ではありません。人間ですよ」

「だからこそ、警戒する必要があるんです」

「…………」

「どうして僕を信じてくれなかったんですか」

松崎は寂しそうな声で呟いた。

「信じていますよ。内城さんと一緒にいたのは、モノポールについての相談がしたかったからじゃありません。内城さんが私がフランス料理店に一人でいるのを見つけて、勝手にテーブルについたんです。追い払おうとしたんですけど、断る隙を与えてくれなかった。酔って内城さんと寝てしまったことは失敗でしたが、実験のことについては少しも話していませんよ」

あの夜のことはあまり思い出せないが、モノポールのことだけは絶対に話していないはずだ。

「……本当ですか」

松崎は目をすがめ、尚美をじっと見つめた。

「本当です。松崎先生こそ、どうして私を信用してくれなかったんですか。科学者なのに、どうしてなんの根拠もなしに、そんなバカげた思い込みをしたんですか」

「…………」

松崎は当惑したまま口をつぐんだ。二人の間を流れる川の音だけが聞こえる。

松崎がときどき後頭部を押さえるのは、痛いからなのだろうか。

「それでは……悪いのは僕の方だということに、なるんですね。とんでもない勘違いをしてしまいました。ご指摘のとおり、物理学者らしくない思考でした……どうして早とちりしてしまったんだろう」

いつになく困惑している。

「嫉妬からでしょ？」

「嫉妬、ですか。嫉妬というのは、不可解で役に立たない人間の感情の一つで、僕にはわかりませんし、感じることもできません。腫瘍のせいで思考回路が乱れている可能性のほうがより高いといえます。とにかく、ええと、科学者らしくない思考をして、すみませんでした。最近、腫瘍の影響なのか、頭が思いどおりに働かないんです」

科学者としてのプライドが痛手を受け、もがいているようだ。

「……まあ、とにかく、私も悪かったです。内城さんと寝たのは、松崎先生が気にしていなくても私は気にしています。本当にすみません。あの、まさかと思いますが、内城さんは写真なんかは、送っていませんよね？」

尚美は目を閉じて、あらゆる神に祈った。

「添付はありませんでしたよ」

尚美はほっとため息をもらした。

「松崎先生は内城さんに裏切られたことが以前もありましたよね。科学の甲子園ジュニアのこと、聞きました。ジャン・サンジェルマンの件もひどかったし、人を信用できなくなったのは当然です。でも私は、誰かのことを信用すると誓えば、その約束は破りません。言葉と行動を一致させるように努めていますよ」

「科学の甲子園ジュニア、ですか」

松崎は鼻で笑って、スマホのマイクに雑音の波を送った。「余計な話をしてくれましたね。セラピストの鈴木さんは、ずっと探していたトラウマを見つけることに成功して、さぞ嬉しいことでしょう」

言葉は鋭かったが、いたずらっぽい上目遣いから冷やかしているのがわかった。

緊張は解かれ、二人は遠くの海を行き来する観光船をしばらく見下ろしていた。

「私を信用して、一緒に戻ってください。大阪の外科医を見つけたので、今週のうちに検査の日にちを決めておきたいんです」

「僕にどうしても手術を受けさせるつもりですか」

「はい」

「僕は死ぬんですよ。自分の身体なので、わかるんです」

「物理学者なら、死ぬ確率が百パーセントじゃないことぐらいちゃんとご存じだと思います。たとえどんなに小さな確率でも、手術を受けていただきたいです。アマディ先生もそう言っているでしょう?」

風が強く吹き、雑音にまぎれた松崎のため息が聞こえた。

「わかりました。では、ダメ元でお訊きします。手術の前に僕と結婚してくれませんか」

「はあ?」

「やはりダメですね」

松崎は海の彼方に目をやった。

「理由は? 私と結婚したいのはなぜですか」

「安心して手術を受けるためです。鈴木さんが配偶者になってくれれば、僕とモノポールをより確実に守ることができるのです。全権委任状も作成しやすくなります。それに……人間も、病院も、僕にとっては恐るべき対象で、鈴木さんに頼り切りになるのなら、僕との位置関係を決めておきたいんです」

「全権委任状？　位置関係？　私と結婚したいのは……入院中責任者になってほしいからですか」

「まあ、そういうことになります」

「退院した後は？」

「僕は手術台の上で死にます。鈴木さんはまた自由の身になりますので、そこは安心してください。万が一生きることになっても、すぐに離婚してもらってかまいません」

松崎はちらりと尚美の顔を見て口ごもった。「だけど、万が一の場合ですが、もしも僕が死ななくて、そちらが望むのなら、その場合にはですね、結婚を続けてもいいです。……僕はそれでもかまいません」

「なるほど」

尚美は何度か深呼吸をして、頰に当たる潮風で憤慨を冷まそうとした。

「どんなに失礼なプロポーズをしたか、わかりますか」

「失礼なつもりはありません」

松崎は視線を海から移して、尚美と向き合った。「鈴木さんは僕に信用してほしいと言っていましたね。僕が入院中モノポールを、そして僕の身体を、鈴木さんに預けるということは、信用していることの何よりの証(あかし)です。僕は手術に承諾することで大きく譲歩しています。腫瘍を身体ごとCERNに送るのが理想的なのに、取り出して送ることに同意したんですから。これは大きな犠牲ですよ」

「なるほど……そういうふうに考えてはいなかったけど。あの、好奇心でお訊(たず)ねしますが、私のことを女性としてみたことはありますか」

「女性として？　どういう意味ですか」

拍子抜けした顔で松崎が訊ねた。

「私のことを魅力的だと思いますか」

「……鈴木さんは人間の基準では魅力的な女性だと思います」

松崎は同僚の仮説について意見するような客観的な口調で答えた。「鈴木さんが自覚していることについて、僕の意見を聞いて確かめる必要があるとは思えませんけれど」

「松崎先生の基準では？」

「ややこしい話になりましたね。僕はスタンダード・モデルの男性なので、身体は物理的に女性に惹(ひ)かれるようにできています」

「それだけですか」

「質問の意味がわかりません」

松崎は苛立ったようにたばこを取り出して眺め、またポケットに戻した。難しい顔でまた海の彼方を見る。

「結婚は、やはりお断りですかね。『失礼なプロポーズ』をして、すみませんでした」

「ほんと、ひどかったです。失礼なプロポーズの国際ランキングに入ると思いますよ」

「再度謝ります」

松崎は視線を落として、ビルケンシュトックを見つめた。

気まずい沈黙が続いた。

「とにかく」

と松崎はようやく言った。「昔よく行った食堂が近くにありますので、少し早いですが昼食を食べに行きませんか」

「いいですね」

「先に階段を上ってください」

「はい」

松崎は階段を上るのも大変そうで、ときどき立ち止まってはバランスを取ろうとしていた。

階段は部分的に壊れているし、手すりもないので、先を行く尚美ははらはらした。

駐車場に戻る途中、松崎は「通行止め」のコーンを拾って、左手に持ち替えた。

6 ルール違反

ロードスターを追いかけて、海岸沿いの道を北へ走った。しばらく進むと道の右側に旅館があって、ロードスターのウインカーが点滅した。苔生(こけむ)した屋根の看板に「はまゆり館」と書道風の文字で書かれていた。瓦(かわら)屋根と薄い淡黄(たんこうしょく)色の壁という古い造りの、なかなか情緒ある素敵な旅館には、二階に食堂があった。

二人は中年女性に案内されて、それぞれ三メートルとちょっと離れたテーブルに座った。松崎がここを気に入っているのはガラガラだからだろう。

食堂の北側の壁は窓になっていて、海を一望できた。さっきは快晴だったのに、風が吹きはじめていて、灰色と化した海と空が広がっていた。

いつもコンテナ船を扱っていたせいなのか、大阪湾は尚美にとって、広い世界と多様でにぎやかな文化への玄関口だった。一方、この海は荒涼たる北極海へと続き、そこで待っているのは苛(か)酷(こく)な自然と、凍(こご)えるほどに寒い冒険だろうと思われた。

それでも尚美は、どうしてか惹かれていた。

松崎の勧めで鶏白湯(とりパイタン)を注文した。暑い八月にはあまり食べたくない料理だが、松崎のわかりにくい愛情表現かもしれないと思うと、ちょっぴり嬉しかった。

「松崎先生の好む物理的な比喩ですが」

尚美はにこりとして言った。「もし松崎先生が原子核で私が電子だとすれば、私たちは物理学の『強い力』で引っ張り合っているようですね」

松崎は鼻で息をした。

「物理学の比喩は僕に任せてくれませんか。『強い力』というのは、ハドロンの中でグルーオンがクォークをくっ付けている力のことで、レプトンである電子とは関係がありません。レプトンには色がないですから」

「私に色気がないと言いたいんですか」

「その色ではありません」

松崎は教壇に立つ教授然として言った。「クォークには『色』と『香り』があります。物理学用語です。つまり……」

クォークの構造やスピンや世代について長い説明を聞かされることになったが、松崎はさっきよりずっと元気そうだった。

この人と結婚してしまえば、こういう会話が毎日続くだろう。おまけに、自分のことを好きなのか、ただ病院の手続きのために必要とされているのかもわからない。いくら考えても、いくら質問しても、わかることはないのかもしれない。それでも彼は真剣に結婚してほしいと言ったのだろう。では自分はどうだろう。

好きとは、少し違う。かっこいいとは、思わない。しかし、冗談は別として、自分と彼を引き付け合っている不思議な力をたしかに感じる。この人がいない生活には、もう戻ることはできない気がする。この人と出会わなければ、この十か月間の冒険も、深まる思考も、CERNの壮大な実験との関わりも、妹の目覚ましい回復も……そのどれもがなかったのだ。

アパートでマラサダを食べた日に松崎が見せた不器用な笑顔が頭に浮かんだ。刹那的な表情だったが、いつもと全然違う顔になっていた。手術が無事に終わり、磁気性腫瘍から解放されれば、あの笑顔をもっと見せてくれるのだろうか。

あの独特の笑みなしで、これから平凡に生きつづけるだけでは、もはや物足りなくなってしまった。

尚美は海を眺めている松崎を見やった。自由な生活と縁を切ってこの人と共に生きようとすれば、どんな毎日が待っているのだろうか。この人のルールに振り回され、電子のように一生回りつづけることは、鈴木尚美にはできない。

「電子の比喩は、ちょっといやですね」

尚美はお茶を一口飲んでからスマホに向かって言った。「もしもですが、もし私が松崎先生と結婚することを承諾すれば、二人とも電子にならなければならないと思います。平等で、なんといえばいいか……運命という原子核の周りをともに公転し続けている二つの電子……そういう結婚がいいです。私たちは一つの陽子と一つの電子からなる水素原子ではなく、ヘリウムの原子核の周りの二つの電子になるわけです」

「物理学の比喩は僕に任せてと言いました。電子は原子核の周りを公転するのではありません。原子核の周りに可能性の雲として存在するのです。鈴木さんはボーア・モデルが不確定性原理を破っていることを知らないのですか」

尚美は松崎の苛立たしげな投げかけを無視した。

「もしもですが、もし私が松崎先生と結婚することを承諾すれば、そちらは手術を受けることを承諾してくれるんですね？」

松崎はどんぶりの縁に揃えた割り箸を長い間見つめてから、ようやくスマホに口を向けた。

「できれば一人で死にたかったです。スチールの手術台の上で裸にされ、たくさんの人間に囲まれて死ぬのはいやでした。でも、仕方がありません。鈴木さんが手術を要求することをやめませんので、受けるしかないようです」

「ありがとうございます。安心できる手術になるように全力を尽くします」

「……波が高くなっています。時化ですね」

松崎は言った。

海は荒れだし、西の方から濃い灰色の雲が流れてくる。

「日本海らしい天気ですね」

尚美は言った。

「そうですね」

「鶏白湯、おいしいですね」

「そうでしょう？　僕も昔からこれが好きです」

松崎は座り直し、手を膝の上に揃えた。そして、尚美と目を合わせた。

「僕と結婚してください」

二人は見つめ合った。

「手術を受けるのが絶対条件で、松崎先生のプロポーズを受けます」

あっさりそう答えてから、自分で自分に驚いた。もしこう聞かれたら、こう答えようといつからか思っていたことに気づいたのだ。

「手術が終わって、本当の夫婦になれるのを楽しみにしています」

「本当の夫婦、ですか。僕は死ぬので無理だと思いますが、万が一の場合は、努力します……子どもが無理だってことはわかっていますね」

「手術がすめば三メートル離れる理由はなくなりますよ」

松崎は鶏白湯のどんぶりを手に囲って、茶道のように三回まわした。

「それはわかりませんよ。後遺症が残るかもしれませんし」

尚美は言い返そうとする自分を制した。この人は、今とても脆い。そっとしておかなければ。

「それでも、松崎先生と結婚する決断は変わりません」

手術後はいろいろなことが変わるだろう。

松崎は下唇を嚙み、

「願ってもない光栄です」

と低い声で呟いた。

「お茶のお代わり、いかがですか」

厨房で料理をしていた女性が急須を持ってテーブルにやってきた。

「お願いします」

すると突然、松崎が声を荒らげた。

「ルール違反です!」

「えっ?」

尚美は目を見開いた。話している間はお茶をもらってはいけないというルールでもあったのだろうか。

「まあ、いいじゃない、仁」

急須を手にした女性が宥める。

「それより、お嬢さん。うちの息子と結婚の話をされているように聞こえましたが、まさか……私の勘違いですよね」

7 音楽の色

その日の夕方、松崎と尚美はロードスターとヤリスクロスに乗ってはまゆり館の駐車場を出た。時化はもう収まり始め、海風はおだやかだった。

海岸線に出ると、しだいに暗い雲は強い海風に吹き払われ、その下から強烈な橙色の太陽が水平線に沈んでいくのが見えた。

ロードスターは先へ先へとどんどん見えなくなっていったが、尚美は車を道端に寄せ、はまゆり館でのできごとを思い返しながらゆっくり景色を眺めた。


松崎の母親とは、けっきょく短い挨拶しか許されなかった。彼女は百合子（ゆりこ）という。背が低く、ちょっと太っているから、外見は松崎の女性バージョンだった。松崎と違うのは服がよく整っていることと、くるくるパーマをヘナで染めていること、それにきさくでいい人のようだ。だが『僕が今日連れてくる人に話しかけるな』というルールを犯し、息子の不興を買った。もっと落ち着いて話がしたいと百合子も尚美も異議を申し立てたが、百合子は挨拶を終えるとすぐに退室させられた。父親に関して尋ねても、『海に出ていて、遅くまで帰ってきません』と有無を言わさぬ口調だった。

百合子が不承不承（ふしょうぶしょう）階下に下りたあと、松崎は明らかにほっとした顔つきで尚美に言った。

「あの、アップライトなんですが、帰る前に少しピアノを弾いてくれませんか」

食堂の隅には古いアップライトのピアノがあった。

「いいですけど、他のお客さんが来たら迷惑じゃないですか」

「食堂は十三時に閉まるので、大丈夫です」

「わかりました。いいですよ」

昼下がりというのに空は暗かった。波が海岸に激しくぶつかり、大粒の雨が窓ガラスを叩くが、ぱたぱたと音がするだけで、食堂は静かだ。

松崎が電気をつけると部屋が明るくなり、窓の外の景色は遠ざかった。

ピアノの上には簡単なクラシックの楽譜が置かれている。

「毎晩町からピアニストを呼んで、お客さんのために弾いてもらうんです。古いピアノですが、母が調律には気をつけているはずです」

部屋はとても静かで、松崎は珍しくスマホを使わずに話していた。その親密さは、この人が近いうちに夫になるのだと尚美に実感させた。

尚美がいくつか曲を弾くのを、松崎は目を閉じて聴き入っていた。ピアノの鍵盤は少し黄ばんでいたが、音に濁りはなく、ピッチも合っていた。

弾き終えると、遠ざかっていた雨音がかすかに戻ってきた。尚美は何げなく楽譜をめくった。

「ここに戻ってから鈴木さんのピアノが聴けなくて、つまらなかったです。故郷がこんなに陰気でわびしいところだということを忘れていました」

「海が壮大で美しいですね」

「そうですか。夕焼けがきれいだと言われていますが、今日は全然だめですね」

尚美は楽譜を見るふりを続ける。

松崎という岩から、小さい雫が落ちようとしている。そんな気がした。

今眺めている楽譜の曲を頭の中で弾きながら、辛抱強く待った。

「僕は」

松崎は小さな声で言った。「鈴木さんに会って、生まれて初めて同じ音楽観を持つ良き理解者を得ました。それがいなくなってみると、予想以上に、つらかったです」

松崎は腕を組んだ。目を合わせたくないようで、尚美の左下の壁を見つめている。

「私も、ファンがいなくなってしまって、つらかった」

松崎はまだ目を合わせてくれない。沈黙が続く。

「僕は……計算をしたり、音楽を聴いたりすると、色が見えるのです」

突然の告白に、松崎の顔は紅潮した。

「色、ですか」

「ええ。ルールがあって、数字や音符によって当てはまる色が決まっているんです。色字共感覚(しきじきょうかんかく)といいます」

松崎は思い切ったように尚美と視線を合わせた。「幼いときからです。それが、鈴木さんのピアノを聴くと、音符の色がより鮮やかで、より濃厚な色になります。つまり、鈴木さんの色が、よく見えるんですよ」

何と答えればいいか考えていると、松崎はいきなり立ち上がった。

「もう行きましょう」

松崎はそう言ってよろめき、ふらふらと階段に向かった。

尚美はヤリスクロスの横に立って、橙色の太陽を眺めていた。物理学者が食堂で自分のピアノを聴いて心を開いてくれたことは、一生忘れない。

沈みかける太陽はすぐ破れそうな黄身のように重く、濃かった。周りには、それに負けないほど鮮やかなピンク色の雲が漂っていた。

松崎は自分のピアノを聴くと、こんな強烈な色を見るのだろうか。

8 プレゼントじゃない結婚

尚美を待っていたロードスターと合流して海岸を後にしてからも、日本海の景色が頭から離れなかった。日差しで輝いたかと思うと時化になり、海が荒れた。そう思うと突然晴れ、美しい夕焼けが現れた。彼もこの海のようだ。遠く、暗く、寂しそうだけれど、突然、思いがけない言葉や仕草を見せてくれる。この先、黒い雲の後ろから何が出てくるのだろう。

宝塚に帰った翌朝、尚美は甲斐に電話をして、身体検査のアポを取った。そのあと、美悠の部屋へ行き、結婚することを告げた。

「お姉ちゃん、ありがとう！」

もう大人になったはずの美悠は、手を叩いて子どものようにはしゃいだ。

「結婚を承諾したのは美悠へのプレゼントじゃないわよ。いい加減大人になりなさい」

「やっぱり松崎さんのこと好きだったのね。彼もお姉ちゃんに好きだと言った？」

「そうね……たぶん、言ってたと思う」

「たぶんってどういう意味？」

尚美は美悠に、はまゆり館で自分が女としての「色気」の冗談を言ったときに、松崎がクォークの「色」で返してきたことを話した。

「旅館でピアノを弾いたときに、松崎先生は私の『色』がよく見えると言ってくれた。錯覚かもしれないけど、たぶん『好きだ』という意味だった気がする」

「微妙」

美悠は首を傾げた。「よくそんな回りくどい告白が伝わったね。お姉ちゃんはやっぱり頭がいいんだね。ところで、結婚式はいつ？」

「結婚式のことはまだ考えていない」

「何で？」

はしゃぐ妹に脳腫瘍のことを明かさなければならないのは辛かった。今の美悠は真剣にフランス語を勉強していて、竜田揚げなどを作って人に食べさせるくらいにまで回復している。このタイミングで松崎の脳に腫瘍があると知らせるのは酷だ。美悠と一緒にうどんと野菜サラダを食べてから、尚美はモノポールのことは省いて事情を簡単に話した。そして、妹の顔色を窺った。

恐れていた涙はすぐにあふれ、美悠が抱きついてくる。

尚美はその背中を撫でた。胸に押し付けられた頬は火照っていて、髪は汗と涙で、生まれたてのヒヨコのように濡れていた。

美悠の不安が尚美にも流れ込んでくる。松崎が、死ぬかもしれない。その冷たい事実を初めて理解したかのように身体が震え、氷柱(つらら)が尚美の背中を貫いた。

脳の奥底から、美悠がベランダの手すりに立って微笑む光景がくっきりと蘇(よみがえ)った。妹の濡れた髪を撫で、ここにいることを確かめる。

「大丈夫」

美悠はようやく泣くのをやめ、尚美に真剣な目を向けた。

「私、もう昔とは違う。強くなっているから、お姉ちゃんと力を合わせて仁さんを守る。私にできることがあったら、なんでも言って」

尚美は呆気に取られた。これまでに美悠の手を借りたことはほとんどなかったのだ。

Ｚｏｏｍでファラにも進捗を伝えた。松崎が行方不明になってからの経緯と、帽子を脱ぐことで死を早めようとしていたことなどを話すと、

「命を捨てて腫瘍を送るなんて、彼らしい馬鹿な計画よね」

とファラは笑いながら言って、「検査の日が決まったの？　ナオミのお手柄ね」と手の甲で潤んだ目を拭った。「それと、結婚、おめでとうございます。ジュネーブで二人を見ていたとき、ヒトシにもし勇気があればナオミをパートナーにするだろうと思っていたけれど、ずいぶん変なプロポーズをしてくれたわね。とにかく、彼のこと、頼んだわよ。はっきり言ってモノポール理論は、彼の頭脳なしでは進展しそうにない。まあ、それは別として、ヒトシを失うことなんて私

には耐えられない」

その日の昼下がり、二人は宝塚市役所の前で落ち合った。松崎は入るのを拒んだから、尚美は一人で手続きを済ませた。

市役所から出てきた尚美は、「私たちは夫婦です」と告げた。

「これで安心しました」ロードスターにもたれる松崎が答えた。

それから二人は松崎が選んだ誰もいないカフェでコーヒーを飲んだ。陳列ケースに凝った作りのケーキが何種類かあった。尚美は豪華なイチゴのショートケーキを注文して、「ウエディングケーキ」と名付けた。持ち帰りで美悠の分と、今朝電話で結婚のことを知らせた母の分も頼んだ。

尚美がコーヒーカップを掲げて「結婚おめでとう」と言うと、松崎も倣って、少しはにかんだ声で「結婚、おめでとうございます」と応えた。

9　震える物理学者

松崎は結局、カルテを甲斐に提供しなかった。甲斐によると、カルテを提供しないのは医者に見られては都合が悪いこと（脳に金属製の移植があるとか）が書かれているからにちがいないという。

「とにかく検査の結果、腫瘍があるのは確かだし、症状も深刻なので、特別に頼んで手術は来週行うことにしました」と甲斐は告げた。

手術は一週間後の八月二十七日に決まった。

「ありがとうございます」

尚美は頭を深く下げ、待合室の隅の椅子に座っている松崎に目をやった。物理学者は汗だくで、瞼を閉じていた。尚美と甲斐の会話は聞こえていないだろう。

これから言うことは、言葉と行動の一致ができていない。でも、物理学者の指示に従うためには、この嘘が必要だ。

「あの、恐れ入りますが、もう一つお願いがあります」

尚美は小声で言った。「患者は先生がおっしゃるとおり、精神的に病んでいると思います。頭にあるのが磁気性腫瘍で、物理学の大発見に繋がると主張しているんです。それで本人は手術後の腫瘍の扱いを非常に気にしていまして、弁護士に頼んで契約書まで作らせてしまいました。本当にお恥ずかしい話なのですが、その書類をごらんになって、サインしていただけないでしょうか。患者が安心して手術を受けるためです」

甲斐は尚美にウインクして笑った。

「わかりました。僕が関心を持っているのはあくまで患者の症状であって腫瘍ではないから、終わってから本棚に飾ってもらってもかまいませんよ」

「ありがとうございます」

尚美はまた深々とお辞儀をした。

甲斐が松崎の脳から取り出すのは、ただの肉の塊ではない。この宇宙に一つしかない、中心にモノポールの埋まった磁気性腫瘍なのだ。


手術の日、尚美は朝早くバスで病院に向かい、ロードスターを運転して来た夫と落ち合った。ロードスターは尚美が運転して帰り、マンションの地下駐車場の空いたスペースに入れ、「必ずカバーを掛ける」ことになっていた。

松崎はミューメタルのヘルメットと磁気遮断服で身を固め、病院の裏口に向かったが、ドアの前で立ち止まった。

身体が震えていた。

「このドアをくぐれば、僕は人に囲まれて死にます。耐えられません。それでも入るのは、恩人である鈴木さんの気が済むと思うからです」

「そんなドラマチックなスピーチはやめて、前向きに頑張りましょう。甲斐先生は完治の見込みが十分あるとおっしゃっているんですよ」

松崎はしばらく黙っていたが、

「鈴木さんこそ、最悪の事態についての覚悟はあるんですか」

と訊いてきた。その口調には物理学者らしい徹底的な冷静さがあり、尚美の中に一瞬冷たい影が這いあがった。

「その場合の覚悟もできていますよ」

すぐに答えたが、いつになく弱い口調になっていた。

二人は裏口から中に入った。尚美は先に立って手続きを済ませ、二人は距離を置いて準備室に向かった。

「腫瘍の保管を、どうかよろしくお願いします」

松崎は準備室に入る前に訴えるような目をした。顔は蒼白で、身体はまだ小刻みに震えている。

「松崎先生の指定したルールを医療スタッフにも守らせますので、安心してください。ずっとそばにいますよ。手術後にまた会いましょう」

「長い間お世話になりました」

松崎は静かな声で言った。「では、さようなら。あの世から……」

「あの世なんて、信じていないでしょう？　もっとずっと近くからピアノを聴いてもらいます」

弁護士と病院との交渉の結果、尚美は手術室の近くの部屋でライブフィードを見られることになっていた。ファラも見られるように録画されるはずだ。手術が無事に終わったら、松崎にも見せるつもりだ。

他の条件も満たしている。松崎の身体の周りにソーラークッカーの周囲にあるようなシートが設置され、身体と手術台の間にも磁気遮断シートが敷かれている。手術チームは、尚美が甲斐の抵抗を押し切って着用させた磁気遮断服を着ていた。ＭＲＩが使えないので、甲斐は外科用ルーペを掛けていて、彼の手にはプラスティック製のメスがあった。

四時間と見込まれた手術はなかなか終わらなかった。甲斐は途中からアシスタントの外科医二人と相談を繰り返していた。戸惑っているようだ。

外科医たちの不安そうな顔を見て、尚美は焦った。大事な人をすぐにでも治し、無事に帰してほしい。

気持ちを落ち着かせようとお茶を一口飲み、待合室にいる美悠に報告のＬＩＮＥを送信した。お茶を椅子の脇に置いて目をライブフィードに戻すと、甲斐は看護師にカメラを持ってこさせ、何枚か写真を撮っていた。それから電話で誰かと相談をはじめた。

通話を終えた甲斐は、看護師に指示を出すとガウスメーターを持ってこさせた。

それを見て、尚美は確信した。

やはり、これは松崎が言うとおりの磁気性腫瘍なのだ。ジュネーブで信じると誓って、当然信じてきたつもりだったが、揺るがない証拠が目の前に現れそうになった今、身震いがする。

手術開始から六時間後、松崎はようやく回復室に移された。尚美は頭と首に白い包帯を巻かれた夫を部屋の外から見つめた。

しばらくして、甲斐がやってきた。

「本当でしたね」

甲斐は横たわる松崎をじっと眺めながら非常に興奮した様子で呟いた。「磁気性腫瘍……だったんです」

「夫は大丈夫なんでしょうか」

「なんとも言えません」

甲斐は尚美に向き直った。「腫瘍そのものは無事に摘出しました。鈴木さんが用意した容器に移して、指示どおりに梱包しました。今は冷蔵庫に保管してあります。そこまではよかったのですが……腫瘍の周辺組織に異常があったんです」

「異常、ですか？」

鼓動が速まったが、冷静さを失わないように深呼吸をした。スマホの録音機能を立ち上げ、甲斐に先を促す。

「僕にもよくわかりませんが、腫瘍はマグネットのようなものみたいです。その磁気力で、周りの細胞が……腫瘍の中心部へと引っ張られていたようです。磁石のように、同じ方向に向かって並んでいる細胞群だと思われます。腫瘍も非常に異様な形をしています。たくさんの細かい層のある……球です。凸凹が少しもない、同心球です」

甲斐は興奮で頬が紅潮していた。

「この腫瘍は一生に一度しかお目にかかれない珍しいものです。ぜひ、生検を行わせてください」

「いけません。契約に書いてありますが、腫瘍には触れずに、今日中にＣＥＲＮへ搬送していただくことになっています。それより」

甲斐が口を開きかけたのを遮って言った。「夫の容態についてもっと詳しく聞かせてください」

「……ああ」

甲斐は不服そうに呟いた。「そうですね。腫瘍は摘出しましたが、周りの細胞群がどうなるかが心配です。腫瘍がなくなったので、周辺組織の磁気化は止まる可能性が高いと思われますが、前例がないので、はっきり言ってよくわかりません。腫瘍に引っ張られていた細胞群は、部分的には除去できたんですが、脳幹部位はたくさんの神経や動脈が交差する複雑な場所ですから、場所によっては摘除できなかった部分もあります。それが次の腫瘍の種になる可能性も考えられます。僕自身こんな手術を行ったのが初めてなので、損傷がどのぐらいあるかは現時点では判断しかねます」

尚美は酸素マスクをつけられてゆっくり呼吸をしている夫を見た。首のところに大きな痣（あざ）ができ、顎（あご）が大きく膨れ上がっていた。

「摘出した周辺の細胞群も違う容器に入れて、保管してあります。腫瘍の正体がわかれば、転移したかどうかもわかるかもしれません」

「甲斐先生のご見解は？」

「まったく初めての経験なので、何とも言えません。脳幹と小脳は損傷がなさそうでよかったですが、生検できれば……それで、さっきの話ですが」

甲斐は尚美を見ながら強い口調で言った。「磁気性腫瘍と周辺組織を、半分ぐらいいただけないでしょうか。この腫瘍は物理学の研究というより、医療研究の方に適していると思うんです」

回復室の方からかすかな音がした。松崎が動いたようだ。

「申し訳ありませんが、それはお断りさせ……」

「まあ、鈴木さんもお疲れでしょうから、この話はまたあとで」

そう言って、甲斐は廊下を去って行こうとした。

「待ってください」

スマホを取り出した尚美は弁護士の電話番号をタップして、すぐに呼び出した。弁護士はロビーで待機していたのだ。

それから甲斐と弁護士の長い議論が始まった。甲斐はますます声を張り上げ、弁護士は契約書のあちこちを指さしては冷静な口調で読み上げた。契約は詐欺(さぎ)だと甲斐が言い張り、病院の顧問弁護士を呼んだ。その弁護士は契約書を読み、甲斐に何か説明し始めた。

三十分後、腫瘍は尚美の弁護士が見守る中、特別扱いで関西国際空港へ搬送された。弁護士も飛行機に乗ったのは、シャルル・ド・ゴール空港まで腫瘍を見届ける契約になっていたからだ。

松崎は回復室から病室へ移された。

それから数時間経ち、看護師が酸素マスクを外しにきた。

「あなたは死ななかったのよ」

尚美は松崎に囁(ささや)いた。

夫の意識はまだ戻らない。

10　物理学者の呟き

松崎は大きな一人部屋を希望していたので、壁際の椅子に座れば三メートル離れることができた。もう必要ないと思うのだが、松崎には手術後もルールを守ると約束させられていた。磁気遮断服を着用すれば近づいてもいいかと訊いてみたが、近づけるのは「医療関係者のみ」だと言われた。

その夜は病室の簡易ベッドで過ごした。意識の戻らない松崎の呼吸音を聞きながら、ジュネーブへの輸送状況をスマホでチェックし続けた。十四時間半かかるので、腫瘍がパリのシャルル・ド・ゴール空港でファラとジェイコブの手に渡るのは日本時間の深夜零時ごろだろう。ずっと起きていようと思っていたが、手術が終わった安堵からか、コンクリートの壁の下敷きになったかのように深い眠りに落ちていた。

人の気配で起きるとカーテンが閉められ、磁気遮断服を着用した看護師が夫の世話をしているらしい音が聞こえた。やがて、カーテンが開けられた。夫は新しい布団と真っ白なシーツに挟まれて静かな寝息を立てていた。

病室から出て行こうとした看護師を引き止め、松崎のスマホと新しく買ったスマホ用のホルダーを手渡し、松崎の枕元に置いてもらった。画面がタイムアウトするのをブロックするアプリもダウンロードしてあったので、看護師に迷惑をかけずに、好きなときに話しかけることができる。夫はじっと眠っているが、ときおり瞼をぴくりとさせた。首の痣は昨夜よりも濃くなっていて、痛々しい。

また少し居眠りをしていると、スマホから音がし、慌てて引き寄せた。夫は譫言のように何かを呟いていた。尚美に話しかけているのではなかった。かすかな声で何かを計算しているようだ。

脳にダメージがあるのではないかと思い、慌てて看護師を呼んだ。看護師は部屋に入ると、すぐに甲斐を呼びに行き、回診中の甲斐が数人のインターンを従えて廊下に現れた。尚美が事情を説明すると、看護師の持っていた磁気遮断服を手で断り、白衣だけで病室に入ってきた。インターンたちもそれに従った。松崎はまだ意識がないので気づかないが、尚美ははらはらした。

甲斐はベッドの横でじっと耳を傾けたあと、尚美の方を振り向いた。不機嫌な顔は昨夜の腫瘍輸送についての言い争いを忘れていないのだと物語っていた。

「容体に異常はありませんが、何をしゃべっているのかよくわかりません。何かの計算をしているようにも聞こえます。では」

甲斐はきっぱりと言うと、部屋を出て行った。インターンたちも従った。

それからしばらく夫の囁きをスマホで聞いていた。どうやら物理学の数式を唱えているようだ。

一時間後、白衣を着ていない男性がやってきた。甲斐も一緒だった。

「ここの大学の物理学科の飯田です」

男性が名乗った。「甲斐先生によると、患者は何かを計算しているそうですね。どんな内容か聞いてほしいと言われました」

飯田と名乗った教授が病室に入ろうとしたので、

「待ってください」

と尚美は止めた。「磁気遮断服の着用をお願いします。甲斐先生も着用してください。契約書に書かれていますので」

甲斐は苛立った声で「わかりました」と不機嫌そうに看護師を呼んだ。一方、飯田は松崎仁という名前を知っているらしく、

「松崎先生が必要だとおっしゃるなら、着用するしかないですね」

と気を悪くすることもなく遮断服に腕を通した。

飯田は病室に入ると、椅子をベッドの横へ引きずっていった。眉間に皺を寄せて、長い間松崎の呟きを聞いていたが、ようやく尚美と甲斐に告げた。

「松崎先生はおそらく今、頭脳の点検のようなことを行っているのだと思います。二十世紀の画期的な物理学の方程式を導出し続けているんです。さっきはプランクの式を唱えていらっしゃいました。量子物理学の土台になっている式です」

「はあ」

甲斐は考え深そうな顔で頷いていた。

「僕にもよくわかりませんが」

飯田は続けた。「たぶん脳を再起動させているのだと思います」

甲斐は目を輝かせた。

「興味深い現象ですね。こういう意識の取り戻し方は初めてです。天才的な頭脳が、潜在意識のまま稼働しているということかもしれません」

「そうですね」

飯田は頷いた。「意識のあるときとは違う発想が出てくることもあり得ます。これは、録音するべきではないでしょうか。大発見に繋がる可能性があるので。もしかしたら共同研究できるかもしれない……」

二つの視線が尚美に向けられた。

尚美は内心唸った。飯田の言う「大発見」の業績が誰のものになるのか見当がつく。

「申し訳ありませんが、松崎先生が意識のない間に言っていることは秘密情報を含む可能性がありますので、録音しないでください」

甲斐をさらに敵に回すことは避けたいが、松崎が最も懸念していたのはまさにこういうことだ。夫を守るのは妻の役目だ。

二人が不満を抱えた様子で去ると、尚美は椅子に戻り、しばらく夫を見つめた。

彼が手術前に震え続けていたのを思い出した。今は数式を唱えることで、物理学という安心毛布で自分を包もうとしているに違いない。

十二時に少しだけ部屋を出て、美悠が持ってきてくれたサンドイッチを食べ、洗面所で歯磨きと洗顔を済ませた。

夫はまだ寝ていたが、三十分後、少しだけ瞼が開いた。

「松崎先生」

スマホでそっと話しかけた。「気がつきましたか」

答えはなかった。

それからはときどき話しかけながら、夫を見守っていた。一時間ぐらい経ち、また瞼が開いた。首を回して尚美を探しているようだったが、固定されていてかなわない。

「鈴木尚美です。私のこと、覚えていますか」

手を握りながら夫の言葉を待ったが、まだとろとろしているようだった。

十分ぐらい経って、掠(かす)れた声が聞こえてきた。

「もちろん、覚えています……モノポールは？」

幸せな気持ちが桜吹雪(さくらふぶき)のように胸いっぱいに吹き込んだ。

「大丈夫です。ファラとジェイコブは十二時にシャルル・ド・ゴール空港でモノポールを受け取りました。今CERNに向かっています」

松崎は安心したように目を閉じた。しばらくしてから静かに言った。

「僕を生かしてしまったんですね」

砂利を呑み込んだような声だった。

「生きていてくださって、とても嬉しいです。あの、ベッドのそばに行ってもいいですか」

「だめっ！　来ないでください！」

松崎は声を張り上げて、痛そうに顔をしかめた。逃げようとして、点滴の針を引っ張ったようだ。

「すみません」

夫は呟いた。「まだ危険なんです。近くには来ないでください」

夫が呼吸を整えようとする音が聞こえた。

「僕と、結婚したのでしたよね。こんなことになってすみません……もう後悔していることでしょう」

「少しも後悔していません。私はすぐに後悔するような行動はしませんよ」

松崎は長い間無言でいた。寝てしまったかと思ったが、かすかに声がした。

「本当に、死ぬと思っていました……でも、生きて、鈴木さんの夫になってしまったんですね」

11　青と金

「式は僕に任せてくれませんか」

松崎がそう提案したのは、九月四日の退院から二か月経った十一月上旬だった。その間、二人は別々に暮らしていた。松崎が尚美に病人の世話をさせたくないと言って譲らなかったのだ。

「実家に戻って、しばらく母の手を借ります」

退院する二日前にきっぱりと断られた。

「私が妻でも？」

「そうです。鈴木さんが僕と結婚した主な理由は、僕に手術をさせるためでしたね。僕は鈴木さんと結婚できて光栄ですし、鈴木さんが本当に僕を夫にしたいのなら、結婚という二人で決めたルールは守るつもりです。しかし、病人のまま結婚生活を始めるのはいやなんです。僕は仕事ができないと不機嫌になりますし、そのことで鈴木さんに最悪な経験はさせたくない。それに、僕の脳幹の周辺にはまだ腫瘍の細胞組織が残っているんです。モノポールの正体を突き止めていない今はまだ、安全じゃありません」

尚美はため息をついた。甲斐が細胞組織を完全に除去できればどんなによかったか。このままでは、三メートル・ルールを半永久的に続ける言い訳ができてしまう。

尚美は、母親だったら近寄っても平気なのか、そんな屁理屈を言って恥ずかしくないのか、と言い返したかった。しかし、そんなやり取りは泥沼にはまるだけとわかっていたので、とりあえず抵抗するのをやめた。妻の権利を主張する時期は、そのうちに来る。

夫が退院した日、松崎の父である松崎圭吾(けいご)が福井から迎えに来た。息子が磁気遮断服を着ているのを見て、圭吾は顔をしかめた。松崎も父に対してはだんまりを決め込んでいた。昔息子を漁師にしたかった父と船を継がなかった息子は、どこかぎくしゃくしている。

尚美は初めて会う義父に挨拶した後、二人が古いハイゼットトラックに乗り込み、病院をあとにするのを見送った。

それからは電話やメールで夫と話し合った。「結婚」が松崎仁にとってどういうことであり、二人がどのように振る舞えば快適な結婚生活を維持できるか、そのためにはどんな「ルール」を作ればいいかなどを一つ一つ決めていき、議題はようやく結婚式の段取りまでたどり着いた。

「式については考えがあるんです。ぜひ、僕に手配させてください」

「……イベントをオーガナイズしたことがあるんですか」

夫がイベント企画経験ゼロの初心者であることはわかっていたが、意地で訊いた。

「ないと答えたら?」

尚美はスマホを見つめた。先日までは式もレセプションもやりたくないと言い張っていたのに、なぜ急にこんな大胆な提案をするのだろう。

「不安なのはわかりますが、ぜひやらせてください。レセプションの方は興味がないのでお任せします。僕は離れたテーブルから見ています」

新郎は自分のレセプションを「離れたテーブル」から観察するつもりなのだ。

目を閉じて、冷静でいるために「初心者のための小さなソナタ」を指で弾き始めたが、指を動かしているうちに考え直した。これはいい兆（きざ）しかもしれない。夫は出会ってから初めて、自分から二人のために動こうとしているのだ。これは松崎が夫として成長するチャンスだ。

「……やはりだめですか。それなら諦めます」

長い沈黙を否定と解釈した松崎は言った。

尚美は深呼吸をしてから目を開け、淡々と答えた。

「いいえ。お任せします。どんな式にしてくれるのか楽しみにしています」

電話でのやりとりを重ね、式は十一月十一日月曜日に決まった。場所は松崎の希望で、尚美のクリスマス・コンサートが行われた楢山音楽大学のコンサートホールだった。式に参加するのは二人きりで、誓いの言葉はそれぞれ書けばいいと松崎は言った。

この日取りは、物理学の「十一月革命」と言われている、Jプサイ中間子が発見された日だった。

一年前に青壺で、内城が言ったことを思い出した。

『かの有名な湯川秀樹が予言したパイ中間子が、一九七四年十一月に見つかったんです』

その夜、松崎は酔いつぶれていたのに、内城の間違いを渾身の力で尚美に伝えてきたのだ。

今、松崎はスマホ越しに言う。

「Jプサイ中間子の発見で、クォークが四つあることがわかりました。その後、なかなか見つからなかったクォークや素粒子が次々と発見されて、素粒子物理学の土台であるスタンダード・モデルが形を成しました。革命的な発見です」

「松崎先生もスタンダード・モデルの男性だとおっしゃっていましたね。その日を選んだのは、私の異性としての魅力にも何か発見があったのでしょうか」

「それは違います」

きっぱりと言われたが、その直前に「ふぁっは」と含み笑いをする音が電話口から伝わった。物理学者が、笑ったのだ。

二人だけで式をやると聞いてがっかりした美悠を慰めるために、梅田のウエディング・ストアへドレスを買いにでかけた。美悠は豪華な白いドレスをいくつか勧めてきたが、三十代だし、真っ白なドレスの花嫁にはなりたくなかったから、どれも却下した。

「わかった、わかった」妹はまた洋服掛けの森に分け入り、今度はシンプルなドレスを持って出てきた。レースに縁どられた優雅なダーク・グリーンのワンピースドレスだった。ペダルを踏む足を隠さないところが松崎にも気に入ってもらえそうだ。

着てみると、美悠は目を輝かせて大きく頷いてみせた。

「似合ってるよ。お姉ちゃんはモデルみたいにきれいなのに、たくさんの人の前で式を挙げないなんてもったいない」

家族や友達の女性を「モデルみたいにきれい」とほめるのが美悠の口癖なのだ。

松崎は尚美に式でピアノを弾いてほしいと言っていたが、式が来週に迫ってきても、まだ曲名を教えてはくれなかった。

結婚式当日の午後二時、尚美はヤリスクロスで楢山音楽大学のコンサートホールに向かった。駐車場に着くと他の車から離れたスペースに、磨き上げられたロードスターが止まっていた（結婚後も、ドライブは別々の車で行くと告げられていた)。

尚美はヤリスクロスを三メートル離れたスペースに停めた。

空は群青色の秋晴れで、キャンパスの銀杏並木は黄金色に輝いていた。

立ち止まって、青と金の世界を仰いだ。

思いがけない強烈な色が、これから夫にする人のことを想わせた。彼は音楽を聴いたり、計算したりしているとき、こんな濃い色の世界のなかで生きているらしい。彼と一緒になれば、二人の間にもこの鮮やかな空間を作り上げることができる。どうしてそう思っているかわからないが、それは松崎とでないとできないことだと尚美は確信した。

12　二人の和音

コンサートホールに入ると、夫が扉の陰に立っているのが見えた。

彼は微笑んでいた。唇をそれほど捻っていないのが新鮮な印象を与える。

スーツに身を包み、革靴も新品だ。ミューメタルの帽子は外され、髪はすっきりと切られており、ポマードで整えられていた。

シンプルなグレーのスーツと薄藤色のネクタイが似合っていた。夫の丸い顔とぽっちゃりした身体には独特な貫禄も漂う。

「こんにちは。よく来られました」

と、結婚式らしくない挨拶をされ、

「こんにちは。松崎先生こそ、よくいらっしゃいましたね」

と返した。「今日はとても素敵なお姿ですね。デパートで購入したんですか」

「ええ、母の力を借りました」

ドレスを褒めてくれるかと思ったが、松崎はまず尚美の靴を見下ろした。尚美は半回転して靴を見せた。

「新しい靴を作ってくれて、ありがとう。とてもきれいで、気に入っています」

履いているのは松崎の最新作だ。美悠が描いたデッサンをもとに、「どうして僕の靴を変える必要があるのかよくわからない」と文句を言いながらも機能性とファッションセンスを兼ね備えた靴を作ってくれたのだ。

松崎は靴を観察し、満足そうに頷いた。

「新しいデザインでも履き心地はまったく変わりませんので、効率的に弾くことができます」

尚美にじっと見つめられて、松崎は付け加えた。

「……ドレスもきれいです」

棒読みのセリフに、尚美は口元を緩めた。

心配したとおり、ホールには何の工夫もされていなかった。舞台にはグランドピアノが二台向かい合っていて、奥の壁沿いにはいくつかの椅子があった。その他に十台ぐらいの譜面台と、誰かの青いセーターがそのまま置かれていた。昨夜ダブルピアノのコンサートでもあったのかもしれない。

ホールは少し寒かった。

がっかりしたが、黒光りするピアノの上に鮮やかなピンクのコスモスが生けてあり、そこにスポットライトが当てられていることに気づいて、ちょっとだけロマンティックな気分を取り戻した。

「楽譜はピアノの上に置いてあります。見てください」

「ええ」

即座に弾ける曲だといいなと期待しながら、舞台に上がった。視界の隅に青いセーターがちらつく。

ピアノ椅子に座った。

松崎がどこに座るのかと舞台を見回していると、彼は向かいのピアノ椅子に腰かけた。

「今日は一緒に弾きましょう」

「えっ?」

「僕が一緒に弾きます」

「弾けるんですか」

尚美は目を大きくして彼を見た。

いたずらっぽい視線が返ってきた。

「小学生のときから十年ほど弾いていました。そのあとは趣味程度ですけれど。今日選んだのはやさしい曲なので、問題なく弾けると思いますよ」

尚美は頷いて、楽譜を手に取った。バッハの「主よ、人の望みの喜びよ」だ。結婚式の定番である美しい曲のデュエット・バージョンだ。

「僕は左手のパートを弾きます。結婚の誓いはそのあとにしましょう」

「……はい」

尚美はピアノ椅子を調節してドレスを正し、指を上げて指揮を執った。

最初の和音がぴたりと合いホールに響いた瞬間、彼が決して下手ではないことを知り、思わず破顔した。

二人の音楽は誰もいないホールに響き渡った。

もともとオルガンの曲なので、オルガンをまねようとしてペダルで濁す人もいるのだが、彼の音ははっきりと聴き取れた。器用で正確な指はバッハの曲にふさわしく、一緒に弾くのが楽しかった。

二人の指が合わさって同じコードを打つと、尚美は二人だけの新しいぞくぞくとした空間へ投げ出されたかのように感じ、心が弦のように震えた。加速器のビームパイプを時計回りと反時計回りに走る小さな粒子のように、音は衝突し、破裂し、一瞬だけの複雑な宇宙が出現した。

もしATLAS実験のようにピクセルが何千万もあるカメラがこのホールに装備してあるとすれば、CERNで言う「意義のあるイベント」がいくらでも記録されたことだろう。二人が初めて交わすデータは複雑で、八方に散るのが速く、全部を追っていくことはできない。一生身体に触れさせてくれないかもしれないこの人と、音というもので愛撫(あいぶ)し合っているようだった。

彼もそう感じているといい。

自分の最後の和音と、彼のより低い和音が重なって弾き終えた余韻のなかで、尚美は座ったまま、レースの刺繍(ししゅう)の下で上下する胸を見下ろしていた。

ようやく顔を上げ、デュエットのパートナーを見た。

そこに、松崎仁の瞳が光っていた。

同じ気持ちでいるのだ。

彼はすぐに目を逸らした。彼にとって気まずい雰囲気を作ってしまったようだ。

「素晴らしいデュエットでした」

尚美は言った。

「一緒に弾いてくれて、ありがとうございます」

夫が床を見つめて黙っているのを見ると、

「それでは、結婚の誓いを交わしましょうか」

尚美はピアノ椅子を立った。

松崎も立ち上がり、尚美に向かって深くお辞儀をしたので、尚美もお辞儀をした。舞台の上でするると、花嫁と花婿というより発表会を終えたピアニストのようで可笑(おか)しかった。

二人は三メートル離れたところまで近づき、立ち止まった。松崎はきまり悪そうに立っているだけだ。式のこの部分をどうすればいいかについてはあまり考えていないようだった。

尚美はクラッチバッグから一枚の便箋（びんせん）を取り出した。そして、逃げようとする松崎の視線を辛抱強く捕らえ、誓いの言葉を紡ぎ始めた。

「私はここに、結婚の誓いをいたします。一、私はパートナーに対して言葉と行動を一致させ、嘘偽りなくあるよう努めます。二、私はパートナーのことを、どんなことがあっても大切にします。三、私はパートナーの言葉を信じます。特に、物理学に関して。四、私はパートナーを守り、一生離れません。十一月十一日　新婦、鈴木尚美」

当初は「愛すること」を誓いに入れようと思っていたが、やめた。「愛」はショパンやシューマンのロマンティックな曲が弾ける人に任せればいい。二人の思いはそれよりも、バッハのフーガのような飛び交う音符に似ているのだ。フーガの音符は、愛し合っているわけではないが、五百年経っても互いに遠ざかることなく美しいメロディーを奏で続ける。宇宙の土台である素粒子と同じように。

一年前はこの人にこの言葉を伝えるなどとは夢にも思わなかった。「一生」と言ったとき、言葉の重さに圧倒され、胸の鼓動が大きくなった。でも、言葉を取り消そうとは思わない。この一年間はそれまでの人生にはなかったような、深く心に刻まれる出来事の連続だった。松崎仁が現れる以前の生活には、戻りたくても、もう戻れない。

「ありがとうございます。僕にはもったいないお言葉です」

「そちらの方は？」

松崎はスーツの胸ポケットから一枚の紙を取り出し、咳払いをした。手術以後、喉をわずらい続けていた。

「僕はここに、結婚の誓いをいたします。一、パートナーに対して言葉と行動を一致させること。二、パートナーのことを尊敬し、彼女の自尊心を傷つけるようなことをしないこと。三、パートナーと婚前の金融資産と結婚後の資産を公平に分配すること。四、パートナーの人生とピアノを一生全面的にサポートすること」

彼はこの実質的な誓いを唱えてから、唇を舐めて唾（つば）を呑み込んだ。「五、鈴木尚美を好奇心のパートナーにして、共に宇宙の神秘について理解を深めていくこと。十一月十一日　新郎、松崎仁」

「……指輪はピアノの上に置きます」

弾いている間はネックレスにしていた松崎の指輪を外し、自分のピアノの上にそっと置いた。

二人は二台のピアノをゆっくりと時計回りに回り、嵌めるべき指輪の前に立った。そして頷き合って、輝く指輪を薬指に嵌めた。

「えへん」

松崎は咳払いをし、少し恥ずかしそうに言った。「内側には式があります」

「なんでしょう」

尚美は指輪を外し、照明にかざしてみた。内側にはこうあった。

$$e^{i\pi}+1=0$$

「説明してくれますか?」

「ええ。これはオイラーの式です。数学と物理学の心のような式で、優雅な形で基本概念を一つの式にまとめたものです。昨今の機械学習アルゴリズムの多くはこの式を活用しています」

松崎にとっては意味深い数式なのだろうが、結婚とはどういう関係があるのだろうか。

「この式は自然言語処理の要ともなっています。つまり……人間の言葉の意図と感情の理解を手伝います」

よくわからないまま、尚美は頷いてみせた。「人間」と「感情」というのが出てきたので、二人の関係について何か言いたいのかもしれない。

「素敵な関係式ですね」

「この関係式も、僕の誓いなのです。結婚生活の中で、僕は、僕にとって一番難しいトピックである人間の感情の分析を試みて、鈴木さんの気持ちが理解できるように努めます。一生の課題とします。それに、この関係式は僕を縛る刻印にもなります」

尚美は眉をひそめた。

「松崎さんを縛るつもりは少しもありませんよ」

「いいえ、鈴木さんではなく、僕が、僕を縛るんです。例のモノポールのことなんですが、最近の実験ではアマディ先生とジェイコブさんを驚かすようなデータが次々と得られているんです。二人は僕に、すぐにでも新しいモノポール理論に取り組んでほしいと言っています」

夫の瞳が一瞬鋭く輝き、指がピクリと動く。

「……あの、ですから、理論でどれだけ忙しくなっても、この刻印は僕に、二人の生活のための時間を確保することを促します」

尚美は大きな笑みを浮かべた。

「わかりました。二人で頑張って、快適な結婚生活を作り上げましょう。では、行きましょう……松崎さん」

「……そうしましょう」

尚美はコンサートホールを出た。松崎が三メートルあけて従う。

群青色の晴れた空と銀杏の黄金の雲はまだそこにあった。

二人は二人の距離を保ったまま、その中へと並んで歩き出した。

謝辞

私の父は大学で物理学を専攻し、卒業後も物理学に興味を持ちつづけていたので、家の本棚にはファジー理論や素粒子、宇宙の構造などに関する父の蔵書がずらりと並んでいました。

それらを開くたびに様々な方程式に出会い、圧倒されて棚に戻すことが多かったのですが、物理学にはずっと憧れていました。この小説を書いている間も、難解な物理学の本をじっと眺めたり、YouTubeでたくさんの動画を見たりしましたが、どう頑張っても表層的な理解しかできませんでした。

この本を書き上げることができたのは、本物の物理学者の方々が力を貸してくださったおかげです。

まずお礼を申し上げたいのは、ミネソタのセント・ポール・アカデミーの名誉教諭であるDr. Steve Heilig（スティーブ・ハイリッグ博士）です。

私はひょんなことから紹介を受けてハイリッグ先生に連絡し、「ある物理学者の脳に粒子があります。粒子の影響で、彼は周りの人間にとって危険な存在です。そういう設定に活かせる適当な粒子を教えてくれませんか」と質問しました。無理な注文なのに、ハイリッグ先生は「絶対に、磁気性モノポールがいい！」と、さっそく希望の粒子の名前を挙げてくださいました。それから何回かコーヒーショップで直接お会いする機会がありましたが、基本物理学について辛抱（しんぼう）強く説明し、私の無理な設定について一緒になって考えてくださいました。おまけに、毎回コーヒーまでご馳走してくださいました。

Thank you so much for your help and all the coffee, Dr. Heilig!

取材でジュネーブのCERNを訪れたとき、たくさんの質問に答えてくださったポール・ルージャン博士にもお礼を申し上げます。

I am also deeply indebted to Dr. Paul Lujan, who answered my questions at CERN.

ルージャン先生は物理学の基本法則に沿わぬ私のモノポールの話を聞いても嘲笑（ちょうしょう）せずに、ATLASやCERNでのモノポールの研究について説明してくださいました。それに、安全第一のCERNでは起こりえないはずの感電の事故が、強いて起こったとすればどうやって起こりうるかについても教えてくださいました。

そして祥伝社での出版が決まったとき、大変光栄な機会をいただきました。須藤靖（すとうやすし）教授に、原稿をご覧いただけることになったのです。原稿に出てくる物理学についての私の幼稚な説明や何の根拠もないモノポールについて丁寧にお読みになり、物理に関する箇所だけでなく文章にも助言をいただきました。おまけに、私の下手なフランス語まで直してくださいました。心よりお礼申し上げます。

エージェントであるボイルドエッグズの森薫（もりかおる）さんにも感謝を申し上げたいです。森さんはボイルドエッグズを突然引き継ぐことになり大変な時期だったにもかかわらず、熱心なサポートで小説を形にしてくださいました。

最後になりますが、最大のお礼はボイルドエッグズの村上達朗さんに捧げたいと思います。

二〇一八年に、村上さんはとある作家のタマゴの原稿を受け取りました。外国から届いた間違いだらけの文章を無視してもおかしくなかったのに、「テキストファイルに落として、送ってください」と言ってくれました。その後、様々に力を尽くしてくださり、私の三つの小説を出版へ導いてくれました。去年の十月に、私はその素晴らしい指導者を永遠に失いました。また、この言葉が許されるのであれば、Dear Friend（親愛なる友）も失いました。その恩に報（むく）いるために、ますますいい作品が書けるよう、これからも全力で頑張りたいと思っております。

二〇二五年一月

マーニー

この物語はフィクションであり、登場する人物、および団体名は、実在するものといっさい関係ありません。なお、本書は書下ろし作品です。

——編集部

JASRAC出2409350-401

切りとり線

あなたにお願い

この本をお読みになって、どんな感想をお持ちでしょうか。次ページの「100字書評」を編集部までいただけたらありがたく存じます。個人名を識別できない形で処理したうえで、今後の企画の参考にさせていただくほか、作者に提供することがあります。

あなたの「100字書評」は新聞・雑誌などを通じて紹介させていただくことがあります。採用の場合は、特製図書カードを差し上げます。

次ページの原稿用紙（コピーしたものでもかまいません）に書評をお書きのうえ、このページを切り取り、左記へお送りください。祥伝社ホームページからも、書き込めます。

〒一〇一―八七〇一　東京都千代田区神田神保町三―三
祥伝社　文芸出版部　文芸編集　編集長　金野裕子
電話〇三（三二六五）二〇八〇　www.shodensha.co.jp/bookreview

◎本書の購買動機（新聞、雑誌名を記入するか、○をつけてください）

＿＿新聞・誌の広告を見て	＿＿新聞・誌の書評を見て	好きな作家だから	カバーに惹かれて	タイトルに惹かれて	知人のすすめで

◎最近、印象に残った作品や作家をお書きください

◎その他この本についてご意見がありましたらお書きください

100字書評

物理学者の心

住所

なまえ

年齢

職業

マーニー
1968年、アメリカ・ミネソタ州生まれ。カールトン大学で日本語を学び、4年生のときに南山大学に留学。ウィスコンシン大学で日本文学博士号を取得。2021年、マーニー・ジョレンビー名義で、すべて日本語で書き上げた『ばいばい、バッグレディ』でデビュー。他の著書に『こんばんは、太陽の塔』がある。ミネソタ大学で日本語講師として教鞭をとりながら、小説の執筆を続けている。

物理学者の心

令和7年2月20日　初版第1刷発行

著者――マーニー
発行者――辻　浩明
発行所――祥伝社
〒101-8701 東京都千代田区神田神保町3-3
電話 03-3265-2081(販売) 03-3265-2080(編集)
03-3265-3622(製作)
印刷――堀内印刷
製本――ナショナル製本

Printed in Japan © 2025 Marnie
ISBN978-4-396-63675-3 C0093
祥伝社のホームページ・www.shodensha.co.jp

本書の無断複写は著作権法上での例外を除き禁じられています。また、代行業者など購入者以外の第三者による電子データ化及び電子書籍化は、たとえ個人や家庭内での利用でも著作権法違反です。
造本には十分注意しておりますが、万一、落丁・乱丁などの不良品がありましたら、「製作」あてにお送り下さい。送料小社負担にてお取り替えいたします。ただし、古書店で購入されたものについてはお取り替え出来ません。

祥伝社

四六判文芸書

ようこそ、〝記憶を消せる〟カフェへ——
ミステリーの新鋭が贈る、奇妙であたたかな連作集

いいえ私は幻の女

大石 大

傷ついた言葉。消せない過ち。ふたりだけの約束。
すべてなかったことにしよう。この人生が変わるなら。

祥伝社

四六判文芸書

ささやかな幸せをめぐる心優しい物語

東家の四兄弟

瀧羽麻子

占い師の父を持つ、男ばかりの四兄弟。
一枚のタロットを引き金、
ほろ苦い過去や秘密がうきぼりに？

祥伝社

四六判文芸書

わたしがわたしであるために、
物語がつづきを書いてと叫んでいる——

物語を継ぐ者は

実石沙枝子

幼いころから大好きだった小説の作者は、急逝した叔母だった！
未完のファンタジーの結末を求めて、少女が呪文を唱えると……。